浙江大学文科高水平学术著作出版基金　资助

文艺复兴论丛

爱欲、罗马与但丁的喜剧异象

朱振宇　著

ZHEJIANG UNIVERSITY PRESS
浙江大学出版社
·杭州·

目 录

绪　论

一

在致斯卡拉大亲王（Cangrande Della Scala）的书信中，但丁（Dante Alighieri）解释了《神曲》（*La Divina Commedia*）①的主题：

> 仅仅从字面意思来看，简言之，作品的主题就是灵魂死后的状态；……
>
> 但如果从寓意角度来看这部作品，则主题是人，通过运用自由意志去行善或作恶，而相应地受到正义的报偿或惩罚。
>
> Est ergo subiectum totius operis, litteraliter tantum accepti, status animarum post mortem simpliciter sumptus; ...
>
> Si vero accipiatur opus allegorice, subiectum est homo prout merendo et demerendo per arbitrii libertatem iustitie premiandi et puniendi obnoxius est.（*Epist*. XIII.24−25）②

这个解释说明了《神曲》的神学关切，其中自由意志（liberum arbitrium）

---

① 《神曲》（*La Divina Commedia*）原名《喜剧》（*Comedìa*），"神圣的"（divina）这一形容词来自薄伽丘（Giovanni Boccaccio），被后世沿用。在现代意大利文中，这部作品就叫作《神圣的喜剧》（*La Divina Commedia*）。在但丁使用的语言中，"喜剧"的拉丁文写法是 comedia，而意大利文写法是 comedìa，因此，在但丁的拉丁文书信和俗语写作的《神曲》中，这个词的拼法略有不同，但意思都和英语的 comedy 一样。"悲剧"一词与此类似，但丁使用的拉丁文写法是 tragedia，意大利文写法是 tragedìa。除此处外，本书中凡出现这两个词的括注，拼法均依据括注前的词语所出文本。

② 本书所引但丁书信均为笔者自译，所参考的但丁书信拉丁文原文均见：https://dante.princeton.edu/pdp/epistole.html. 后文出自但丁书信的拉丁文原文引文，将随文标出书信名称简写（*Epist.=Epistole*）及篇号和段落号，不再另注。

的观念可以追溯到奥古斯丁（Augustine of Hippo）确立的中世纪精神传统。依据这种传统，爱被理解为自由意志，正确的爱指向上帝；错误的爱背离上帝，沉沦于对短暂事物的追逐。在但丁眼中，自己的作品属于喜剧，因为其语言平俗，并且拥有上述主题；相对地，用高雅拉丁文写成的《埃涅阿斯纪》（Aeneid）则是一部悲剧。

> 它（喜剧）在内容上区别于悲剧，悲剧的开端令人羡慕而宁静，但结局则是令人不快和恐怖的。……
>
> 据此，当下这部作品显然应被称作喜剧。因为就其内容而言，其开端是恐怖而令人不快的，就像《地狱篇》那样；而其结尾则是幸福、令人向往和愉悦的，就像《天国篇》那样。
>
> Differt ergo a tragedia in materia per hoc, quod tragedia in principio est admirabilis et quieta, in fine seu exitu est fetida et horribilis; ...
>
> Et per hoc patet quod Comedia dicitur presens opus. Nam si ad materiam respiciamus, a principio horribilis et fetida est, quia *Infernus*, in fine prospera, desiderabilis et grata, quia *Paradisus*;（*Epist.* XIII.29, 31）

《神曲》的情节显然符合喜剧的范式：开始是陷入地狱罪恶的苦难，最后是在天国中获救的喜悦。然而，《埃涅阿斯纪》的情节演进却似乎并不符合但丁的描述：这部罗马建国史诗的叙事起始于一场海难，终结于埃涅阿斯（Aeneas）对拉丁世界的征服。即使打破史诗"从中间开始"的叙事而从特洛伊灭亡算起，故事的开端也绝不美好；在史诗末尾，特洛伊人征服了拉丁世界，这意味着特洛伊人实现了神谕和安奇塞斯（Anchises）在冥府中的预言，埃涅阿斯也成了罗马之父。这似乎很能配得上喜剧的结局。

可是即使在写作《神曲》时，但丁也显然认为《埃涅阿斯纪》是一部悲剧——在《地狱篇》第20歌中，但丁甚至让维吉尔（Vergil）称自己的作品是"崇高的悲剧"（l'alta mia tragedìa）（*Inf.* 20.113）①。结合书信

---

① 本书的《神曲》中文引文，若无特别说明，均出自人民文学出版社出版的田德望译本，后文出自《神曲》的意大利文原文引文，将随文标出该诗名称简写（*Inf.*= *Inferno*, *Purg.*=*Purgatorio*, *Par.*=*Paradiso*）及歌号和行号，不再另注。意大利文参考版本为牛津大学出版社出版的 *The Divine Comedy of Dante Alighieri* 3 卷本。

中关于两部作品风格的评价，我们有理由认为，应该从理解《神曲》悲惨处境与美好结局的角度来理解《埃涅阿斯纪》的开端和结尾。

《神曲》开端的"恐怖而令人不快"是从精神意义上进行定义的：

> 在人生的中途，我发现我已经迷失了正路，走进了一座幽暗的森林。
>
> Nel mezzo del cammin di nostra vita
>
> mi ritrovai per una selva oscura,
>
> ché la diritta via era smarrita.（*Inf.* 1.1—3）

纽曼（Francis X. Newman）追溯了"森林"（selva）一词在中世纪寓意的变化：中世纪教父们用 silva 一词指代柏拉图（Plato）《蒂迈欧篇》（*Timaeus*）中的"物质"（hyle）一词的拉丁译法。在《蒂迈欧篇》以及受其影响的罗马思想传统中，"物质"被认为是罪恶之源。就人而言，正是物质性的肉身带来的欲望阻挡着灵魂的飞翔。奥古斯丁修正了将罪恶的起源单纯地归于肉身的看法，他认为罪恶来自恶的意志，但他同时认为，由于人的原罪，人的肉身也堕落了，情欲及其他不当欲望的产生就是肉身堕落的标志。[1]而秉承奥古斯丁传统的但丁，在此处所写的"幽暗的森林"（selva oscura）意味着有罪的身体。[2]因此，但丁旅程的起点，实为奥古斯丁传统中所理解的败坏的世界。[3]

而后，但丁蹒跚而行，来到一座山下。山肩的阳光令其心中的恐惧

---

[1] 奥古斯丁的相关看法，见《忏悔录》（*Confessiones*）第 3 卷、《上帝之城：驳异教徒》（*De Civitate Dei Contra Paganos*）第 14 卷。奥古斯丁针对维吉尔及新柏拉图主义者罪恶源自肉身的看法指出，恶来源于灵魂，因为魔鬼是没有身体的，其对人类的败坏只能归因于恶的意志。本书所参考的《忏悔录》中文译本为商务印书馆出版的周士良译本，后文参考的《忏悔录》中的内容，将随文标出卷号和节号，不再另注。本书所参考的《上帝之城：驳异教徒》中文译本为上海三联书店出版的吴飞译本，后文出自《上帝之城：驳异教徒》的中文引文，将随文标出书名简称"《上帝之城》"及卷号、节号（和段落号），不再另注。

[2] Francis X. Newman, "St. Augustine's Three Visions and the Structure of the *Commedia*," *Modern Language Notes* 82.1 Italian Issue (1967): 56-78.

[3] 弗里切罗（John Freccero）追溯了《地狱篇》开篇中的奥古斯丁传统，见：John Freccero, "The Prologue Scene," in *Dante: The Poetics of Conversion*, Cambridge, MA: Harvard University Press, 1986, pp. 1-28.

得到了安慰（*Inf.* 1.13—21）[①]，然而此时的他却仍然无法正常行走：

> 我使疲惫的身体稍微休息了一下，然后又顺着荒凉的山坡走去，
>
> 就这样，那只**坚实的脚**总是落在后面[②]。
>
> Poi ch'èi posato un poco il corpo lasso,
>
> ripresi via per la piaggia diserta
>
> sì che 'l **piè fermo** sempre era 'l più basso.（*Inf.* 1.28—30）

在这段文字里，在"幽暗的森林"里困顿不前的但丁，成了一个跛足人，拖着一只脚艰难前行。

里德（W. H. Reade）梳理了"坚实的脚"背后隐藏的灵魂论的演变史。柏拉图在《理想国》（*The Republic*）中将灵魂分成三种成分：理性的（nous）、血气的（thumos）和欲望的（epithumia）。[③]亚里士多德（Aristotle）指出了柏拉图看法的不足之处，他在《论灵魂》（*De Anima*）中指出，理性力量除了认知功能外，还有实践功能，此外，理性自身也含有欲望，即理性欲望（boulēsis）。[④]在中世纪传统中，奥古斯丁不再强调古希腊灵魂论的认知因素，转而以"自由抉择"（liberum arbitrium）或"爱"（amor）来分析人类灵魂中的力量。在其确立的传统中，自由意志或爱就是灵魂的脚。[⑤]圣托马斯（St. Thomas Aquinas）将古希腊传统和奥古斯

---

① 太阳在中世纪象征着上帝，但在《神曲》的天文体系中，它更多地代表知识，因而但丁象征理智的右脚所受的"无知"之伤可以通过太阳光，即学习哲学，得到部分治愈，但象征意志的左脚所受的"意志"之伤只能通过行动解决，见下文论述。关于《地狱篇》第1歌出现的"山"，注释者一般认为是"主的山"，登山意味着走向救赎之路。一些学者甚至认为，这里的"山"就是炼狱山。弗里切罗指出，由于罪恶的纠缠，但丁无法直接登上主的山，只能通过恩典，经由地狱进入炼狱。地狱之旅的"下行"之路意味着谦卑，而与谦卑相对的傲慢正是初人的首恶。见：John Freccero, "The Prologue Scene," in *Dante: The Poetics of Conversion*, pp. 1-28.

② "就这样，那只坚实的脚总是落在后面"为笔者根据这一句中的中世纪哲学背景自译，具体解释见下文。

③ 柏拉图，《理想国》，郭斌和、张竹明译，北京：商务印书馆，1996，第133—176页。

④ 弗里切罗追溯了从柏拉图到中世纪末的灵魂论发展史，见：John Freccero, "The Firm Foot on a Journey Without a Guide," in *Dante: The Poetics of Conversion*, pp. 29-54. 亦参见：亚里士多德，《论灵魂》，陈玮译，北京：北京大学出版社，2021，第93页。

⑤ 见：Augustine, *Enarrationes in Psalmos IX*, 15. 拉丁文文本见：https://www.augustinus.it/latino/esposizioni_salmi/index2.htm.

丁传统进行了调和，他将亚里士多德的理性欲望等同于奥古斯丁所说的抉择（liberum arbitrium）或意志（voluntas），将其与承担理性认知功能的理智（intellectus）并置，并将意志看作理性中的一种力量。[①]

圣托马斯还对人的意志进行了更广义的定义，他将属于理性的"自由意志"看作狭义的"意志"，将其与亚里士多德眼中的另外两种欲望[血气（irasciblics）、肉欲（concupiscibilis）]和意志（voluntas）合并，统称为广义上的意志。[②]于是，他在改造亚里士多德学说的过程中形成了对灵魂的看法：灵魂在最广义的维度上划分为理智（intellectus）和爱（appetitus），爱进一步划分为理性欲望（appetitus rationalis）（即意志）和感性欲望（appetitus sensitivus），而后者又进一步划分为血气和肉欲。因而在圣托马斯确立的传统中，坚实的脚（piè fermo）指的是左脚，它代表广义的人的意志或爱，与之相对的右脚则代表理智。因此，在《神曲》中但丁双脚走过的旅程，其寓意就是灵魂内在的运动。无论左脚还是右脚，理智还是意志，最终的目的都是走向神圣。

根据圣托马斯的看法，亚当（Adam）被创造时有着原始的正义，即，始祖问世时，其理性能够完全驾驭他灵魂中更低的那些力量，并因此使其完全顺服于上帝。这种彻底顺服的典范就是四种美德，这四种美德分别在灵魂的不同部分之中，在理性中是审慎，在意志中是正义，在激情中是勇敢，在色欲中是节制。而当初人被剥夺了这些德性的时候，其灵魂的四个部分受到了相应的伤害：理智遭受了无知（ignorantia）之伤，意志中有了恶意（malizia），血气中有了将转化为暴力的脆弱（infirmitas），欲望中有了放纵（incontinentia）。[③]《地狱篇》第 1 歌接下来出现的三种野兽（豹子、狮子和母狼）就分别代表了这三种意志的罪[④]，这三种罪衍

---

① W. H. Reade, *The Moral System of Dante's* Inferno, Oxford: Clarendon, 1909, pp. 96-123.

② St. Thomas Aquinas, *Summa Theologica*, I.Q.60.2. 本书参考的《神学大全》英译本见：https://www.ccel.org/ccel/a/aquinas/summa/cache/summa.pdf.

③ St. Thomas Aquinas, *Summa Theologica*, II.i.Q.85.3.

④ 卡塞尔（Anthony K. Cassell）指出，迄今为止所有关于三只野兽的解释，无外乎两大类，一是当时社会上的三种人，二是心灵中的三种罪。但如果按前文将"幽暗的森林"解释为心灵中的罪，则后一类解释无疑更为贴切。见：Anthony K. Cassell, *Lectura Dantis Americana:* Inferno I, Philadelphia: University of Pennsylvania Press, 1989, pp. 14-18.

生出了《地狱篇》乃至《神曲》的全部结构①。

　　概言之，《神曲》开端所谓的悲惨处境就是灵魂陷入罪恶；与之相对，但丁在《埃涅阿斯纪》开端看到的，应该是英雄美德的完满。在《埃涅阿斯纪》中，这种美德是"虔敬"（pietas）：特洛伊灭亡时，埃涅阿斯先后听从维纳斯（Venus）和天神降下的吉兆，抛下对故土的留恋，背父携子，带着家神与圣物走上逃亡之路；流亡途中，他和特洛伊人追随太阳神阿波罗（Apollo）②的神谕，历尽艰辛寻找"西土"的道路；在海难过后，他听从维纳斯的劝说，到狄多（Dido）的王宫寻求帮助；在抵达库迈（Cumae）后，他遵从女先知西比尔（Sybil）的指引，取得金枝，游历冥府，在乐土中听取亡父安奇塞斯讲解灵魂轮回的道理、罗马未来的辉煌成就以及政治技艺；拉丁战争开始后，埃涅阿斯听从台伯河神（Tiberinus）的指引，获得阿卡狄亚人（Arcadians）的帮助，又从维纳斯那里接受了火神锻造的刻有罗马伟业的盾，英勇奋战，最终获得胜利，成了罗马之父。在整个过程中，埃涅阿斯都对神与父辈表现出忠孝与恭敬。

　　但"虔敬"在带来丰厚酬劳的同时也伴随着遗憾：逃出特洛伊时，为了护佑家神、父亲和儿子，埃涅阿斯痛失妻子克列乌莎（Creusa）（*Aen.* 2.730-795）③；在"冥府之行"中，埃涅阿斯听从西比尔，在地狱最黑暗的塔尔塔鲁斯（Tartarus）止步，未能窥探冥府最深的奥秘（*Aen.* 6.548-627）；在史诗最后时刻，埃涅阿斯面对乞求的图尔努斯（Turnus），动了宽恕的念头，但他看到了战友帕拉斯（Pallas）的遗物，怒从中来，残酷地

---

① 母狼、狮子和豹子分别对应地狱中由浅到深的罪，即放纵、暴力与欺诈。《地狱篇》第 11 歌中，维吉尔对但丁解释的地狱的构成与此处的三头野兽彼此呼应，见本书第二章第二节中的分析。关于三头野兽和地狱结构的关系，以及脆弱与暴力的互相转化，见：John Freccero, "The Firm foot on a Journey Without a Guide," in *Dante: The Poetics of Conversion*, pp. 29-54.

② 在古代神话中，阿波罗是太阳神，也称日神或光明之神，他同时也是众缪斯的首领，因此也是诗歌之神。本书中依据语境，为阿波罗冠以不同的神的名称：在与诗歌技艺有关的语境中，称其为"诗歌之神"；在与太阳或光明相关的语境中，称其为"太阳神"或"光明之神"；在与酒神有关的语境中，称其为"日神"。

③ 本书出自《埃涅阿斯纪》（*Aeneid*）的内容概述和拉丁文原文引文，将随文标出该诗名称简写（*Aen.=Aeneid*）及卷号和行号，不再另注。拉丁文原文见：https://pop.thelatinlibrary.com/verg.html.

杀死了敌人（*Aen.* 12.887—952），未能实现亡父安奇塞斯"对臣服的人要宽大"（*Aen.* 6.853）^①的嘱托。而占据篇幅最多的莫过于埃涅阿斯与狄多的爱情。在这场恋情中，诸神的算计贯穿始终，维纳斯为了儿子能得到庇佑，用诡计让狄多爱上埃涅阿斯；朱诺（Juno）为了阻止特洛伊人实现命运注定的伟业，串通维纳斯，让二人完成野合（*Aen.* 4.129—172）；朱庇特（Jupiter）为了埃涅阿斯实现命运的安排，让墨丘利（Mercury）在梦中指引埃涅阿斯出走（*Aen.* 4.219—278）。虽然埃涅阿斯对狄多不乏真情与怜悯，但最终却服从神的安排，离弃了狄多，致使后者羞愤自杀。埃涅阿斯成全了"虔敬"，却辜负了自然的情感。在所有这些事件中，"虔敬"都表现为忠诚与节制等美好品德，却给英雄留下了无尽的缺憾。

埃涅阿斯的"虔敬"体现了斯多亚主义（Stoicism）"无情"的理想。依据这种理想，情感的动荡就像机运（Fortuna，也译为"时运，运气"）的轮转，都是外部世界原子动荡的结果，其任意的运动会给世界秩序带来毁灭。正如《地狱篇》中，但丁借维吉尔之口所说的，"有人认为，由于爱，世界常常变成混沌"（*Inf.* 12.42—43）。按照这样的理解，要想恢复心灵本来的宁静，英雄应该依靠理性克服错误的激情，就像依靠坚毅来克服旅途中命运带来的灾难。

这种为了成全"虔敬"而牺牲人之常情的理念，恰恰是但丁理解的"悲剧性"。在《炼狱篇》结尾的篇章中，但丁用一处对《埃涅阿斯纪》的改写表达了喜剧的理想：当贝雅特丽齐（Beatrice）从天而降时，但丁转过身对维吉尔说：

> "我浑身没有一滴血不颤抖：**我知道这是旧时的火焰的征象！**"
> "Men che dramma
> di sangue m'è rimaso che non tremi:
> **conosco i segni de l'antica fiamma!**"（*Purg.* 30.46—48）

这个诗行显然源自《埃涅阿斯纪》中狄多的独白："我认出了旧日火焰的痕迹。"（agnosco veteris vestigia flammae.）（*Aen.* 4.23）^②但在维吉尔笔

---

① 本书的《埃涅阿斯纪》中文引文，若无特别说明，均出自译林出版社 1999 年出版的杨周翰译本。

② 该诗行乃笔者从字意准确角度出发，根据拉丁文原文译出。

下，为了成全"虔敬"的理想，就必须牺牲这错误的爱情。在此意义上，埃涅阿斯的"虔敬"并非完满的德性，它成就了英雄的高贵，也成了英雄的"悲剧过错"（hamartia），最终导致了美好的粉碎。而在但丁这里，与昔日的爱人和解，才能进入天国。就这样，但丁用一次模仿扭转了维吉尔笔下爱情故事的结局，而这一时刻也是维吉尔离去的时刻。但丁用这种方式宣告了喜剧对于悲剧的胜利。

二

但丁对贝雅特丽齐的爱也曾带有罪的痕迹，在《新生》（*Vita Nuova*）描写的早年爱情经历中，但丁对贝雅特丽齐的爱始于一次偶像崇拜式的"一见钟情"：

> 女郎身着色彩最高贵的服饰，那是一袭柔美端庄的红袍，系佩着腰带和饰物，样式与她娇嫩的年龄相得益彰。
>
> 坦诚地说，刹那间，我心房最深处的生命之灵便开始剧烈地颤抖，连身体中最细微的脉管都在不可思议地战栗，它如是说："看哪，一位比我更加强大的神正在来临并将主宰我！"
>
> Apparve vestita di nobilissimo colore, umile e onesto, sanguigno, cinta e ornata a la guisa che a la sua giovanissima etade si convenia.
>
> In quello punto dico veracemente che lo spirito de la vita, lo quale dimora ne la secretissima camera de lo cuore, cominciò a tremare sì fortemente, che apparia ne li menimi polsi orribilmente; e tremando disse queste parole: "Ecce deus fortior me, qui veniens dominabitur michi". （*VN* 2.3–4）[①]

贝雅特丽齐美丽的形象给诗人带来了快乐，但同时，由于"更加强大的神"将要成为主宰，诗人的灵魂也发生了分裂，心灵开始承受永无宁日

[①] 本书中所有《新生》中文引文均出自：但丁，《新生》，石绘、李海鹏译，吴功青校，桂林：漓江出版社，2021。笔者根据原文划分了段落。后文出自《新生》的意大利文原文引文，将随文标出《新生》书名简写（*VN=Vita Nuova*）及节号和段落号，不再另注。意大利文原文见：https://dante.princeton.edu/pdp/vnuova.html.

的折磨。[①]

新的主宰是一位"爱神"，即人格化的"爱"（Amor）。在第 3 节中，它化为一位面色可怖的男人，在但丁梦境中出现，用拉丁语对但丁说："我是你的主人。"（Ego dominus tuus.）（*VN* 3.3）

> 我还看见祂的臂膀中抱着一位酣睡的裸身女子，只盖着一件红色披巾；仔细一看，认出她便是那天屈尊向我问候的女郎。
>
> 祂手中似乎还拿着一团熊熊燃烧的东西，对我说："看，你的心！"
>
> 没过多久，祂唤醒睡梦中的女郎，并迫使她吞下手中那团燃烧物；她顺从地照做了。
>
> 片刻后，这个男人的喜悦之情变为最痛苦的悲泣。祂一边流泪一边收拢臂弯抱起这个女人，两人一起升向天空。

> Ne le sue braccia mi parea vedere una persona dormire nuda, salvo che involta mi parea in uno drappo sanguigno leggermente; la quale io riguardando molto intentivamente, conobbi ch'era la donna de la salute, la quale m'avea lo giorno dinanzi degnato di salutare.
>
> E ne l'una de le mani mi parea che questi tenesse una cosa la quale ardesse tutta, e pareami che mi dicesse queste parole: "Vide cor tuum".
>
> E quando elli era stato alquanto, pareami che disvegliasse questa che dormia; e tanto si sforzava per suo ingegno, che le facea mangiare questa cosa che in mano li ardea, la quale ella mangiava dubitosamente.
>
> Appresso ciò poco dimorava che la sua letizia si convertia in amarissimo pianto; e così piangendo, si ricogliea questa donna ne le sue braccia, e con essa mi parea che si ne gisse verso lo cielo; （*VN* 3.4-7）

在这个充满弗洛伊德（Sigmund Freud）色彩的"爱欲之梦"中，我们首先看到，爱神用拉丁语讲话，其神秘的言语超出诗人但丁当下的理解

[①] 关于灵魂的各个部分及其功能，见 *Conv.* 3.2.3-19。本书所引用和参考的《飨宴篇》（*Convivio*）意大利文原文见：https://dante.princeton.edu/pdp/convivio.html. 后文出自《飨宴篇》的意大利文原文引文，将随文标出名称简写（*Conv.*=*Convivio*）及卷号、节号和段落号，不再另注。中文均为笔者自译，翻译过程中参考了英文译本，见：Dante Alighieri, *Dante's Il Convivio (The Banquet)*, trans. Richard H. Lansing, New York & London: Garland Publishing, 1990.

力；此外，爱神不但攫取了诗人的心，令诗人成为爱欲的奴隶（"我是你的主人"），还成了贝雅特丽齐的劫掠者，意欲强迫贝雅特丽齐接受诗人的爱；最后，爱神在悲泣中抱着贝雅特丽齐"一起升上天空"，预示着爱人的死亡。爱神主导着梦境的全程，而贝雅特丽齐只是一个沉默的被缚者，由于与诗人没有言语沟通，她只是一个虚幻的偶像。

在梦境之外，爱神不仅控制了诗人的心魂，还引导他走向谎言：为了掩饰对贝雅特丽齐的爱，诗人在想象中看到，黯然神伤的爱神将另一位女郎指引给他作为"屏障"（schermo）（*VN* 5.3, 6.1），让他假装移情别恋。对"屏障"女子的追求为诗人带来浮浪之名，听到流言蜚语的贝雅特丽齐从此拒绝向但丁问候，付出的爱意无法得到回报——这又引起了但丁强烈的幻灭感（*VN* 10.1–3）[1]。美丽而沉默的偶像、爱的欺骗与误解、心灵的挣扎与痛苦——爱神带来的一系列后果正是但丁时代盛行的世俗爱情诗歌"温柔新体诗"（Dolce Stil Nuovo）的主题，而爱神则代表了这个流派的爱情理想，这个曾对但丁早年创作有重要影响的流派写出了爱情的缠绵悱恻，也将爱的罪性表现得淋漓尽致。[2]

但爱神带来的不仅是罪与死亡的气息，也有救赎的希望——爱神第二次在但丁梦中出现时，化身为一位穿白袍的年轻人，对但丁说：

"我的孩子，是时候褪去我们的假象了。"

"Fili mi, tempus est ut pretermictantur simulacra nostra".（*VN* 12.3）

穿白袍的年轻人的形象影射着基督复活的段落："他们进了坟墓，看见一个少年人坐在右边，穿着白袍，就甚惊恐。"（《马可福音》16：5）[3]这意

---

① "满城的流言蜚语使我成为人们口中的浪荡轻浮之徒。当激浊扬清的端丽冠绝的女郎沿一条路走来时，她竟拒绝向我表达那能滋养我全部幸福的甜美问候。"（*VN* 10.2）

② 关于《新生》中爱神与抒情诗传统的关系，见：Charles S. Singleton, "From Love to Caritas," in *An Essay on the* Vita Nuova, Cambridge, MA: Harvard University Press, 1958, pp. 55-77.

③ 本书所引《圣经》文字，均出自：《圣经》（和合本），中国基督教协会，2000。与《新生》这个段落相关的《圣经》典故还有《使徒行传》10：30。关于这一段落中的启示意味，见：Charles S. Singleton, "The Use of Latin in the *Vita Nuova*," *Modern Language Notes* 61.2 (1946): 108-112.

味着，作为世俗诗歌"温柔新体诗"的爱神虽然充满原罪的粗暴，却蕴含着救赎的希望，人因爱而痛苦，也因爱而获救。

爱神的最后一次现身时，在诗人的心灵中说：

"记得为我俘获你的那个日子祝福，因为这是你的义务。"

"Pensa di benedicere lo dì che io ti presi, però che tu lo dei fare".

（*VN* 24.2）

尘世的爱欲虽然带来磨难，却是得救的基础，就像初人被放逐出伊甸园，却因此获得了赎罪的可能。此后，诗人看到贝雅特丽齐在被称为"春姑娘"（Primavera）的乔万娜（Giovanna）身后走来，爱神对诗人解释道：

"走在前头的女郎之所以被称为'春姑娘'，就是在于她今天来临的方式；因为正是我鼓动赋名者称呼她为'春姑娘'的，意味着在贝雅特丽齐于其信徒产生幻想之后现身的那天，这位女郎'最先来临'。并且，倘若考察她的真名，你会发现这同样表示'最先来临'，因为乔万娜这个名字来自乔万尼（Giovanni），这位真光的先导曾说：'我是旷野中呼告的声音，为主预备道路。'"

"Quella prima è nominata Primavera solo per questa venuta d'oggi; ché io mossi lo imponitore del nome a chiamarla così Primavera, cioè prima verrà lo die che Beatrice si mosterrà dopo la imaginazione del suo fedele. E se anche vogli considerare lo primo nome suo, tanto è quanto dire 'prima verrà', però che lo suo nome Giovanna è da quello Giovanni lo quale precedette la verace luce, dicendo: 'Ego vox clamantis in deserto: parate viam Domini' ". （*VN* 24.4）

乔万尼是施洗者约翰（John the Baptist）的意大利语，在基督教传统中，施洗者约翰是基督的先行者。就这样，爱神在解释"乔万娜"名字的含义时，明确了贝雅特丽齐的"基督"特质。在此之后，诗人依稀听到爱神说："任何一位明察秋毫的人都会称贝雅特丽齐为爱神，因为她与我如此相像。"（*VN* 24.5）此后，爱神就不再以人的形象出现。

对于爱神的突然退场，诗人在第 25 节中进行了解释：

在此，或许有想要刨根问底的人对我谈论爱神的方式提出疑问，因为在我笔下，袘好像是一个出于自身的事物，看上去不仅是理智实体，还是有形实体。此言谬矣，因为爱神自身并非作为实体而存在，它是实体中的偶性。

> Potrebbe qui dubitare persona degna da dichiararle onne dubitazione, e dubitare potrebbe di ciò, che io dico d'Amore come se fosse una cosa per sé, e non solamente sustanzia intelligente, ma sì come fosse sustanzia corporale: la quale cosa, secondo la veritate, è falsa; ché Amore non è per sé sì come sustanzia, ma è uno accidente in sustanzia. (*VN* 25.1)

这一段关于"实体"的解释文字依据的是亚里士多德哲学传统："出于自身的事物"可称为实体（substantia），实体的存在出于其本质，是必然且永恒的，偶性的存在是派生的，偶然且短暂。就"爱"而言，上帝的仁爱（caritas）是出于自身因而永恒存在的爱，尘世之爱并不具有真正的本原，因而只是一种偶性。[①]在初识贝雅特丽齐后的许多年中，浸淫在"温柔新体诗"式爱情中的但丁无法看清爱欲的偶性，因此在他笔下，爱神好像是一个"出于自身的事物"。在但丁梦境中出现并最终在现实中发生的"贝雅特丽齐之死"是具有救赎意味的事件，它宣告了但丁与"温柔新体诗"理想的诀别。但丁从此认识到，旧传统中的爱神是"实体中的偶性"，因而在《新生》接下来的文字里，"爱神"消失了，贝雅特丽齐获得了自由，她才是真正的、来源于上帝的仁爱。这种爱的本原是永恒，它是尘世爱欲的依据，也是自由意志的依据；将爱情看作来自外界打扰的看法之所以是错的，是因为爱欲无论正直还是扭曲，都是人内心的力量。

诚然，《新生》中书写的皈依并不彻底。首先，《新生》中的贝雅特丽齐无论是出现在现实里、想象中，还是梦境中，都是诗人眼中美丽却静默的形象，诗人从未记录贝雅特丽齐的言语，他也从未与心爱的女郎进行过只言片语的沟通。其次，贝雅特丽齐死后，诗人再次陷入痛苦，为了寻求慰藉，诗人居然移情别恋，从一位"温柔女士"的怜悯中寻求解脱（*VN* 35.1–8）。再次，在对但丁说话时，爱神常常运用拉丁语，颇有以古典作品中的爱情书写为自己的世俗恋情辩护的意味；但丁在援引

---

① 亚里士多德，《形而上学》VI.ii–iii，吴寿彭译，北京：商务印书馆，2009，第135–139页。亦可参见：St. Thomas Aquinas, *Summa Theologica*, I.Q.3.4–6.

维吉尔等罗马诗人的例子为自己将爱神人格化的做法辩护时，显然也有这样的目的。

　　……首先提请注意的是，在古代没有以俗语写作的爱情诗人，诗人只用拉丁语吟咏爱情；……

　　拉丁语诗人在作品中写到无生命的对象时，或让它们仿佛具有感觉和理性，或使它们互相交谈，并且他们不仅以此方式处理真实之物，还延伸到对非真实之物的描写上。也就是说，在他们笔下，不存在的事物可以开口，偶性就像实体和人那样说话，倘若拉丁语诗人如是写作，那么俗语诗人照此袭用同样合情合理。……

　　拉丁语诗人以上述方式写诗，可从维吉尔的作品中窥见一斑。在《埃涅阿斯纪》第一卷中，敌视特洛伊人的女神朱诺就对风神埃俄罗斯（Aeolus）说："埃俄罗斯王啊！"这位风神回答："天后，你考虑你想要什么，这是你的事；我的职责是执行你的命令。"在《埃涅阿斯纪》第三卷，维吉尔还让无生命物向有生命者开口："坚韧不拔的特洛伊人。"……

　　... prima è da intendere che anticamente non erano dicitori d'amore in lingua volgare, anzi erano dicitori d'amore certi poete in lingua latina; ...

　　Dunque, se noi vedemo che li poete hanno parlato a le cose inanimate, sì come se avessero senso e ragione, e fattele parlare insieme; e non solamente cose vere, ma cose non vere, cioè che detto hanno, di cose le quali non sono, che parlano, e detto che molti accidenti parlano, sì come se fossero sustanzie e uomini; degno è lo dicitore per rima di fare lo somigliante, ...

　　Che li poete abbiano così parlato come detto è, appare per Virgilio; lo quale dice che Iuno, cioè una dea nemica de li Troiani, parloe ad Eolo, segnore de li venti, quivi nel primo de lo Eneida: *Eole, nanque tibi*, e che questo segnore le rispuose, quivi: *Tuus, o regina, quid optes explorare labor; michi iussa capessere fas est*. Per questo medesimo poeta parla la cosa che non è animata a le cose animate, nel terzo de lo Eneida, quivi: *Dardanide duri*. ...（*VN* 25.3, 8, 9）

这个段落就出现在对爱神消失的解释之后，但丁一方面从圣托马斯神学的角度解释了爱神不存在的道理，另一方面又援引罗马诗人为自己的爱情诗歌正名，可见其信仰的动摇和反复。或许正是因为认识到《新生》中的这些缺憾，但丁才在这部作品的末尾许诺"以一种更崇高的风格咏唱她①"（più degnamente trattare di lei）（*VN* 42.1）——那正是《喜剧》的使命，也意味着喜剧的第一重内涵：救赎。

三

《神曲》就是在反思《埃涅阿斯纪》与《新生》的语境中开始的。在《地狱篇》开篇，随着幽林与山肩太阳的意象，一个沉船比喻插入了诗歌叙事：

> 犹如从海里逃到岸上的人，喘息未定，回过头来凝望惊涛骇浪一样，我的仍然在奔逃的心灵，回过头来重新注视那道从来不让人生还的关口。
>
> E come quei che con lena affannata,
>
> uscito fuor del pelago a la riva,
>
> si volge a l'acqua perigliosa e guata:
>
> così l'animo mio, ch'ancor fuggiva,
>
> si volse a retro a rimirar lo passo
>
> che non lasciò già mai persona viva.（*Inf.* 1.22–27）

这个与幽林和山峰的语境并不和谐的比喻将《埃涅阿斯纪》作为隐文本带入《神曲》②：正如《埃涅阿斯纪》开篇遭遇海上风暴，又侥幸逃离的埃涅阿斯一样，此时的但丁也在心灵的风暴中得到暂时的安宁。通过将灵魂之脚的意象与沉船比喻衔接，但丁将埃涅阿斯流浪中的处境内化为一个中世纪的心灵世界。

---

① 此处的"她"指贝雅特丽齐。

② 霍兰德（Robert Hollander）指出，从此处开始，《地狱篇》第 1 歌与第 2 歌出现了一系列与《埃涅阿斯纪》相关的意象，见：Dante Alighieri, *Inferno*, trans. Robert Hollander and Jean Hollander, intro & notes Robert Hollander, New York: Anchor Books, 2000, pp. 15, 36-43.

在遇到三只野兽前，诗人虽然已经在阳光的照耀下得到了某些慰藉，却仍然保留着罪的伤痕①，在母狼的威逼下，跛足的诗人一步步退向"太阳沉寂的地方"（dove 'l sol tace）（*Inf.* 1.60）。在这里，诗人并未在时空的意义上书写阳光的流逝，却用《诗篇》式的写作将阳光的缺席与"言"的缺失联系在一起。②与太阳的"沉寂"应和的，是随后现身的维吉尔的失声：

> 我正往低处退下去时，一个人影儿出现在眼前，他似乎由于长久沉默而声音沙哑。
>
> Mentre ch'i' rovinava in basso loco,
>
> dinanzi a li occhi mi si fu offerto
>
> chi per lungo silenzio parea fioco.（*Inf.* 1.61–63）

"他似乎由于长久沉默而声音沙哑"——维吉尔的暗哑意味着古典诗歌传统的无力。而在后文中，但丁在对维吉尔致敬时说："那么，你就是那位维吉尔，就是那涌出滔滔不绝的语言洪流的源泉（che spandi di parlar sì largo fiume）吗？"（*Inf.* 1.79–80）两个片段强大的反差凸显了但丁时代文明的荒芜。可见，《地狱篇》开篇场景中荒凉寂寞的图景，不仅是灵魂中的罪恶世界，也是上帝之"言"和古典诗歌教诲同时缺失的堕落世界，而这样的关联也将救赎主题与喜剧的写作联系在一起。

在接下来的对话中，维吉尔表达了要引领但丁脱离苦境，游历地狱、炼狱和天国的想法，也预言了意大利的救星——"猎犬"（veltro）（*Inf.* 1.101）的诞生。然而但丁却表现出了怀疑与退缩：作为一个凡俗的罪人、亚当的普通子孙，凭什么能够克服旅途的艰难进入天国（*Inf.* 2.10–36）。但丁的拒绝体现了古代"高贵言辞"的无力。为了说服但丁，维吉尔引出了更高的权威：贝雅特丽齐从天国降临古代圣贤所在的灵泊

---

① 弗里切罗认为，太阳的慰藉对应着但丁早年学习哲学和写作《飨宴篇》的岁月，见：John Freccero, "The Firm Foot on a Journey Without a Guide," in *Dante: The Poetics of Conversion*, pp. 29-54.

② 关于太阳与言的关联，见《诗篇》19：2–3："这日到那日发出言语，这夜到那夜传出知识。无言无语，也无声音可听。"而"言"的意义，是主之道，见《约翰福音》1：1："太初有道，道与神同在，道就是神。"此处的"道"，希腊语原文为"logos"，本意为"言说"，"logos"与中文"道"的多重意义大体重合。

（Limbo）①，"她眼睛闪耀着比星星还明亮的光芒，用天使般的声音，温柔平和的语调（in sua favella）"（*Inf.* 2.55–57），将但丁的困境告诉了古代诗人：

> "现在请你动身前去，以你的美妙的言辞，以一切必要的使他
> 得救的办法援助他，让我得到安慰。"

> "Or movi, e con la tua parola ornata
>
> e con ciò c'ha mestieri al suo campare,
>
> l'aiuta sì ch'i' ne sia consolata."（*Inf.* 2.67–69）

贝雅特丽齐降临灵泊的情节是中世纪传说中"基督劫掠地狱"故事的重演。②然而在此处更引人注意的是，贝雅特丽齐的言语——与《新生》中那个静默的美丽形象相比，在维吉尔话语中现身的贝雅特丽齐首先表现出的是其"言辞"的力量。在此，贝雅特丽齐的"sua favella"字面意义为"她的语言"③，那便是作为贝雅特丽齐与但丁母语的意大利语，也是但丁写作《神曲》的语言。它与维吉尔"美妙的言辞"（parola ornata）——拉丁语形成了对比：灵泊的语言是崇高华美的语言，却走不出地狱的阴影，天国里的灵魂用的是俗语——那将是贯穿《喜剧》的平实而谦卑却神圣的语言。

---

① 自《神曲》被译成汉语，关于地狱中"Limbo"一词的翻译，多半采用音译，如"林卜"（钱稻孙）、"林菩狱"（朱维基）、"林勃"（田德望、黄文捷）、"林勃狱"（张曙光），也有少数力图在翻译中表达某种意思，如"候判所"（王维克）、"幽域"（黄国彬）。但音译者不能表达"Limbo"的精神内涵，意译者则理解多少有误。林国华根据对"Limbo"的理解首创译名"灵泊"，笔者深表认同，故从之。详见：林国华，《但丁〈神曲·地狱篇〉中的"灵泊"小议》，载林国华、王恒主编《罗马古道》，上海：上海人民出版社，2010，第13–17页。

② "基督劫掠地狱"的传说记录在《尼哥底母福音》等次经中。关于次经文本及中世纪对这个故事的解读，见：霍金斯（Peter S. Hawkins），《征服地狱》，载《但丁的圣约书：圣经式想象论集》，朱振宇译，北京：华夏出版社，2011，第106–141页。关于贝雅特丽齐进入灵泊与"基督劫掠地狱"传统的关联，见：Amilcare A. Iannucci, "Beatrice in Limbo: A Metaphoric Harrowing of Hell," *Dante Studies* 97 (1979): 23-45.

③ 牛津版《地狱篇》注释将"sua favella"翻译为"her language"，比较忠实地传递了原意。关于贝雅特丽齐所用语言的解释，见：Dante Alighieri, *Inferno*, trans. Robert Hollander and Jean Hollander, intro & notes Robert Hollander, p. 40.

从海上风暴中逃生、试图逃离困境、向导的指引——这一系列情节也将《埃涅阿斯纪》和《地狱篇》的开篇联系在一起,但丁相当于埃涅阿斯,而维吉尔则承担着维纳斯的使命。古代史诗中的维纳斯本身就是爱神,维吉尔则拥有但丁往日爱人——贝雅特丽齐的嘱托。然而在《埃涅阿斯纪》中,维纳斯虽然对儿子进行了指引,但她幻化的假象(迦太基女郎)却欺骗了埃涅阿斯,她也没有向埃涅阿斯透露朱庇特预言的真实内容。她指引埃涅阿斯去见的狄多固然给了特洛伊人帮助,却也让这位未来的罗马之父陷入了不伦之恋。在《埃涅阿斯纪》中,正义与邪曲、真相与欺骗始终混在爱神的形象里。在《地狱篇》第2歌中,贝雅特丽齐却以真容显现,向维吉尔清晰地解释了自己力量的本源:

> "'天上的一位崇高的圣女怜悯那个人遇到我派你去解除的这种障碍,结果打破了天上的严峻判决。'她召唤卢齐亚(Lucia)①说:'忠于你的人现在需要你,我把他托付给你。'卢齐亚乃一切残忍行为之敌,闻命而动,来到我同古代的拉结(Rachael)坐在一起的地方。②她说:'上帝的真正赞美者贝雅特丽齐呀,你为什么不去救助那个那样爱你、由于你而离开了凡庸的人群的人哪?你没听见他的痛苦的悲叹吗?没看见他正在风浪比海还险恶的洪流中受到死的冲击吗?'她说了这话以后,我立刻离开了我的幸福的座位,从天上来到这里,世人趋利避害也没有这样快,我信赖你的**高华典雅的言辞**的力量。这种言辞给你和听的人都增加光彩。"

> "'Donna è gentil nel ciel che si compiange
> di questo 'mpedimento ov' io ti mando,
> sì che duro giudicio là sù frange.'
> Questa chiese Lucia in suo dimando

---

① 卢齐亚在诸圣中以性格坚毅勇敢著称。据说她在为母亲的血漏症能够痊愈祈祷时,许诺永远做处女,而且不断接济穷人。这激怒了她的异教徒未婚夫。其时罗马皇帝戴克里先(Gaius Aurelius Valerius Diocletianus)正在迫害基督徒,未婚夫就向戴克里先告发了她。她因此受到挖目的严刑,却至死不肯放弃信仰。

② 在中世纪哲学中,拉结代表沉思的生活,而其姐姐利亚(Leah)代表行动的生活。贝雅特丽齐与拉结在一起,意味着贝雅特丽齐不仅象征着爱,也象征着由信仰而来的神圣智慧。具体解释见本书第三章。

> e disse: 'Or ha bisogno il tuo fedele
>
> di te, e io a te lo raccomando.'
>
> Lucia, nimica di ciascun crudele,
>
> si mosse, e venne al loco dov' i' era,
>
> che mi sedea con l'antica Rachele.
>
> Disse: 'Beatrice, loda di Dio vera,
>
> ché non soccorri quei che t'amò tanto
>
> ch'uscì per te de la volgare schiera?
>
> Non odi tu la pieta del suo pianto,
>
> non vedi tu la morte che 'l combatte
>
> su la fiumana ove 'l mar non ha vanto?'
>
> Al mondo non fur mai persone ratte
>
> a far lor pro o a fuggir lor danno,
>
> com' io, dopo cotai parole fatte,
>
> venni qua giù del mio beato scanno,
>
> fidandomi del tuo **parlare onesto**,
>
> ch'onora te e quei ch'udito l'hanno." （*Inf.* 2.94－114）

"天上的一位崇高的圣女"指的是圣母马利亚（Maria）。贝雅特丽齐的爱并非世俗抒情诗人的爱神，而是扎根于信仰的仁爱。从马利亚到卢齐亚到贝雅特丽齐再到维吉尔①——在这个从情节演进来看颇显累赘的段落中，贯穿着"怜悯－言辞－行动"层层推进的清晰线索。这一序列被贝雅特丽齐总结为，"爱推动我，让我说话"（amor mi mosse, che mi fa parlare）（*Inf.* 2.72）。同时，这一序列也实现了对古典史诗中埃涅阿斯与维纳斯相遇情节的反转：《埃涅阿斯纪》中的向导维纳斯用了虚假的幻象，《地狱篇》中的维吉尔则以真实的身份引渡但丁；《埃涅阿斯纪》中的"母亲"扮成了具有情人魅力的少女，《地狱篇》中往日的情人则心怀母亲（圣母）的嘱托；《埃涅阿斯纪》中的英雄因被母亲欺骗，悲伤又迷惘，而《地狱篇》中，从天而降的"言语"通过马利亚－卢齐亚－贝雅特丽

---

① 《地狱篇》第2歌里，在维吉尔言辞中出现的三位圣女与第1歌中的三只野兽形成了结构上的对比。

齐—维吉尔让但丁清晰地知晓了上天的意图，并成功克服了心中的恐惧。好像特地在修正《埃涅阿斯纪》中虚假的形象一般，但丁欣喜地肯定了维吉尔转达的"真实"言辞：

> "啊，她拯救我，够多么慈悲呀！你立刻听从她对你说的**真实的话**，够多么殷勤哪！"
>
> "Oh pietosa colei che mi soccorse!
>
> e te cortese ch'ubidisti tosto
>
> a **le vere parole** che ti porse!"（*Inf.* 2.133—135）

但丁就用这种方式修正了《埃涅阿斯纪》，与此同时，他也纠正了《新生》第 25 节中援引拉丁诗歌为自己辩护的做法：维吉尔"崇高的悲剧"只有依靠天上圣女的诏令，才足以成为"其他诗人的光荣和明灯"（de li altri poeti onore e lume）（*Inf.* 1.82）。

四

《地狱篇》第 4 歌写到的伟大古代诗人中还有一位罗马诗人奥维德（Ovid），他与维吉尔都曾是奥古斯都（Gaius Octavius Augustus）时代的见证者，但在身世与写作风格上却大相径庭。同样是天才诗人，维吉尔缔造了罗马风格的高雅简约，奥维德的写作则承继希腊遗风，华丽夸张。维吉尔用一部《埃涅阿斯纪》重续荷马（Homer）史诗的辉煌，用"战争和一个人的故事"（*Aen.* 1.1）书写了罗马的建国神话；而奥维德则用一部《变形记》将哀歌体裁融入史诗，歌唱从开天辟地到奥古斯都时代的"宇宙史"。《埃涅阿斯纪》有着严整的向心结构，衬托着奥古斯都时代以皇帝为核心的文明秩序；而《变形记》的故事之间的衔接却显得散漫随意，就像漫无目的的历史，一切事件不过是凭借机运的偶然结合。在维吉尔的史诗中，英雄受到命运护佑，即使最任性的神灵（朱诺）也在最后与英雄达成了和解，诗人成了伟大领袖的歌颂者；而在《变形记》中，就像代达罗斯（Daedalus）与阿剌克涅（Arachne）的故事隐喻的那样[①]，自然与技艺、诗人与政治之间呈现出严峻的对抗。两部史诗

_____

① 具体分析见本书第一章第二节。

都展现了爱欲的强大与罪性，在《埃涅阿斯纪》中，爱情最终被净化为家国情怀；而在《变形记》中，爱欲始终保持着其自由与任性，支撑着诗人不屈的心灵。两部史诗都有毕达哥拉斯主义（Pythagoreanism）循环式的宇宙论，都有对命运无常的慨叹，在维吉尔笔下，"虔敬"虽然不能最终征服命运，却仍不失其高贵，正如罗马的"黄金时代"虽然无法避免生死循环，却仍有其庄严的光辉；而在奥维德笔下，面对涌动的大自然，无论匠人还是英雄，都显示出他们技艺的无力——在全书被称为"小《埃涅阿斯纪》"的英雄史诗叙事中，奥维德甚至用光怪陆离的变形故事穿插进罗马人的建国史诗，用游戏一般的写作完成了对罗马神圣历史的"祛魅"。最后，维吉尔在生前就受到奥古斯都赞赏，死后享尽哀荣；奥维德却因早年书写的爱情诗歌有伤风化，在中年遭到政治放逐，终身没有回到罗马。①

在两位罗马诗人中，但丁显然更敬爱维吉尔，他不仅称维吉尔为"我的老师，我的权威作家"（lo mio maestro e 'l mio autore）（Inf. 1.85），还让维吉尔走出灵泊，成了自己在地狱与炼狱之行中的导师；而对于奥维德，但丁在全书中只有一句评价，"我并不忌妒他"（io non lo 'nvidio）（Inf. 25.99），其中的原因，无外乎是对奥维德缺乏道德底线的才华表示轻蔑。

在写作上，《神曲》首先模仿的也是《埃涅阿斯纪》，诗人在开篇后不久的话"我不是埃涅阿斯，我不是保罗（St. Paul）"（Io non Enëa, io non Paulo sono）（Inf. 2.32）②暗含着诗篇的主要线索——重蹈罗马之父的"冥府之行"，而最后天国的花园也再现了维吉尔笔下的乐土；贯穿《神曲》，对维吉尔史诗的模仿也随处可见。毫无疑问，《埃涅阿斯纪》在很大程度上是《神曲》写作的典范，就像维吉尔在但丁的旅途中所起的作用：面对时时受到罪恶爱欲引诱的但丁，维吉尔用埃涅阿斯式的"虔敬"对诗人脆弱而扭曲的意志进行着节制。③

然而，按照贝雅特丽齐的救赎计划，想要进入天国就必须完整地走

---

① 在现实中，但丁的身世显然更接近奥维德：同样在青年时代以"爱情诗人"著称，同样在中年遭到政治放逐，甚至具有相似的写作才华。

② "我不是埃涅阿斯，我不是保罗"这一诗行可以看作《神曲》的一条主要线索：无法和古代英雄圣贤相比的卑微的"我"，最后却超越了埃涅阿斯和保罗。

③ 关于《神曲》中维吉尔的象征意义，见本书结语部分。

过地狱，包括维吉尔笔下埃涅阿斯没有到达的冥府最幽深的地方。要想描绘灵魂深处细致入微的罪恶，来自《埃涅阿斯纪》的素材也必然存在局限。这种局限也体现在作为诗中角色的维吉尔身上。在《地狱篇》第9歌，维吉尔与但丁在酷似《埃涅阿斯纪》中塔尔塔鲁斯的狄斯（Dis）城门前遭到了群魔的拒绝，罗马诗人数次表现出绝望与困惑，但一个天使却只用一根小杖就打开了深层地狱之门，最终但丁走进了埃涅阿斯从未走进的地府深处①。喜剧就这样在书写的素材方面超越了悲剧。同样的突破也体现在炼狱之后的旅程上。尽管出于敬意和怜悯，但丁让维吉尔走进了炼狱，但对救赎的抗拒最终让维吉尔止步于人间乐园，未能进入"基督是罗马人的那个罗马"（*Purg.* 32.102）——天国。②但维吉尔无力担当向导的地方，奥维德仍发挥着他的力量：他那不受节制的爱欲与想象支撑着但丁书写地狱深处的种种邪恶，也支撑着但丁书写天国不可言喻的秘密。在格吕翁（Geryon）如阿剌克涅的织绣那般绚丽的身体上，在地狱第八环盗贼所处的永恒变形的沟穴里③，在炼狱山上的梦境里④，在"人间乐园"的想象中⑤，在天国路上的祈灵中⑥，在高祖卡恰圭达（Cacciaguida）的预言里⑦，在天国最后的异象里⑧……奥维德的想象都以"诗学地理"或譬喻的方式发挥着它强大的作用——这也是喜剧的第二重含义：书写"整全"——穷尽《埃涅阿斯纪》中古代英雄看不到的黑暗，也穷尽圣保罗口中不可言喻的天国的秘密。在此意义上，喜剧超越了古典教育的理想，也超越了基督教给人设定的界限，构成了诗学史上哥白尼式的革命。

五

在此需要指出，与《埃涅阿斯纪》和《变形记》书写世界史或自然

---

① 具体分析见本书第二章第二节。
② 维吉尔不能获救的原因，仍然在于其"无情"，具体分析见本书第四章第一节。
③ 具体分析见本书第二章第四节。
④ 具体分析见本书第三章第二节。
⑤ 具体分析见本书第三章第三节。
⑥ 具体分析见本书第四章第一节。
⑦ 具体分析见本书第四章第二节。
⑧ 具体分析见本书第四章第三节。

史的手法不同的是，但丁的喜剧是以梦境的形式展开的，在幽暗森林中的所见所闻都发生在半梦半醒之间（*Inf.* 1.10–12），而整个天国之旅也被但丁比作圣保罗神游第三重天（*Par.* 1.4–12）——喜剧从头至尾都以"异象"（vision）的形式展开，说明喜剧本质上是一次精神之旅。这种富有中世纪精神的史诗再现了基督教史诗的内倾性。也正因如此，本书的书名在"喜剧"后加上了"异象"两个字。

本书第一章将对《埃涅阿斯纪》与《变形记》的基本脉络与精神进行概述，第二、三、四章分别在《地狱篇》《炼狱篇》《天国篇》中拣选但丁重写罗马诗人诗歌的片段，分析但丁依据中世纪精神对古代诗歌进行的重构。在分析过程中，虽然也会不可避免地涉及《神曲》对这两位诗人其他作品乃至其他罗马作家作品的重写，但大体而言，《埃涅阿斯纪》与《变形记》构成了但丁写作的罗马背景，而但丁修正罗马诗人的过程也是修正古典精神的过程。在这一过程中，《喜剧》的两个主题"救赎"与"再现整全"都融入了诗人自己的心灵之路。

本书在人名、地名、西文作品和一些术语等首次出现时均加了西文括注，括注一般按照惯常拼法，没有惯常拼法时统一用英文拼法。外国人名的中译名，采用但丁学界的惯常译法，对所引注文献中出现的人名（包括神话人物），在没有惯常译法时，尊重文献中的译法，如不同文献翻译存在冲突时，首先遵从《神曲》田德望译本的译法，其次遵从《埃涅阿斯纪》杨周翰译本的译法，再次遵从《变形记》李永毅译本的译法。对个别原译准确性存疑或欠妥的地方，笔者稍有调整，有些有脚注说明，若只有个别文字或标点修改，就不一一注明了。另外，本书的引文未必将一个句子或一个段落引完整，故煞尾的标点未必是句号，对此，笔者保留了原文以及所引中译文的标点。

第一章 "旧日火焰的痕迹":
《埃涅阿斯纪》与《变形记》中的爱欲与文明

在地狱的灵泊中，但丁看到了五位伟大的古代诗人：荷马、维吉尔、贺拉斯（Horace）、奥维德、卢坎（Lucan）。除荷马外，其余四位均为罗马诗人，而维吉尔、贺拉斯和奥维德都是"黄金时代"诗人；但贺拉斯没有长篇诗歌作品，因此就黄金时代的史诗创作而言，唯有奥维德才能与维吉尔比肩，为但丁写作长诗提供借鉴。

维吉尔的《埃涅阿斯纪》讲的是"战争和一个人的故事"（Aen. 1.1），奥维德的《变形记》讲的则是"旧形如何化作新体"（Met. 1.1）。两部作品都以奥古斯都时代的来临告终，也都有自然秩序的呈现：在《埃涅阿斯纪》中，宇宙的轮回展现在埃涅阿斯与亡父安奇塞斯的"冥府对话"里；而在《变形记》中，大自然的永恒变幻则不仅体现在最后一卷毕达哥拉斯（Pythagoras）的话中，也体现在贯穿全书的变形故事里。

斯蒂芬斯（Wade Carroll Stephens）①探究了包括《埃涅阿斯纪》与《变形记》在内的古典文学作品中的自然意象，对影响奥古斯都时代文学的俄耳甫斯主义（Orphism）传统进行了追溯。斯蒂芬斯指出，俄耳甫斯主义传统可以上溯到以赫西俄德（Hesiod）为代表的古希腊诗歌，其标志之一便是强调爱欲的强大力量。②毕达哥拉斯接受俄耳甫斯主义，并将这

---

① Wade Carroll Stephens, "The Function of Religious and Philosophical Ideas in Ovid's *Metamorphoses*," Ph.D. dissertation, Princeton University, 1957, pp. 1-24.

② 《神谱》（*Theogony*）116-122："最先产生的确实是卡俄斯（Chaos, 混沌），其次便产生该亚（Gaia）——宽胸的大地，所有一切[以冰雪覆盖的奥林波斯（Olympus）山峰为家的神灵]的永远牢靠的根基，以及住在道路宽阔的大地深处的幽暗的塔尔塔鲁斯、爱神厄洛斯（Eros）——在不朽的诸神中数她最美，能使所有的神和所有的人销魂荡魄呆若木鸡，使他们丧失理智，心里没了主意。"参见：赫西俄德，《工作与时日·神谱》，张竹明、蒋平译，北京：商务印书馆，1991，第29-30页。

种传统传递给恩培多克勒斯（Empedocles）。后者提出四根说，并将世界的变化归结为原子的聚合与分离，前者被称为爱，后者被称为恨，因此，爱与恨被看作世界变化的本源动力。在罗马文学中，卢克莱修（Lucretius）的《物性论》（*De Rerum Natura*）继承了这一传统，在其序诗中将维纳斯驯服战神玛尔斯（Mars）写成了世界开端神话。在《埃涅阿斯纪》中，这一传统不仅体现在埃涅阿斯与安奇塞斯的"冥府对话"中，也体现在维纳斯在埃涅阿斯建国中起到的作用；在《变形记》中，爱情故事与代表纷争的竞技故事构成了自然世界种种"变形"背后的原动力，人类历史的演进也被裹挟进这一进程。在此意义上，在灵泊中提到的五位伟大诗人的作品中，《埃涅阿斯纪》与《变形记》体现的爱欲与文明的张力更能代表但丁眼中的"罗马世界"。在这一章中，笔者也将从自然与文明的角度出发，梳理两部作品的基本内容与精神。

第一节　《埃涅阿斯纪》中的诸神、英雄与帝国之梦

作为罗马的建国神话，《埃涅阿斯纪》用 12 卷的篇幅重写了荷马史诗。前 6 卷相当于《奥德赛》（*Odyssey*），描写"一个人的故事"；后 6 卷相当于《伊利亚特》（*Iliad*），描写"战争"①。史诗记述了埃涅阿斯引领特洛伊人在天意引导下艰难建国的传说。在史诗中，诗人通过预言、写画（ekphrasis）与细节描绘等在埃涅阿斯与奥古斯都之间建立了联系，因此，《埃涅阿斯纪》是一部奥古斯都的颂歌。然而，歌颂领袖并非《埃涅阿斯纪》的全部内容，神灵与命运、埃涅阿斯的爱情传说、流亡途中的种种经历也是史诗的精彩篇章。在这一节中，笔者将从诸神、英雄与"冥府之行"三个方面，梳理隐藏在帝国赞歌背后的多重声音。②

---

① "arma"本意为"武器"，引申为"战争"。

② 分析《埃涅阿斯纪》中的多重声音，必定会涉及哈佛学派与传统解读的冲突。笔者在很大程度上受惠于哈佛学派的解释，但同时也关注了近年来国内学者对哈佛学派的合理批评。对于这一问题，笔者将在本书结语中简要提出自己的看法。关于哈佛学派的基本情况及优缺点，见：高峰枫，《维吉尔史诗中的历史与政治》，北京：北京大学出版社，2021，第 13-63 页；王承教，《〈埃涅阿斯纪〉的解释传统》，载王承教选编《〈埃涅阿斯纪〉章义》，王承教、黄芙蓉等译，北京：华夏出版社，2009，第 1-15 页。

一

在《埃涅阿斯纪》中，最高的神意是"命运"（fatum），它指引着埃涅阿斯逃离特洛伊直到罗马建国的历程。但在史诗中，命运并非人格化的神祇，代其发言的是神王朱庇特。在第 1 卷中，朱庇特对罗马人的未来成就进行了许诺：

> "对他们，我不施加任何空间或时间方面的限制，我已经给了他们无限的统治权。的确，凶狠的朱诺出于骇怕，如今把沧海、大地和青天搅得疲乏不堪，她也将改变主意，和我一起爱抚这些世界的主宰者，这个穿拖袈袍的民族——**罗马人**。这就是我的决定。"
>
> "His ego nec metas rerum nec tempora pono;
>
> imperium sine fine dedi. Quin aspera Juno,
>
> quae mare nunc terrasque metu caelumque fatigat,
>
> consilia in melius referet, mecumque fovebit
>
> **Romanos**, rerum dominos gentemque togatam:
>
> Sic placitum." （*Aen.* 1.278−283）

而后，他派墨丘利告知狄多迎接埃涅阿斯，令迦太基人（Carthaginians）解除了敌意（*Aen.* 1.297−304）。第 5 卷中，在特洛伊妇女彩虹伊里斯（Iris）的鼓动下火烧战船后，朱庇特降下风雨，浇灭火焰，保存了部分船只（*Aen.* 5.664−699）。在埃涅阿斯一行抵达拉丁姆（Latium）后，朱庇特放出霹雳与火云，宣告特洛伊人建造城邦的日子到来（*Aen.* 7.141−145）。第 10 卷中，朱庇特在奥林波斯召集众神，让众神平息意大利人与特洛伊人之间的战争（*Aen.* 10.1−15）；面对众神的争执，又表明让命运解决问题（*Aen.* 10.104−113）。在拉丁战争中，他容许朱诺暂时救出图尔努斯（*Aen.* 10.622−627），又派塔尔康（Tarchon）鼓舞和引导特洛伊盟军埃特鲁利亚人（Etruscans）战斗（*Aen.* 11.725−759）。最后一卷中，朱庇特与朱诺达成和解，让罗马人融入拉丁人并崇拜朱诺的力量（*Aen.* 12.791−842），同时震慑图尔努斯、喝退茹图尔娜（Juturna）（*Aen.* 12.843−886），直到埃涅阿斯实现征服。在上述所有段落中，朱庇特都执行着命运的安排。

如果说朱庇特的决定在总体上代表着不变的天意①，那么其余神灵则按照各自的意志行事，形成对天命的搅扰。从人世的角度看，虽然他们无法改变天命，但他们的行动引发的偶然事件却构成了机运，对英雄产生影响。在所有参与史诗进程的神灵中，最重要的两位是朱诺与维纳斯，她们的行动与抉择极大地左右着埃涅阿斯的命运。

妒忌与愤怒是天后朱诺的性格特征，她的行为阻碍着特洛伊人实现罗马建城的梦想。在史诗中，天后有时直接出手阻碍埃涅阿斯的旅程：在第4卷，她和维纳斯商议，想要促成埃涅阿斯和狄多的婚事，把未来的罗马之父永远羁縻在崇拜自己的城市——迦太基（Carthage）。她在狄多和埃涅阿斯打猎之际发起信号，让一对情侣在山洞里成了情欲的俘虏，"就是这一天导致了苦难，导致了死亡"（ille dies primus leti primusque malorum / causa fuit）（*Aen.* 4.169-170），最终，面对埃涅阿斯的离去，狄多羞愤交加，在复仇的诅咒中自戕而死。而在史诗其他地方，朱诺授意其他神祇向特洛伊人发难，这些神祇包括风神埃俄罗斯、彩虹伊里斯、复仇女神阿列克托（Allecto）以及水仙茹图尔娜等。在首卷，朱诺呼唤风神埃俄罗斯发起海上的风暴，掀翻了埃涅阿斯的船队；在末卷，她放任茹图尔娜挽救埃涅阿斯的对手图尔努斯。伊里斯和阿列克托的出场更为频繁，在第4卷末尾，伊里斯奉朱诺之命带走狄多的灵魂；在第5卷，安奇塞斯墓前，她又鼓动特洛伊妇女焚烧战船；在第9卷开始，她督促图尔努斯趁埃涅阿斯出访厄凡德尔（Evander）之际向特洛伊人发动攻击；在第7卷，阿列克托放毒，让拉丁王后阿玛塔（Amata）以及拉丁妇女发疯，又在图尔努斯心中点燃战斗的怒火，并在田野上挑起了拉丁人和特洛伊人之间的战争。在所有这些事件中，朱诺的行为都违背了命运。

但同样应该注意的是，在史诗中，朱诺也是一种需要争取的力量。

---

① 同样顺应天意的还有海神涅普图努斯（Neptunus）。在第1卷中，海神出面平息了朱诺与风神掀起的风暴，尽管被风神的行为激怒，海神却保持着平静，"他把安详的面孔伸出水面，眺望大海"（et alto / prospiciens, summa placidum caput extulit unda）（*Aen.* 1.126-127）；而后，他乘上战车跨海而去，澎湃的大海随着其车轮滚过而平静下来（*Aen.* 1.154-156）。其形象正如巡游的恺撒（Caesar），而其面对风暴的镇定则符合罗马人理想的品格。

朱庇特的话"凶狠的朱诺……也将改变主意，和我一起爱抚这些世界的主宰者"（*Aen.* 1.279—281）暗示了朱诺的双重角色：她可能与朱庇特分庭抗礼，成为建城的破坏力量，也可以和朱庇特一起成为维护罗马的神灵。在第 3 卷中，维吉尔又通过阿波罗神庙祭司赫勒努斯（Helenus）对埃涅阿斯的叮咛明确了朱诺的这种两面性：

> "有一件事，女神之子，有一件事比其他的事都重要，我必须事先告诉你，反复地、一再地警告你，那就是你必须首先乞求并祷告伟大的朱诺的神灵，高高兴兴地向朱诺发誓侍奉她，以哀求者的身份用礼物把这掌握大权的天后争取过来，这样你才能赢得最后的胜利，把西西里（Sicily）抛在后面，到达意大利的疆土。"

> "unum illud tibi, nate dea, proque omnibus unum
>
> praedicam et repetens iterumque iterumque monebo,
>
> Iunonis magnae primum prece numen adora,
>
> Iunoni cane vota libens dominamque potentem
>
> supplicibus supera donis: sic denique victor
>
> Trinacria finis Italos mittere relicta." （*Aen.* 3.435—440）

无论是作为神王的朱庇特，还是作为祭司的太阳神信使，他们都清楚命运的指向，而他们的预言都确认了朱诺对于罗马文明奠基的重要性。[①] 不仅如此，朱诺的阻挠行为也并非毫无顾忌，在第 7 卷，当成功地挑起了争端的阿列克托向朱诺复命，表示可以让战争扩大时，朱诺以朱庇特之名制止了她（*Aen.* 7.552—560）。在史诗的最后时刻，朱庇特终于向朱诺让步（*Aen.* 12.830—833），他向朱诺许诺了最高的荣誉：意大利人保留他们的名称、语言和风俗，特洛伊人融入拉丁族，融合而成的新民族"在对你的崇拜这一点上，没有其他民族可以和它相比"（*Aen.* 12.840）。神王满足了朱诺对荣耀的渴望与期待，朱诺也表示满意，实现了朱庇特

---

① 朱诺助手们的行动也体现出这种两面性。比如，彩虹伊里斯的形象就是双重的：狄多的自杀意味着向前夫希凯斯（Sychaeus）的忏悔，其举动具有斯多亚式的高贵，此时伊里斯的出现标志着狄多罪恶的终结；特洛伊妇女在伊里斯鼓动下烧毁了战船，为流浪的特洛伊人带来了悲伤和绝望，但这也意味着一个新的城市的建立。伊里斯的几次出场，预示的结果并不都是毁灭和灾难，就像风暴结束时出现的绚丽彩虹同时也意味着良好的兆头和新的开始。

在第 1 卷的预言，"凶狠的朱诺……也将改变主意"。最终，朱庇特与朱诺的和解促成了埃涅阿斯的帝国之梦。

与朱诺相反，作为埃涅阿斯的母亲，维纳斯始终支持着特洛伊人，但爱神的形象也体现着爱欲的任性，她给予的帮助也往往伴随着谎言与狡计。在全书中，她数次上天庭，要求朱庇特实现命运对埃涅阿斯的许诺，其动机是出自母亲的关爱而非公正；在第 1 卷，她乔装改扮为埃涅阿斯指点迷津，让他寻找迦太基人的帮助，但其隐瞒真面目的行为却令埃涅阿斯伤心①；此后，她为避免儿子遭遇伤害，曲意与朱诺合作，促成了狄多与埃涅阿斯的孽恋——维纳斯对狄多的算计尤其体现了她的两面性，她"想新花招，打新主意"（novas artes, nova pectore versat / Consilia）（*Aen.* 1.657−658），让丘比特（Cupid）装扮成埃涅阿斯之子到狄多的王宫，"在女王内心深处点燃起爱情的火焰"（*Aen.* 1.659−660）②。"artes"（技艺）、"consilia"（主意，策略）这样的词汇不无讽刺意味。

随着史诗情节的演进，维纳斯的形象也发生了转变。第 8 卷中，维纳斯劝诱火神伏尔甘（Vulcan）为埃涅阿斯铸造武器，这一情节显然是对《伊利亚特》第 18 卷的重写。在荷马史诗中，忒提斯（Thetis）同样请求火神为作为凡人的儿子阿喀琉斯（Achilles）打造盾牌，由于火神欠忒提斯一个人情，武器最终依据正义的原则得以打造。但《埃涅阿斯纪》第 8 卷中，由于维纳斯为与凡人偷情生出的儿子提出请求，作为丈夫的火神不免犹豫，于是上演了维纳斯色诱丈夫的情节（*Aen.* 8.388−393）。③爱

---

① 见 *Aen.* 1.407−409："你也这样残忍吗？为什么几次三番用假象嘲弄你的儿子呢？为什么不让我和你携起手来，推心置腹地互相谈一谈呢？"

② 在《奥德赛》中，仙女卡吕普索（Calypso）羁绊了奥德修斯（Odysseus）的归程，公主瑙茜卡娅（Nausicaa）则拯救并释放了他；在《埃涅阿斯纪》中，狄多同时承担了卡吕普索和瑙茜卡娅两个角色。这也意味着，她与维纳斯一样，表现了爱欲两面的力量，一面是怜悯与拯救，一面是羁縻与毁灭。

③ 维吉尔对这一段落的描写同样借鉴了《物性论》序诗中维纳斯征服情人玛尔斯的片段。但在《埃涅阿斯纪》中，伏尔甘的形象和风骚的维纳斯形成了强烈的对比。后世评注者对维吉尔的用意莫衷一是，有人认为这是维吉尔通过维纳斯的形象对淫乱、肮脏的罗马贵族妇女的讽刺，甚至有人以此为证鞭笞罗马的伪神信仰。关于对这一段的各种评论，见：Stephen Scully, "Refining Fire in *Aeneid* 8," *Vergilius* 46 (2000): 93-113; J. J. L. Smolenaars, "A Disturbing Scene from the Marriage of Venus and Vulcan: *Aeneid* 8.370−415," *Vergilius* 50 (2004): 96-107.

情很快转变成了司火大神劳作的动力:第二天凌晨,伏尔甘像做女红的忠贞妻子一样到打铁炉边开始了工作(*Aen.* 8.407–415)。在将火神比作纺织女的过程中,诗人提到了司管女红的处女神弥涅尔瓦(Minerva)(*Aen.* 8.409),这一贞洁的意象似乎暗示着,情欲之爱经过了某种"冶炼",洗去了其中的驳杂与罪孽。维吉尔在接下来的文字里叙述说,在拉丁姆广阔的原野上,维纳斯亲手将火神的礼物交给埃涅阿斯,并给了儿子一个拥抱(amplexus nati Cytherea petivit)(*Aen.* 8.615)。这是《埃涅阿斯纪》中神与人之间唯一的一次拥抱,也是一次完全没有情欲色彩的拥抱。①在这金屋示爱的场景前后,维吉尔频繁用"父亲"和"母亲"称呼了这一对天神夫妇,他们的"孩子"就是雕刻着罗马帝国未来辉煌历史的埃涅阿斯之盾②。就这样,经过"锻造"的"Amor"最终造就了"Roma",而爱神的形象也褪去了风流与任性的色彩,恢复了神的端庄。

或许正如坎普(W. A. Camps)所言,《埃涅阿斯纪》中的诸神形象结合了斯多亚主义、伊壁鸠鲁主义(Epicureanism)的宗教观,一方面,朱庇特的不变体现了斯多亚主义精神的坚定;另一方面,朱诺与维纳斯则印证了伊壁鸠鲁主义思想中诸神形象的任性与冷漠。③但朱诺最后的妥协与维纳斯的转变意味着,在史诗中,天命的恒常最终战胜了机运的力量。

在史诗中的很多时刻,诸神的影响也灌注在人物的情感与行动中,朱诺的许多行径都是通过搅扰凡人的心灵进行的:无论是自尽的狄多、受到蛊惑的特洛伊妇女,还是被激怒的拉丁妇女,她们在行动中都带有朱诺的激情与妒忌,就像是愤愤不平的天后的分身;在埃涅阿斯最后的

---

① 斯加利(Stephen Scully)分析了"维纳斯的拥抱"这一情节在史诗中的作用,见:Stephen Scully, "Refining Fire in *Aeneid* 8," pp. 93-113.

② 斯加利指出,美丽的维纳斯和丑陋的火神是不般配的一对,也正因此,维纳斯四处偷情,和凡人生儿育女(埃涅阿斯就是维纳斯和凡人安奇塞斯的私生子),唯独和伏尔甘不曾生儿育女。但在这里,这对神祇的婚姻却第一次有了成果,就是埃涅阿斯的盾牌。见:Stephen Scully, "Refining Fire in *Aeneid* 8," pp. 93-113.

③ W. A. 坎普,《维吉尔〈埃涅阿斯纪〉导论》,高峰枫译,北京:北京大学出版社,2020,第58–71页。

暴怒中，也依稀能看到朱诺的影子（*Aen.* 12.945–952）。①而在维纳斯算计狄多的同时，埃涅阿斯也正将海伦（Helen）用过的旧物——绣金线的斗篷和带花边的头巾（*Aen.* 1.648–650）作为礼物进献给女王，就这样，海伦的罪过与诅咒也随着礼物转移到了狄多身上。

　　同时，就像朱诺与维纳斯的形象随史诗的演进发生转变一样，英雄的情感也随着历险的进程而发生变化。在第 4 卷中，面对狂怒的狄多，埃涅阿斯将"爱"重新定义为对帝国事业的虔敬，"这是我的爱，这是我的祖国"（hic amor, haec patria est）（*Aen.* 4.347）②。在后半部史诗中，埃涅阿斯与鲁图利亚人（Rutulians）争夺拉丁公主拉维尼娅（Lavinia），但埃涅阿斯与未来妻子之间并未表现出缠绵的男女之情，反而在描写与战友，特别是新盟友——埃特鲁利亚王子帕拉斯相处的段落中，埃涅阿斯表现出了更多温暖的情感。比如在第 10 卷中，埃涅阿斯带领埃特鲁利亚部队回到拉丁姆，中途在船头谋划战局，帕拉斯沉迷在埃涅阿斯的言辞之中，他"紧挨着他，问他黑夜天空的星指的是什么方向，又问他关于陆

---

① 图尔努斯之死的段落是对《伊利亚特》第 22 卷中赫克托尔（Hector）之死片段的模仿与改写，在其中，埃涅阿斯对应阿喀琉斯，图尔努斯对应赫克托尔，帕拉斯对应帕特罗克洛斯（Patroclus）。但在《伊利亚特》第 24 卷中，阿喀琉斯最终归还了赫克托尔的遗体，而史诗也结束于赫克托尔体面辉煌的葬礼。相比之下，《埃涅阿斯纪》的结尾则显得仓促和血腥。对于这一点，学者们有争议，如奥蒂斯（Brooks Otis）看到了埃涅阿斯最后举动中的无情，但他认为，《埃涅阿斯纪》中不存在基督教式的宽容，战士之间的较量是公平的，无论是图尔努斯接受死亡还是埃涅阿斯最后的暴力，都符合人性；帕特南（Michael C. J. Putnam）则较为强调埃涅阿斯行动的罪恶。见：Brooks Otis, *Virgil: A Study in Civilized Poetry*, Oxford: Clarendon Press, 1963, pp. 371-382; Michael C. J. Putnam, "The Baldric of Pallas," in *Virgil's Epic Designs: Ekphrasis in the* Aeneid, New Haven: Yale University Press, 1998, pp. 189-207. 从古典传统看，埃涅阿斯的愤怒并无大过，而对这一举动进行的伦理批评很大程度上是来自基督教的道德观，因而笔者认为奥蒂斯的看法相对客观。汉语学界对这一段落的解释史已经有比较详细的梳理，见：高峰枫，《维吉尔史诗中的历史与政治》，第 214–263 页。笔者认为，此处也应关注神灵的行径与英雄的情感变化之间存在的某种对应，从人的视野来看，埃涅阿斯最终被激怒是由于看到帕拉斯的遗物，但从整部史诗中神与人共同推进情节演进的角度来看，埃涅阿斯征服的实现发生在朱诺的妥协之后，在神的行动与英雄心灵中的情绪搅扰直接隐隐存在着联系，这正符合斯多亚主义关于灵魂及其搅扰问题的看法。同时，这一情节也说明，朱诺力量的融入最终成就了英雄的霸业。

② 此句乃笔者根据字面意思自译。

上和海上的经历"（*Aen.* 10.160—162）；又如在帕拉斯的葬礼上，

> ……埃涅阿斯取出两件绣着金紫、笔挺的衣服来，这是当年狄多怀着欣悦的心情，以精巧的手艺，亲手为他制作的，上面绗着金线。埃涅阿斯悲悲切切地拿其中一件给青年帕拉斯穿上，作为最后向他表示的敬意，又用另一件包上他的很快就要火化的头发；
>
> ... geminas vestis auroque ostroque rigentis
>
> extulit Aeneas, quas illi laeta laborum
>
> ipsa suis quondam manibus Sidonia Dido
>
> fecerat et tenui telas discreverat auro.
>
> harum unam iuveni supremum maestus honorem
>
> induit arsurasque comas obnubit amictu,（*Aen.* 11.72—77）

埃涅阿斯用狄多的遗物为帕拉斯陪葬,难免让人回忆起前半部史诗中埃涅阿斯与狄多相处的情形，显然，情感的力量已经与家国之情融为一体。

二

在乐土父子相会的情节中，安奇塞斯用"虔敬"一词称赞了埃涅阿斯：

> "你的虔敬①克服了道途的艰险了? 这正是做父亲的所期望的啊。"
>
> "tuaque exspectata parenti
>
> vicit iter durum pietas?"（*Aen.* 6.687—688）

史诗中，"虔敬"正是埃涅阿斯品质的最大特征，它体现为对天意的服从与对家国的忠诚，但也伴随着对自然情感的压抑。②在史诗情节的演进中，埃涅阿斯的人之常情最后总是让位于虔敬。③在虔敬的指引下，天意逐步实现。但在整部史诗中，虔敬这一美德并未给英雄带来超凡的洞

---

① 此处杨译为"虔诚"，但"Pietas"的意思为"虔敬"。

② 见：G. Karl Galinsky, "Pius Aeneas," in *Aeneas, Sicily, and Rome*, Princeton: Princeton University Press, 1969, pp. 3-61.

③ 诚然，正如坎普所言，在《埃涅阿斯纪》中，"每一次分离、每一次伤痛，埃涅阿斯都表露出情感"，但往往埃涅阿斯只有克服了这些情感后才得以前行。参见：W. A. 坎普，《维吉尔〈埃涅阿斯纪〉导论》，第 32 页。

见，而虔敬对情感的克服也伴随着失落、犹豫与迷惘。

在特洛伊城破之际，神鬼的显灵和天降的神兆左右着埃涅阿斯的行动，赫克托尔的亡魂托梦的话让埃涅阿斯惊醒，并疯狂投入战斗（Aen. 2.268–317）；而后，他想要杀死给特洛伊带来灾祸的海伦，但当维纳斯告诉他这是命运的安排时，他改变了自己的决定（Aen. 2.559–623）；他想要带家人逃离特洛伊，却又因父亲安奇塞斯拒绝出走而改变主意，想要重新投入厮杀（Aen. 2.624–670）。此时天降吉兆，埃涅阿斯之子尤路斯（Iulus）头顶冒出火舌（Aen. 2.681–684），随后在安奇塞斯的祈求下，一颗流星划过天空发出光芒（Aen. 2.692–694），安奇塞斯因而改变决定，同意出走，在这紧迫时刻，埃涅阿斯叮嘱父亲带上圣物与家神，才背父携子离去（Aen. 2.717–725）。在这些片段中，无论是对神意的唯命是从，还是对家神的尊敬和对家人的照拂，都体现出埃涅阿斯的忠诚与责任感，但埃涅阿斯在这一过程中体现的摇摆、犹豫与困惑也令人唱然。①

克列乌莎之死的情节为"虔敬"赋予了更多的悲情色彩——当埃涅阿斯找不到妻子，回头寻觅时，克列乌莎的亡魂出现在他面前，说：

> "亲爱的丈夫，你为什么要这样任性悲伤，失去节制？这一切没有神的认可是不会发生的；命运不允许你带克列乌莎一起离去，奥林波斯山上众神的主宰也不答应。你将来要流放到远方，在广阔的大海上漂泊，最后到达"西土"……不要为你心爱的克列乌莎流泪；我是不会看到傲慢的希腊人的宫廷的，也不会给希腊的主妇们当家奴，我是特洛伊人的后裔，我是女神维纳斯的儿媳；伟大的众神之母库别列（Cybele）把我留在特洛伊土地上了。"
>
> "quid tantum insano iuvat indulgere dolori,
> o dulcis coniunx? non haec sine numine divum
> eveniunt; nec te comitem hinc portare Creusam
> fas, aut ille sinit superi regnator Olympi.
> longa tibi exsilia et vastum maris aequor arandum,
> et terram Hesperiam venies, ...

---

① 相对于荷马史诗中的英雄，埃涅阿斯黯然失色：他不如阿喀琉斯率性，不如奥德修斯聪慧。此外，阿喀琉斯知晓自己的命运，埃涅阿斯则从未有这种先知先觉。

...

... lacrimas dilectae pelle Creusae.

non ego Myrmidonum sedes Dolopumue superbas

aspiciam aut Grais servitum matribus ibo,

Dardanis et divae Veneris nurus;

sed me magna deum genetrix his detinet oris." （*Aen.* 2.776−788）

克列乌莎就像埃涅阿斯的影子，她抑制着满怀的深情告诫丈夫：忠诚是最高尚的美德，作为女子的典范，自己应该听从神的指令，在特洛伊的土地上殉国；为夫妻的情感哭泣是不对的，英雄应该不动心。①面对妻子的亡魂，埃涅阿斯"泪如雨下"，但诗人甚至连拥抱妻子的最后权利都没有给他：

> 我三次想用双臂去搂她的头颈，她的影子三次闪过我的拥抱，
> 不让我捉到，就像一阵轻风，又像一场梦似的飞走了。

ter conatus ibi collo dare bracchia circum;

ter frustra comprensa manus effugit imago,

par levibus ventis volucrique simillima somno. （*Aen.* 2.792−794）

史诗中，与埃涅阿斯有男女之情的女性一共有三位②，但相比英勇殉国的克列乌莎和作为政治联姻工具的拉维尼娅，迦太基女王狄多与埃涅阿斯的故事具有更为动人的力量，诗人对狄多的遭遇也表达了怜悯③。然而，无论诗人还是狄多自己都将其移情埃涅阿斯看作对亡夫希凯斯的背

---

① 佩克尔（Christine G. Perkell）指出，在《埃涅阿斯纪》中不存在佩涅罗佩（Penelope）式的完美女子，同时英雄的美德与爱欲也是相互排斥的。见：Christine G. Perkell, "On Creusa, Dido and the quality of victory in Virgil's *Aeneid*," in Helene Foley, ed., *Reflections of Women in Antiquity*, New York: Gordon and Breach Science Publishers, 1981, pp. 355-377.

② 关于《埃涅阿斯纪》中女性的特点，见：Christine G. Perkell, "On Creusa, Dido and the quality of victory in Virgil's *Aeneid*," in Helene Foley, ed., *Reflections of Women in Antiquity*, pp. 355-377.

③ 最突出的表现为对狄多死亡的描写，见 *Aen.* 4.696−699："由于她并非命中注定要死，又不该死，而是由于猝然的炽烈的愤恨使她在悲痛之中未到寿限而死，因此冥后普洛塞皮娜（Proserpina）还不曾从她头上剪去一绺金发，把她送往地府。"

叛，"和我第一次结为夫妇的人，把我的爱都带走了；他还占有着我的爱，保存在坟墓里"（*Aen.* 4.28—29）；而当埃涅阿斯终于遵守墨丘利的梦中指引离去、狄多决定自杀前，女王再次对前夫进行了忏悔，"而我现在却破坏了对已故的希凯斯的誓约了"（*Aen.* 4.552）。狄多与埃涅阿斯之间不乏真情，"我认出了旧日火焰的痕迹"（*Aen.* 4.23），但这场爱情却成为埃涅阿斯建国的阻碍力量，正如宙斯（Zeus）在派遣墨丘利时说的，"待在一个敌对民族里不走"（*Aen.* 4.235），甚至狄多与埃涅阿斯一厢情愿的"婚姻"也遭到了诗人的质疑，"她说这就是结婚，她用这名义来掩盖她的罪愆"（coniugium vocat, hoc praetexit nomine culpam）（*Aen.* 4.172）；埃涅阿斯在面对狄多的指责时也明确否认了二人之间的婚姻，"我也从未正式向你求亲，或缔结过婚约"（nec coniugis umquam / praetendi taedas aut haec in foedera veni）（*Aen.* 4.338—339）。无论对于埃涅阿斯的建国梦想还是狄多的迦太基，二人的感情都被看作负面的力量，甚至狄多自杀场景的描写也被比喻为迦太基的灭亡（*Aen.* 4.667—671）。[1]

　　"虔敬"的缺憾不仅体现为天命与爱情难以两全，也体现为英雄面对神秘知识的迷惘。在第 3 卷中，特洛伊人由于安奇塞斯对神谕的误解，来到克里特（Crete），天上降下瘟疫警示[2]，安奇塞斯让埃涅阿斯返回提洛斯（Delos）请求神谕，才知"西土"并非此处，在这一过程中，迷茫的除了老父，当然也包括埃涅阿斯；在同一卷中，特洛伊人因哈尔皮（Harpy）的预言而颓丧，但在第 7 卷预言实现时，他们却发现自己并未受到伤害（*Aen.* 3.259—262, 7.107—147），先前的担忧是多余的；在第 6 卷，因为女先知西比尔告诫他，"任何心地纯洁的人（casto）都是不准迈进这罪孽的门槛的"（*Aen.* 6.563），埃涅阿斯顺从地止步于地府深处的塔尔塔鲁斯门口，直到史诗结尾，冥府深处最幽深的邪恶始终对特洛伊英雄隔绝着；拉丁战争开始后，埃涅阿斯依靠台伯河神的指引和树林中

---

① *Aen.* 4.669—671："恰像是敌人冲了进来，整个迦太基或古老的推罗（Tyrus）要陷落了，人间的庐舍和天神的庙堂统统被卷入疯狂的烈火之中一样。"

② *Aen.* 3.137—142："但忽然间从一片污浊的天空降下一场可悲的瘟疫和一番死亡的年景，人们的肢体消瘦了，树木和庄稼受到了损害。人们丧失了美好的生命，有的则拖着带病的躯体苟延性命；天狗星把田地烤炙得五谷不生；草木枯萎，庄稼染了病，不出粮食。"

的预兆才解除了心中的惶惑（*Aen.* 8.18–101）；在带领埃特鲁利亚人援兵返回的途中，埃涅阿斯得到了火神伏尔甘打造的盾牌，盾牌上刻着罗马未来的辉煌历史，但看到图像的埃涅阿斯虽然感到高兴，却"不知道（ignarus）这些将来要发生的事"（*Aen.* 8.730）；当埃涅阿斯列队归来，看到被库别列女神变成女仙的特洛伊船只时，他被称作"无知者"（ignarum）（*Aen.* 10.228），他因朕兆而振奋，但也"惶惑不解"（stupet inscius）（*Aen.* 10.249）。[①]从以上情节不难看到，迷惘与困惑伴随着埃涅阿斯旅行的全程。

三

　　《埃涅阿斯纪》的核心在其第 6 卷。在这一卷的"冥府之行"中，埃涅阿斯见到了亡父安奇塞斯的灵魂，了解了罗马帝国未来的英雄与辉煌的未来，因而得以告别特洛伊的往昔，真正从心灵上成长为罗马之父。这一转折也标志着史诗从"奥德赛部分"转向"伊利亚特部分"。大体而言，维吉尔笔下的冥府包括"《奥德赛》冥府""神话冥府""柏拉图式冥府"，其中，"《奥德赛》冥府"包括冥河渡口、灵泊与"哀伤的原野"，"神话冥府"基本上限于塔尔塔鲁斯，"柏拉图式冥府"则大体与乐土相合。由于埃涅阿斯并未进入塔尔塔鲁斯，因此，埃涅阿斯真正的"冥府之行"限于"《奥德赛》冥府"与"柏拉图式冥府"。按照奥蒂斯的看法，前者的游历代表着埃涅阿斯的特洛伊往日，而后者则指向罗马未来。[②]不过，显而易见的是，两部分的游历固然有鲜明的区别，但无情的生死铁律和无常的幻灭感却伴随始终，为埃涅阿斯的建国之梦打上了一道阴影。

　　在冥河斯提克斯（Styx）河岸，埃涅阿斯看到了大批亡灵：

　　　　整群的灵魂像潮水一样拥向河滩，有做母亲的，有身强力壮的男子，有壮心未已但已丧失了生命的英雄，有男童，有尚未婚配的

---

① 斯加利对埃涅阿斯的无知进行了分析，见：Stephen Scully, "Refining Fire in *Aeneid* 8," pp. 93-113.

② 笔者本节的写作总体上参考了奥蒂斯对埃涅阿斯"冥府之行"的解释，见：Brooks Otis, "The Odyssean *Aeneid*," in *Virgil: A Study in Civilized Poetry*, pp. 215-312.

　　少女，还有先父母而死的青年，其数目之多恰似树林里随着秋天的
初寒而飘落的树叶，又像岁寒时节的鸟群从远洋飞集到陆地，它们
飞渡大海，降落到风和日暖的大地。这些灵魂到了河滩就停了下来，
纷纷请求先渡过河；他们痴情地把两臂伸向彼岸。

> huc omnis turba ad ripas effusa ruebat,
>
> matres atque viri defunctaque corpora vita
>
> magnanimum heroum, pueri innuptaeque puellae,
>
> impositique rogis iuvenes ante ora parentum:
>
> quam multa in silvis autumni frigore primo
>
> lapsa cadunt folia, aut ad terram gurgite ab alto
>
> quam multae glomerantur aves, ubi frigidus annus
>
> trans pontum fugat et terris immittit apricis.
>
> stabant orantes primi transmittere cursum
>
> tendebantque manus ripae ulterioris amore.（Aen. 6.305-314）

在该段落中，有关秋日落叶的比喻出自《奥德赛》[①]，它和候鸟迁徙的比
喻一起提醒读者，生死是自然的铁律，人的意志无法左右。灵魂们渴望渡
河的场景也再现了《奥德赛》冥府中亡灵的欲望，但在《奥德赛》中，亡
魂的渴望是指向生者的世界，维吉尔笔下的亡魂却渴望去往冥界。[②]

　　冥府的摆渡者是卡隆（Charon），"他现在已上了年纪，但是神的老年
仍和血气方刚的青年一样"（iam senior, sed cruda deo viridisque senectus）
（Aen. 6.304）。"老年"意味着死亡，而"血气方刚的青年"象征着生命，

---

① "落叶"隐喻，最早来自《伊利亚特》6.146-149："正如树叶的枯荣，人类的世
　　代也如此。／秋风将树叶吹落到地上，春天来临，／林中又会萌发，长出新的绿
　　叶，／人类也是一代出生，一代凋零。"见：荷马，《伊利亚特》，罗念生、王焕生
　　译，北京：人民文学出版社，1994，第 153 页。

② 最典型的为《奥德赛》11.488-491 阿喀琉斯的话："光辉的奥德修斯，请不要安
　　慰我亡故。／我宁愿为他人耕种田地，被雇受役使，／纵然他无祖传地产，家财微
　　薄度日难，／也不想统治即使所有故去者的亡灵。"见：荷马，《奥德赛》，王焕
　　生译，北京：人民文学出版社，2003，第 213 页。关于维吉尔冥府中灵魂的欲望，
　　见：沃登（John Warden），《〈埃涅阿斯纪〉卷六中的结构与欲望》，载王承教选
　　编《〈埃涅阿斯纪〉章义》，第 136-151 页。

作为阴阳两界沟通者的卡隆兼具两种形象。①面对如潮水般涌向阿刻隆（Acheron）河的灵魂，维吉尔笔下的卡隆沉默地执行着冥府的铁律，他让一些灵魂上船，又把另一些灵魂挡了回去（Aen. 6.315-316）。

渡过冥河的条件是死后获得葬礼。在被拒绝的灵魂中，有特洛伊人的舵手帕里努鲁斯（Palinurus）。在追随埃涅阿斯流亡的途中，帕里努鲁斯受到睡神侵扰，在睡梦中坠入大海，当他随着波涛的颠簸靠近意大利的海岸、想要挣扎着攀住岩石时，遭到了野蛮人的攻击，死后，他的尸身沿着岸边漂流。由于尸体没有入土，他的灵魂也不得渡过阿刻隆河。

帕里努鲁斯的原型是《奥德赛》第11卷中的埃尔佩诺尔（Elpenor）。因为尸首未能入土安葬，他请求奥德修斯帮他焚毁尸首，筑坟纪念。对于死后的状况，埃尔佩诺尔没有改变的欲望。②但帕里努鲁斯却有与其他亡灵一样的渴求，他请求埃涅阿斯，如果不能将其埋葬，就将其带过冥河（Aen. 6.370-371）。舵手的请求遭到了女先知西比尔无情的拒绝："帕里努鲁斯，你怎么会有这样的非分的要求？……不要妄想乞求一下就可以改变神的旨意。"（Aen. 6.373-376）最后，西比尔只能以他的名字为其丧身之地命名来安慰他（Aen. 6.378-381）。"入土为安"是灵魂横渡冥河的通行证，在这里，无论是亡灵还是卡隆，都无法改变死亡世界的神律。

渡过冥河，埃涅阿斯与西比尔进入了横死的灵魂们所谓的"哀伤的原野"（Lugentes campi）（Aen. 6.441）。在这里，埃涅阿斯看到了狄多的亡魂。重逢时刻，埃涅阿斯充满怜悯地对狄多解释，自己不是有意离弃她，只是在神的告诫下无奈离去（Aen. 6.456-466）。当他想要以此激发狄多的同情之泪时，狄多"瞑目而视。她背过身去，眼睛望着地上，一动也不动"（Aen. 6.469）。最后，狄多离去，与前夫希凯斯的灵魂重聚，生与死阻断了往日恋人间可能的交流（Aen. 472-474）。③

如果说冥府中狄多的形象对应着《奥德赛》冥府中的埃阿斯（Ajax）④，

---

① 关于卡隆形象的解释，见：Charles Paul Segal, "Aeternum per Saecula Nomen, the Golden Bough and the Tragedy of History: Part I," *Arion* 4.4 (1965): 617-657.

② 《奥德赛》11.51-78，见：荷马，《奥德赛》，王焕生译，第196-197页。

③ Brooks Otis, *Virgil: A Study in Civilized Poetry*, pp. 293-295.

④ 《奥德赛》11.543-544："只有特拉蒙（Telamon）之子埃阿斯的魂灵这时仍 / 伫立一旁，为那场争执余怒未消。"见：荷马，《奥德赛》，王焕生译，第215页。但奥德修斯与埃阿斯是战友和竞争对手，而狄多与埃涅阿斯的关系则为爱人。

那么代佛布斯（Deiphobus）则对应着阿伽门农（Agamemnon）^①。这位普利阿姆斯（Priamus）的儿子，在帕里斯（Paris）死后娶了海伦。在木马屠城之夜，有心向希腊人将功赎罪的海伦藏起了丈夫的武器，又将希腊人引到家中，代佛布斯在睡梦中死于希腊人的刀枪下。他与阿伽门农一样，都死于妻子的阴谋。与阿伽门农相比，代佛布斯的灵魂由于其带着生前的伤痕而更加可怖（*Aen.* 6.494-497）^②。在荷马史诗中，阿伽门农对奥德修斯说的是两个家庭的不同命运：由于智慧、坚韧的佩涅罗佩远胜于诡计多端又不忠的克吕泰墨斯特拉（Clytemnestra），奥德修斯还有还乡重返幸福的希望。但遭受无数暴力死去的代佛布斯却用自己的遍体鳞伤和他强烈的羞耻感让埃涅阿斯领悟到，特洛伊的往昔已经破碎，不堪回首。

在原野尽头，冥府之路分成两支，埃涅阿斯听从西比尔劝告，没有去探索塔尔塔鲁斯幽深的秘密^③，在狄斯城前献上金枝，从右边的道路走到了乐土^④。乐土中有勒特河（Lethe）——忘川，两岸有树林与宅屋，周围有不同氏族的灵魂游荡。在这里，埃涅阿斯见到了父亲安奇塞斯的亡灵，然而牧歌一般的风光并未吸引埃涅阿斯的注意，在重逢的悲喜交集之余，吸引埃涅阿斯的却是勒特河边等待转世的灵魂：

> "那么，父亲，你是不是说有些灵魂将升到阳世，再见天光，重新投入苦难的肉身呢？为什么这些鬼魂这样热烈地追求着天光呢？这是多么愚蠢啊。"
>
> "o pater, anne aliquas ad caelum hinc ire putandum est
>
> sublimis animas iterumque ad tarda reverti
>
> corpora? quae lucis miseris tam dira cupido?"（*Aen.* 6.719-721）

在回答中，安奇塞斯讲述了灵魂轮回的原理（*Aen.* 6.724-751）：世界的

---

① Brooks Otis, *Virgil: A Study in Civilized Poetry*, pp. 295-297.

② 相比《奥德赛》冥府中的灵魂，维吉尔笔下的亡魂更具有身体性的特征。

③ 关于维吉尔笔下塔尔塔鲁斯的分析，见：泽特泽尔（James E. G. Zetzel），《〈埃涅阿斯纪〉卷六中的正义与审判》，载王承教选编《〈埃涅阿斯纪〉章义》，第152-186页。

④ 《奥德赛》第 11 卷的冥府中没有乐土。奥蒂斯认为，在维吉尔的史诗中，塔尔塔鲁斯和乐土都体现了"正义"原则在死后报应这一问题上的重要性。见：Brooks Otis, *Virgil: A Study in Civilized Poetry*, pp. 297-298.

本源是一股元气（spiritus）（*Aen.* 6.726），这种元气贯注于万物，也形成了人与动物的心灵：

> "它们的种子的生命力有如烈火一般，因为它们的源泉来自天上，但是切勿让物质的躯体对它们产生有害的影响，妨碍它们，切勿让泥土做的肉身或死朽的肢体使它们变得呆滞。这肉体有恐惧，有欲望，有悲哀，有欢乐，心灵就像幽禁在暗无天日的牢房里，看不到晴空。"

> "igneus est ollis vigor et caelestis origo
>
> seminibus, quantum non noxia corpora tardant
>
> terrenique hebetant artus moribundaque membra.
>
> hinc metuunt cupiuntque, dolent gaudentque, neque auras
>
> dispiciunt clausae tenebris et carcere caeco."（*Aen.* 6.730—734）

灵魂在经过人世浮沉离开躯体回到冥府的时候，要到烈焰中烧去肉身带来的罪孽，直到剩下纯净的心灵和空灵之火（*Aen.* 6.746—747）。但经过烈火洗练的灵魂仍然不能逃脱生死的轮回。

> "这时，这些灵魂已经熬过了千年一周的轮转，天帝就把他们召到忘川勒特，他们排着长队来到河边，目的是要他们在重见人间的苍穹之时把过去的一切完全忘却，开始愿意重新回到肉身里去。"

> "has omnis, ubi mille rotam volvere per annos,
>
> Lethaeum ad fluvium deus evocat agmine magno,
>
> scilicet immemores supera ut convexa revisant
>
> rursus, et incipiant in corpora velle reverti."（*Aen.* 6.748—751）

关于由"忘却"向"开始愿意"的转变，安奇塞斯并没有进行解释，因而他并没有回答埃涅阿斯的问题，反而只是重复了这问题悲伤的余音：由于没有前世的记忆，每个人都注定归于虚无，因此，勒特河边即将投胎的灵魂，本质上与冥河渡口渴望渡河的灵魂并无二致——他们都在无明中被生死的铁律操纵。

安奇塞斯关于宇宙轮回的哲学解释无疑来源于毕达哥拉斯主义，按照这一宇宙论模式，世界变化的动力来自基本元素的分离与聚合。但关于灵魂转世的书写却来源于《理想国》第 10 卷的厄尔（Er）神话。在柏拉图笔下，即将转世的灵魂按照前生的习性来选择来世的生活[①]，虽然这种自由选择的结局并不完满——由于在灵魂中仍然保留着有缺陷的习性，他们将换作兽形继续经受来自灵魂的煎熬，但却有灵魂——厄尔在地府中遇到的最后一个人奥德修斯，在自由抉择中超越了凡俗，他记得生前吃的苦，从对荣誉的热爱中恢复了出来，选择了哲人的生活。[②]维吉尔的勒特河边没有哲人，灵魂没有选择的自由，只能在迷惘中"热烈地追求着天光"。

对未来罗马英雄灵魂的庄严检阅正是在这悲哀的气氛下开始的[③]，所检阅的英雄从埃涅阿斯之子开始，囊括了从阿尔巴（Alba）诸王到帝国时代的所有重要英雄，以及一些拥有伟大技艺的人（*Aen.* 6.752—853）。其最核心的段落书写的是奥古斯都[④]：

> 奥古斯都・恺撒，神之子，他将在拉丁姆，在朱庇特之父萨图尔努斯（Saturnus）一度统治过的国土上重新建立多少个黄金时代，
>
> Augustus Caesar, divi genus, aurea condet
>
> saecula qui rursus Latio regnata per arva
>
> Saturno quondam,（*Aen.* 6.792—794）

但在这无比辉煌的颂歌中也夹杂着对战争的哀叹：恺撒与庞培（Pompey）在冥府中和睦相处，"但是一旦他们见到生命之光，唉！他们彼此就将发

---

① 在柏拉图看来，奥德修斯"冥府之行"中遇到的这些灵魂不是被爱欲充满着就是被血气充满着，他们都是没有理性的灵魂。他在《理想国》论诗的部分批判了阿喀琉斯的血气，在厄尔神话的"冥府之行"中让埃阿斯的和阿伽门农由于记恨在人世受到的伤害而分别选择了狮子与鹰的生活，但新的生命并不能带给他们灵魂的解脱。见：柏拉图，《理想国》，第 418—426 页。

② "最后，《理想国》故事的目的，在于道德警示：我们应该小心翼翼看护自己此世的灵魂，这样一来，当我们选择来生时，我们就可以做出明智、正确的判断。在《埃涅阿斯纪》中，并没有提到做出重大抉择，故事的目的在于让读者预见到罗马的辉煌。"见：W. A. 坎普，《维吉尔〈埃涅阿斯纪〉导论》，第 129 页。

③ 坎普指出，第 6 卷中的"英雄列队巡游"主题反映了罗马贵族葬礼上排列的塑像和列队巡游，也体现了《理想国》第 10 卷厄尔神话中灵魂列队投胎情节的影响。见：W. A. 坎普，《维吉尔〈埃涅阿斯纪〉导论》，第 128—129 页。

④ 对奥古斯都的赞美从第 792 行延伸到第 807 行。

动残酷的战争"（*Aen*. 6.828—829）①。在列数了一系列英灵之后，安奇塞斯预言了罗马的辉煌，也发出了告诫：

> 罗马人，你记住，你应当用你的权威统治万国，这将是你的专长，你应当确立和平的秩序，对臣服的人要宽大，对傲慢的人，通过战争征服他们。
>
> tu regere imperio populos, Romane, memento
>
> (hae tibi erunt artes), pacique imponere morem,
>
> parcere subiectis et debellare superbos.（*Aen*. 6.851—853）

安奇塞斯的告诫标志着"冥府之行"的高潮，但之后，埃涅阿斯又看到一位与玛尔凯鲁斯（Marcellus）一同行走却面带愁容的俊美青年，当他询问此人身份时，安奇塞斯哀叹道：

> "好可怜的孩子，你要能够冲破残酷的命运该是多好啊！那你就也将是一位玛尔凯鲁斯了。让我把满把的百合花和大红花撒出去，至少让我用这样的礼物向我的后代的亡灵表表心意，尽我一份责任，尽管没有什么用处。"
>
> "heu, miserande puer, si qua fata aspera rumpas,
>
> tu Marcellus eris. manibus date lilia plenis
>
> purpureos spargam flores animamque nepotis
>
> his saltem accumulem donis, et fungar inani

---

① 第6卷中检阅罗马英雄灵魂的场景与第8卷伏尔甘盾牌上的雕刻有明显的对应关系，二者都是有关罗马历史的叙事。伏尔甘打造的盾分为边缘和中心部分，盾牌边缘雕刻了六个场景（*Aen*. 8.630—728）：母狼乳婴、与萨宾人（Sabines）结盟、墨土斯（Mettus）受刑、反抗塔昆（Tarquinius）、大雁示警、喀提林（Lucius Sergius Catilina）地府受惩；而在盾牌中央，是阿克提姆（Actium）海战场景，以及奥古斯都在三日庆祝节受万邦朝拜的情景。盾牌上的图案是罗马英雄们的群像：罗慕路斯（Romulus）与雷慕斯（Remus）兄弟纯真的孩提时代、勇敢渡河的克洛厄利亚（Cloelia）、机警的曼琉斯（Menlius）、正直的立法者小加图（Cato Minor）、沉静威严的奥古斯都……然而这些辉煌的历史瞬间同时隐含着暴力与屠戮：劫掠萨宾妇女、征服阿尔巴、喀提林叛乱、安东尼（Mark Antony）与克里奥帕特拉（Cleopatra）之死。就像爱欲的驳杂一样，火神的盾上浮现的历史也交织着辉煌、欺诈与血腥。

munere." (*Aen.* 6.882—886)

安奇塞斯将一位英年早逝的英雄指给儿子，也将死亡与无常的阴影覆盖到了未来的帝国之上。但即便如此，英雄的梦想也并未泯灭，最后，安奇塞斯领着埃涅阿斯看了一切该看的东西，"在他心里燃起了追求荣耀的欲望" (incenditque animum famae venientis amore) (*Aen.* 6.889)。也就在这时，曾和奥德修斯一样漂流四方的埃涅阿斯脱胎换骨，成了追逐荣耀的阿喀琉斯。

　　埃涅阿斯的"冥府之行"是一次"明暗交错"的旅程，在这里，有天命的恒常，也有机运的无常；有对罗马帝国荣光的描绘，也有对英雄美德不能两全的反思。脱离肉身的灵魂可以在冥府中得到暂时的清明，但却必须再次套上监牢一般的肉身——肉身将再次玷污灵魂的清澈，就像地府出口无法让真梦透出的象牙门①。安奇塞斯指点的帝国技艺能够创造不朽的"黄金时代"，却无法消除殇子的悲痛——在宇宙的奥秘面前，政

---

① 关于冥府尽头两道门的寓意可能是《埃涅阿斯纪》注释史上争议最多的地方之一。两道门一个用牛角做成，"真正的影子很容易从这扇门出去" (*Aen.* 6.894)；一个是象牙筑就，"幽灵们把一些假梦从这扇门送往人间" (*Aen.* 6.896)。安奇塞斯从象牙门将埃涅阿斯送了出去。帕特南注意到了马克罗比乌斯（Macrobius）和德尔图良（Tertullian）对这一细节的注释。前者认为："如果说在睡梦中，这面纱允许专注的灵魂的梦境看到真相，人们就会认为它是用牛角做的，牛角在薄的时候是透明的，当面纱遮住了灵魂的视野不让它见到真相，人们就认为它是象牙做的，它的质地是如此稠密，所以，无论它多么薄，它都是不透明的。"后者认为："荷马写过关于两道门的梦，牛角的代表真相，象牙的代表虚假，明澈是牛角的品质，而象牙则是模糊的（caecum est）。"帕特南指出，德尔图良所用的词 caecum，意思是"瞎眼的，目盲的"，这个词曾出现在安奇塞斯阐述灵魂轮回的段落里，换言之，灵魂是澄澈的，但却会由于肉身的玷污而变得晦暗难明。在冥府的乐土中，埃涅阿斯可以借助父亲的眼睛洞悉哲学的奥秘，而一旦回到尘世，就必须套上肉身晦暗难明的重负。因而象牙之门象征的，正是向肉身的回归。帕特南的解读不无牵强之处，但对理解文本的整体性有一定启发。见：Michael C. J. Putnam, "Anger, Blindness, and Insight in Virgil's *Aeneid*," in *Virgil's* Aeneid: *Interpretation and Influence*, pp. 172-200. 马克罗比乌斯、德尔图良的引文分别出自第 192、193 页。笔者同时还参考了：Richard Tarrant, "Aeneas and the Gates of Sleep," *Classical Philology* 77 (1982): 51-55. 国内学者关于这一问题的探讨，见：高峰枫，《维吉尔史诗中的历史与政治》，第 46—53 页；王承教，《"睡梦之门"的文本传统与现当代解释传统》，《外国文学评论》2013 年第 2 期，第 202—214 页。

治的技艺就像代达罗斯制造的羽翼，能够让人飞上天空，却挽救不了伊卡洛斯（Icarus）的坠亡——那正是埃涅阿斯在进入冥府之前看到的、在阿波罗神庙①之门的浮雕上未能刻画出的故事（Aen. 6.14–41）。

《埃涅阿斯纪》是一部奥古斯都的建国神话，维吉尔用不朽的诗行实现了他对领袖的歌颂，但在史诗中，无论诸神的力量、人的心灵世界，还是地下的冥府，都蕴含着驳杂的力量：诸神的合力成就了罗马的天命，但机运也干扰着历史的进程；"虔敬"塑造了埃涅阿斯的英雄品格，但也体现了人性的局限；罗马的"黄金时代"时时受到死亡与暴力的威胁，却仍然不失其辉煌……在其中，激情与爱欲、生死的无常便是自然的真面目，它们用难以驯服的力量考验着英雄的美德和帝国的政治技艺。

在史诗中频繁出现的自然元素"火"的意象从另一角度印证了自然对文明的双重作用。一方面，火是毁灭和野蛮力量的象征：它是特洛伊毁灭时的火海，也是狄多一见钟情时感受到的"旧日火焰的痕迹"（Aen. 4.23）；它是特洛伊妇女焚烧战船的烈火，也是埃涅阿斯面对图尔努斯时的怒火。另一方面，火也是生命和锻造灵魂的力量，体现着帝国的辉煌：它是埃涅阿斯出逃时尤路斯头顶的淡淡火舌，也是伏尔甘的盾牌上奥古斯都额角的火光（Aen. 8.680–681）；它是安奇塞斯冥府预言中生命的种子（Aen. 6.730），也是宇宙之中锻造灵魂、去除肉身污秽的力量。综观史诗，火是锻造帝国历史的原动力，也是毁灭帝国的根源，而用这驳杂的火焰塑造的"黄金时代"也夹杂着晦暗的力量。或许正如斯加利所言，火神伏尔甘的盾牌上绚丽的图案——那哺乳的母狼身下青葱的绿地、墨

---

① 库迈的阿波罗神庙是代达罗斯逃离克里特之后所建，他把自己制作的"羽桨"献给阿波罗，并在神庙之门上雕刻了克里特故事，故事中处处是代达罗斯的印记。有关阿波罗神庙门上的雕刻在整部史诗结构中的意义，解释者们众说纷纭。奥蒂斯把这段经典的写画（ekphrasis）看作"冥府之行"的预言：冥府就像一个迷宫，而走入冥府就像进入克里特迷宫历险。见：Brooks Otis, *Virgil: A Study in Civilized Poetry*, pp. 284. 另外有一定代表性的解读来自帕特南，为了支持《埃涅阿斯纪》结构的"三分法"，他将这一段写画看作《埃涅阿斯纪》三个部分的隐喻，并由此指出，在代达罗斯的工匠技艺与缔造罗马的政治技艺之间、在代达罗斯的丧子之痛与罗马后世子孙的命运之间存在着结构上的关系。后一种解释有助于读者理解《埃涅阿斯纪》的整体结构，但稍显牵强。见：Michael C. J. Putnam, "Daedalus' Sculptures," in *Virgil's Epic Designs: Ekphrasis in the* Aeneid, pp. 75-96.

土斯尸身下鲜血染红的荆棘、罗慕路斯宫殿的廊柱间飞翔的银色的雁、阿克提乌姆（Actium）战役泛着的猩红的蓝色波涛、阿波罗神庙雪白的大门，都暗示着我们，伏尔甘的作品并非纯金打造，帝国就像一块"合金"，因其并不纯粹，所以无法避免盛衰兴亡。[①]帝国的历史也是人类历史的缩影，文明无法脱离自然，自然也将驳杂的力量赋予了历史；也正是这样的驳杂成就了《埃涅阿斯纪》这样一部充满人性的史诗。

第二节　爱欲、技艺与《变形记》中的帝国叙事

在《变形记》开篇，奥维德写明了长诗的主题：

> 我的心欲吟唱旧形如何化作新体，
> 诸神，既然形体同样由你们控制，
> 就请赐我灵感，自宇宙邈远的初始
> 引领这绵延的长诗抵达当今的世纪。
>
> In nova fert animus mutatas dicere formas
> corpora; di, coeptis (nam vos mutastis et illas)
> adspirate meis primaque ab origine mundi
> ad mea perpetuum deducite tempora carmen!（*Met.* 1.1–4）[②]

这意味着，该作品不仅是一部以宇宙开端为起点的"自然之诗"，也是一部以奥古斯都时代为终结的罗马史诗。就像在《埃涅阿斯纪》中宇宙的轮回与黄金时代的辉煌形成对比一样，《变形记》中也有永恒流变的宇宙与英雄传奇的并置。在这一节中，笔者将从爱欲、技艺与帝国叙事三个角度出发，探索诗歌中涌动的世界，以及诗人对罗马帝国的态度。

---

① 关于《埃涅阿斯纪》中火的意象及其寓意，见：Stephen Scully, "Refining Fire in *Aeneid* 8," pp. 93-113.

② 本书的《变形记》中文引文，若无特别说明，均出自：奥维德，《变形记》，李永毅译，北京：中国青年出版社，2023。后文出自《变形记》（*Metamorphoses*）的拉丁文原文引文，将随文标出该诗名称简写（*Met.*=*Metamorphoses*）及卷号和行号，不再另注。拉丁文原文见：https://pop.thelatinlibrary.com/ovid.html.

一

阿波罗与达芙妮（Daphne）的传说是《变形记》创世神话后的第一个爱情故事：太阳神用箭射杀了巨蟒皮同（Python），恢复了人间秩序。他讥笑小爱神丘比特的箭术，愤怒的小爱神就用金箭与银箭分别射中阿波罗与达芙妮，使前者心中燃起恋情，后者心中却产生了对情爱的憎恶。被情欲纠缠的阿波罗追逐女仙，最后女仙变成月桂树，阿波罗宣告她成为自己美丽的符号（*Met.* 1.452—567）。

正如斯蒂芬斯所指出的，与《神谱》中在混沌、大地、幽冥世界之后诞生的厄洛斯相似，《变形记》第 1 卷中紧随创世故事出现的丘比特形象也应被理解为世界生成的原动力，他的愤怒不仅是荷马史诗主题的延续[1]，也是造成斗争与毁灭的力量[2]。按照这样的理解，这个《变形记》中的第一个爱情故事表现的正是爱欲对世界最初的征服。在事件的演进中，诗歌之神阿波罗成了情欲的俘虏，在急迫的追逐中失去了神应有的尊严，而变成月桂树的达芙妮则代表着自然难以驯服的力量。[3]

> 然而福玻斯（Phoebus）仍爱她，右手摸着树干，
> 他感觉新生的树皮下她的胸膛尚在
> 悸动，于是将原是手臂的枝条搂入怀，
> 亲吻这棵树，可是树仍然躲避他的吻。
> Hanc quoque Phoebus amat positaque in stipite dextra
> sentit adhuc trepidare novo sub cortice pectus
> conplexusque suis ramos ut membra lacertis

---

[1] 《伊利亚特》书写了阿喀琉斯的愤怒，《埃涅阿斯纪》的末尾则书写了埃涅阿斯的愤怒。

[2] Wade Carroll Stephens, "The Function of Religious and Philosophical Ideas in Ovid's *Metamorphoses*," pp. 78-110. 斯蒂芬斯同时指出，《神谱》中的大地该亚和幽冥世界的塔尔塔鲁斯分别对应着《变形记》中的维纳斯和数次出现的"冥府之行"主题[普洛塞皮娜被冥王劫掠、俄耳甫斯（Orpheus）的"冥府之行"、埃涅阿斯的"冥府之行"以及希波吕图斯（Hippolytus）的复活]。斯蒂芬斯还列举和分析了从赫西俄德到奥维德之间诸多文本中出现的俄耳甫斯主义倾向。

[3] Eleanor Winsor Leach, "Ekphrasis and the Theme of Artistic Failure in Ovid's *Metamorphoses*," *Ramus* 3.2 (1974), p. 128.

oscula dat ligno; refugit tamen oscula lignum. (*Met.* 1.553—556)

最后，阿波罗许诺让达芙妮分享神的荣耀，

> ……月桂以它新造的枝柯
>
> 表示赞同，仿佛在颔首，树冠摇曳。
>
> ... factis modo laurea ramis
>
> adnuit utque caput visa est agitasse cacumen. (*Met.* 1.566—567)

对于月桂树从退缩到颔首默认的转变，赢得胜利的阿波罗似乎掌握着最后的解释权。然而枝柯的摆动真的意味着赞同吗？在这令当代读者联想起《1984》中某个片段的结局中，读者看到的是仍然是爱欲那霸道而战无不胜的力量，还有变幻中的不安的自然。

爱欲能征服光明之神，也能征服黑暗——第 5 卷中冥王迪斯（Dis）劫掠普洛塞皮娜的故事再现了爱神强大的力量：巨人堤丰（Typhoeus）在与天神的战斗中失败，被压在山下，他喷吐火焰，抛掷沙砾，令大地震颤，冥王因此不安，来到大地游荡，引起了爱神维纳斯的不满。①女神对丘比特说：

> "你征服天神，朱庇特也不例外，降伏
>
> 海中的诸神，包括统治海神的君主，
>
> 为何地府可逃脱？为何不拓展你和
>
> 母亲的领土？"
>
> "Tu superos ipsumque Iovem, tu numina ponti
>
> victa domas ipsumque, regit qui numina ponti:
>
> Tartara quid cessant? cur non matrisque tuumque

---

① 皮厄鲁斯（Pierus）的女儿们与众缪斯（Muses）竞赛歌唱——前者歌唱的是巨人与天神的斗争：从地府深处走出的堤丰吓坏了诸神，他们在仓皇中变成各种动物四处逃窜，窘态百出，这首歌体现了世界秩序的骚乱。为了回击这些傲慢的凡女，史诗女神卡利俄佩（Calliope）歌唱了冥王劫掠普洛塞皮娜的故事，她接续前者唱诵的结局，讲述了爱神如何介入因巨人的搅扰而陷入混沌的世界、世界秩序又是如何重新确立的故事：为了寻回被冥王劫走的女儿，刻瑞斯（Ceres）四处奔走，最后与诸位天神达成协定。这也是诸神重新确立职守的过程，在此过程中，凡与神的意图相悖者都发生了变形。

imperium profers?"（*Met.* 5.369—372）

为了满足母亲的野心，丘比特用箭矢射中了冥王，使他爱上刻瑞斯之女，并劫掠了少女。这事件一时成就了维纳斯的野心，但在故事的叙事者——史诗女神卡利俄佩眼中，爱神母子的胜利者形象是急切而不体面的："爱情原是冒失的。"（*Met.* 5.396）① ——女神如是说。

这两个神话中，丘比特扮演的角色代表了《变形记》中绝大部分爱情故事的基调。在这些故事中，爱欲无端地在心灵中生起，让天地间的一切生灵成了机运的玩偶：潘（Pan）对绪任克丝（Syrinx）一见钟情，后者变成了芦苇也无法逃脱被潘做成乐器的宿命（*Met.* 1.689—712）；萨尔玛琪斯（Salmacis）疯狂纠缠赫尔玛佛洛狄托斯（Hermaphroditus），二者结合成一体，都失去了自己本来的形象（*Met.* 4.271—388）；那喀索斯（Narcissus）未能躲避命运，在偶然中看到自己水中的形象，他无视厄科（Echo）的一往情深，迷恋自己的倒影，用错误的观看方式让忒拜（Thebes）传说中的神谕"认识你自己"成为死亡的预言（*Met.* 3.351—510）。② 所有这些故事都展现了爱欲强大而不可控的力量，也展现了爱欲的无情与罪恶。

《变形记》中也有理想的爱情故事——在第 11 卷，刻宇克斯（Ceyx）与哈尔库俄涅（Alcyone）的大篇幅传奇因其表现的忠贞爱情成了全书爱情故事的高潮（*Met.* 11.410—748）。刻宇克斯与哈尔库俄涅分别是晨星路西弗（Lucifer）与西风之神埃俄罗斯的子女。刻宇克斯为了寻找兄弟淹死在大海的风暴里，不知情的哈尔库俄涅焚香祷告，触动了天后朱诺，她派伊里斯找到睡神，让睡神之子摩耳甫斯（Morpheus）变成刻宇克斯的形象向哈尔库俄涅告别。最后，哈尔库俄涅在大海边看到刻宇克斯的尸首，于是在悲恸中纵身投入大海，变成了鸟。在风暴过程中缺席的天

---

① 此处李永毅的翻译为"情欲的速度快如闪电"，杨周翰的翻译为"爱情原是冒失的"，李译相对接近字面意思，但杨译更传神，因此笔者在此处采用杨译。见：奥维德，《变形记》，杨周翰译，北京：人民文学出版社，2008，第 99 页。

② 奥维德将那喀索斯的故事穿插在忒拜城建城的故事中。在这个故事发生之前，那喀索斯的母亲问忒拜先知忒瑞希阿斯（Tiresias），儿子是否会长寿，先知说"若他永远不认识自己"（si se non noverit）（*Met.* 3.348）；后来那喀索斯在水中见到自己的形象，疯狂地爱上自己，导致了灾难，应了先知的话。值得玩味的是，在忒拜城的神话中，"认识你自己"这一问题也正是俄狄浦斯（Oedipus）悲剧的因由。

神终于被二人的爱情所感动，将刻宇克斯的尸首也变成了鸟。爱情让这
对夫妻克服了生死的铁律①，甚至还拥有延续后代的力量：

>……虽然遭受了相同的厄运，
>
>他们的爱却未变，鸟身也没有拆散
>
>夫妻的盟约，始终在一起生育繁衍。
>
>... fatis obnoxius isdem
>
>tunc quoque mansit amor nec coniugiale solutum
>
>foedus in alitibus: coeunt fiuntque parentes,（*Met.* 11.742—744）

在这段故事里，与集体隐匿的诸神形成强烈对比的，正是爱欲生生不息
的力量。

在全书中，还有一系列故事似乎未能展现爱情绵绵不绝的生命力，
那就是俄耳甫斯在色雷斯（Thrace）山野上唱诵的一系列故事。他首先
唱诵的是朱庇特爱恋加尼墨德（Ganymede），将其提到天上做宴饮侍者的
故事。然后是阿波罗所爱的许阿钦托斯（Hyacinthus）变成花朵的故事。
两个故事讲的都是男子之间注定没有后代的爱恋。而后便是皮格马利翁
（Pygmalion）家族的故事（*Met.* 10.220—739）②：皮格马利翁厌恶普罗
珀厄托斯（Propoetus）女儿们的淫荡，移情自己塑造的象牙女郎，爱神

---

① 奥蒂斯等学者指出，这个故事中占据大量篇幅的海上的风暴在情节与修辞上都借
鉴了《埃涅阿斯纪》第 1 卷，但在风格上却迥然有别：在特洛伊人遭遇的风暴里，
诸神（朱诺、西风之神、海神）都参与了进去；而在刻宇克斯经历海难的过程中，
诸神沉默着，由于这对夫妇都是神的后裔，这一过程中诸神的缺失显得更为怪
诞；天后朱诺参与了情节的进程，她指示地府神灵为哈尔库俄涅报信。这也是对
《埃涅阿斯纪》第 7 卷中朱诺召唤阿列克托，让其点燃拉丁王后阿玛塔心中怒火
这一情节的模仿，但在维吉尔的文本中，朱诺出手是出于对信奉自己的图尔努斯
的保护，而在奥维德笔下，朱诺与其他神灵一样对人间的悲欢持漠然态度，她只
因不想让死者妻子的手亵渎自己的圣坛才给予帮助。在维吉尔笔下，海神出面平
息了风暴，成全了埃涅阿斯的罗马之梦，即使面对风暴，这位海洋的国王也保持
着平静的表情，那正是"虔敬"的美德应有的表情；而在奥维德笔下，爱取代了
对诸神的敬意。见：Brooks Otis, "The Pathos of Love," in *Ovid as an Epic Poet*,
London & New York: Cambridge University Press, 1966, pp. 231-277.

② 关于皮格马利翁的故事在《变形记》全书中的地位，可参见：Douglas F. Bauer, "The
Function of Pygmalion in the *Metamorphoses* of Ovid," *Transactions and Proceedings
of the American Philological Association* 93 (1962): 1-21.

维纳斯满足了他的祈求，让象牙女有了生命，与他成了婚（*Met.* 10.220—297）。由于象牙女出自皮格马利翁的技艺，她与国王的爱情实为艺术家的自恋，一系列的不伦之恋就从这段自恋中诞生：象牙姑娘变成了真人，和皮格马利翁生下了儿子喀倪剌斯（Cinyras），喀倪剌斯的女儿穆拉（Myrrha）疯狂地爱上了父亲，她与父亲同床，生下了阿多尼斯（Adonis），少年长大后，"恰似 / 我们在画中见到的丘比特"（*Met.* 10.515—516），维纳斯爱上了这位与儿子一般年纪的美少年，成了他的情人。穆拉与阿多尼斯两个故事都带着自恋的痕迹，穆拉对父亲的恋情是被造者对造物者的爱，这种爱情可看作对皮格马利翁式爱欲（造物者对作品的爱）的逆转；维纳斯因对儿子的爱而移情阿多尼斯，也可看作皮格马利翁故事的性别换位。在情感的逆转与角色的换位中，皮格马利翁禁欲者式的"圣洁"恋情也暴露出了爱欲本来的罪恶与欺骗：穆拉通过欺瞒占有了父亲；为了挽留阿多尼斯，维纳斯通过讲故事树立自己的权威，鼓励少年勇敢追求爱情[①]。爱神美丽的谎言并未阻止灾祸，阿多尼斯最终因为鲁莽的勇敢送了命：他在狩猎中被野猪的长牙刺死，悲痛的维纳斯把他变成了一朵花作为纪念。但这花的形象却是这样的：

> 然而，欣赏它的时日很短暂，因为
> 它只是轻轻附着在枝头，很容易凋萎，
> 赋予它名字的那些风转眼就将它摧毁。
>
> brevis est tamen usus in illo;
> namque male haerentem et nimia levitate caducum
> excutiunt idem, qui praestant nomina, venti.（*Met.* 10.737—739）

少年变成的花与风同名——就像掠过的风必归于虚无，维纳斯爱的纪念

[①] 维纳斯给少年讲述了希波墨涅斯（Hippomenes）与阿塔兰塔（Atalanta）赛跑的故事（*Met.* 10.560—707）。美少女阿塔兰塔得到神谕：她的丈夫会给她带来不幸，并且不幸无法逃避。为了拒绝求婚者，她提出用赛跑的方式决定配偶，凡无法胜过她的都要死。维纳斯指点希波墨涅斯，然而获胜的希波墨涅斯却不感谢维纳斯。恼羞成怒的爱神鼓动少年在众神之母库别列的神庙里与阿塔兰塔欢爱，玷污了圣地，最后他们被库别列变成了狮子。在与阿多尼斯的对话中，维纳斯说自己害怕狮子，由此看来，维纳斯害怕的实为阿多尼斯的背叛，而维纳斯讲述的故事也是为了"驯服"阿多尼斯。

也将化为乌有——这最终标志着皮格马利翁式爱情的死灭。

利奇（Eleanor Winsor Leach）指出，俄耳甫斯唱诵的这一系列爱情之所以显现出虚无的特征，是因为它们完全出于唱诵者俄耳甫斯的想象。加尼墨德与许阿钦托斯的故事符合俄耳甫斯"冥府之行"失败后回避女子的场景。而皮格马利翁与俄耳甫斯更有着诸多镜像般的关联[1]：一个是歌者，一个是雕塑家，都有精湛的技艺；俄耳甫斯因失去欧律狄刻（Eurydice）而移情少年，皮格马利翁因厌恶普罗珀厄托斯女儿们的淫荡而移情自己的象牙塑像；俄耳甫斯因思念走入冥府，皮格马利翁因思念向维纳斯求启；俄耳甫斯最终未能挽回爱人生命的逝去，而雕像变成活人则逆转了这一过程——俄耳甫斯用皮格马利翁的故事完成了自己未能实现的心愿。[2]而同样如利奇所指出的，在皮格马利翁故事的叙述中缺乏事件发生的场所。[3]这正好印证了这一故事作为俄耳甫斯自我想象的文本事实，在这梦幻般的故事中，象牙塑造的女子就像《埃涅阿斯纪》冥府之中的象牙门，暗示着诗人之梦的荒诞。[4]

如果说《变形记》中或理想或充满罪感的爱情故事表现了爱欲本身的驳杂，那么俄耳甫斯的故事则深刻地展现了技艺/艺术与爱欲/自然的复杂关系。一方面，技艺的施展来自爱情的促动：为了死去的爱人欧律狄刻复活，俄耳甫斯去往幽冥世界无所畏惧；拯救行动失败后，也是爱欲促动俄耳甫斯在流浪中吟唱动人的爱情故事，宛如行走的丘比特。另一方面，被爱欲激发的艺术却有自己的野心，想要控制与征服自然。俄耳甫斯试图用言辞与琴声改变生死铁律的行为便体现了这种亵渎神灵的胆大妄为，他告诉冥王，爱神在地上无人不知，扬言爱的力量应该在冥府也有效：

---

① Eleanor Winsor Leach, "Ekphrasis and the Theme of Artistic Failure in Ovid's *Metamorphoses*," pp. 121-127.

② Eleanor Winsor Leach, "Ekphrasis and the Theme of Artistic Failure in Ovid's *Metamorphoses*," p. 121.

③ 但从故事的起源来看，皮格马利翁应该是塞浦路斯国王，见：奥维德，《变形记》，李永毅译，第417页注释1。

④ Eleanor Winsor Leach, "Ekphrasis and the Theme of Artistic Failure in Ovid's *Metamorphoses*," p. 123.

> "从前抢婚的传说若非虚妄，
>
> 你们俩也是爱神撮合。"
>
> "famaque si veteris non est mentita rapinae,
>
> vos quoque iunxit Amor." (*Met.* 10.28—29)

他甚至不无要挟地说，如果命运拒绝宽恕，"我断然不会回去"（nolle redire mihi）（*Met.* 10.39）。俄耳甫斯最终说服冥王释放了欧律狄刻，但却仍然心存怀疑，而对神的不信任导致了拯救行动的失败：

> 他们离地面已经不远了，痴情的男人
>
> 担心妻子没有跟上来，急于确认，
>
> 回头看了她一眼——她立刻倒飞出去。
>
> nec procul afuerant telluris margine summae:
>
> hic, ne deficeret, metuens avidusque videndi
>
> flexit amans oculos, et protinus illa relapsa est, (*Met.* 10.55—57)

在这一场失败的"冥府之行"中，自始至终都是艺术家对大自然生死铁律的蔑视和猜疑。在走出地府后三年，俄耳甫斯在色雷斯树立了恋童的风尚，在大地上释放他轻浮而摇撼人心的力量：他在山上弹奏竖琴，宣称歌颂天神恋童的故事、离经叛道的爱情，又用技艺吸引大自然中的草木违反自己的天性，像动物那样聚集到俄耳甫斯身边，形成绿茵（*Met.* 10.86—105）[1]。这同样展示了艺术对自然的强大征服力。在艺术家讲述的皮格马利翁系列故事中，贯穿着艺术的征服意志，然而故事虚无的结尾表明，艺术想要完全控制自然的努力是徒劳的。同样的结局也展现在俄耳甫斯的经历中：他不仅未能凭借高超的琴技成功拯救爱人，他琴声的感染力甚至未能阻止他死于狂女之手。颇具讽刺意味的是，这位伟大的艺术家在死后反而成功地与他的（曾想用艺术实现的）爱人团聚。[2]

---

[1] 在 *Met.* 10.86—105 的 20 个诗行中，奥维德以夸张的修辞手法提到了被俄耳甫斯吸引前来的 20 多种树。其中有少年祭司阿蒂斯（Attis）变成的松树和少年库帕里索斯（Cyparissus）变成的柏树，这意味着，俄耳甫斯对大自然的征服是其在人类社会中蛊惑力的延续。

[2] Eleanor Winsor Leach, "Ekphrasis and the Theme of Artistic Failure in Ovid's *Metamorphoses*," p. 127.

诗人的鬼魂沉入地下，他认出曾经

见过的所有地方，在义人的福地搜寻，

找到了欧律狄刻，热切地拥她入怀。

在阴间，夫妻俩有时并肩款步而来，

俄耳甫斯有时跟后面，有时走前面，

如今回头看欧律狄刻，再没有危险。

Umbra subit terras, et quae loca viderat ante,

cuncta recognoscit quaerensque per arva piorum

invenit Eurydicen cupidisque amplectitur ulnis;

hic modo coniunctis spatiantur passibus ambo,

nunc praecedentem sequitur, nunc praevius anteit

Eurydicenque suam iam tuto respicit Orpheus.（*Met.* 11.61－66）

无论是俄耳甫斯的经历还是他唱诵的故事，最后都依然印证了艺术在爱情与大自然面前的无力。

二

《埃涅阿斯纪》中也可以找到这种艺术家的无力感——在第 6 卷描写阿波罗神庙大门上雕刻的片段中，代达罗斯由于悲伤而未能在神庙的大门上刻出丧子经历。未能凭借自己的技艺救出儿子的代达罗斯是个悲剧性的人物，但同时，他也是虔敬的——在伊卡洛斯死后，他将自己制作的翅膀献给了阿波罗，并为其建造了神庙（*Aen.* 6.18－19）；而在克里特传说的所有事件中，叙事者维吉尔只把其中一个正义的行动和代达罗斯的名字联系起来——匠人怜悯阿里阿德涅（Ariadne）的深情，教她用一根线指引英雄忒修斯（Theseus）走出迷宫（*Aen.* 6.28－30）。天才匠人虽然最终无法战胜大自然的危险，但却保留着英雄的荣耀与尊严。

在《变形记》中，奥维德也将代达罗斯的故事放在了中心的位置——15卷中的第 8 卷。他用远多于维吉尔的篇幅讲述了克里特故事中代达罗斯的所有作为，全面展示了他缺乏道德底线的聪慧：他杀害了外甥珀尔迪克斯（Perdix），为了逃避雅典的审判，带着儿子伊卡洛斯逃亡到克里特；在克里特，他助纣为虐，为帕西法厄（Pasiphae）与公牛的私生子米诺陶

（Minotaur）建造迷宫；在奥维德笔下，营救忒修斯的行为完全是阿里阿德涅的计谋（*Met.* 8.172—173），与代达罗斯无关；而最终，天才匠人的智巧终于引起米诺斯（Minos）的猜忌——在得知代达罗斯想要还乡时，国王封锁了海路；厌倦幽禁的他发明了翅膀，带领儿子从天空出逃。在接下来的文字中，奥维德用细腻的笔触记述了父亲对儿子的教诲，以及伊卡洛斯从飞翔到覆灭的全过程：父亲展现了自己的老成，他告诫儿子要谨遵中道（*Met.* 8.203），飞得太高太低都不可取，而后，又充满自信地告诫说："你要跟着我飞！"（me duce carpe viam!）（*Met.* 8.208）①在飞行中，如神仙一般的快乐令伊卡洛斯忘记了父亲的教导，他丢弃了中道，最终导致覆灭。

> 男孩开始陶醉于这种勇敢的飞翔，
> 抛下了父亲，满怀升向天穹的欲望，
> 越飞越高。离炽热的太阳过近，固定
> 翅膀的香蜡渐渐地变软，很快已经
> 熔化，伊卡洛斯挥舞着赤裸的手臂，
> 没有了翅膀，再也不能捕捉空气，
> 那张反复呼唤着父亲的嘴也沉入
> 湛蓝的海水，它的名就是他的命赠予。
>
> cum puer audaci coepit gaudere volatu
> deservitque ducem caelique cupidine tractus
> altius egit iter. rapidi vicinia solis
> mollit odoratas, pennarum vincula, ceras;
> tabuerant cerae: nudos quatit ille lacertos,
> remigioque carens non ullas percipit auras,
> oraque caerulea patrium clamantia nomen
> excipiuntur aqua, quae nomen traxit ab illo. （*Met.* 8.223—230）

技艺高超的父亲、因高飞而感受到神仙的快乐、走错了路而悲惨坠落的儿子，这一系列细节都曾出现在第 2 卷法厄同（Phaeton）的故事中。两

---

① 考虑到原文想要传达的意思，此处笔者用的是杨周翰的译文。

个故事都书写了凡人想要超越自己的局限而遭遇的惩罚，但代达罗斯对儿子的告诫与福玻斯对法厄同的告诫却存在差别。在法厄同出发驾驶太阳车前，日神也叮嘱他在天龙座（Anguem）[①]与天坛座（Aram）中间行驶（*Met.* 2.138–139），又说："其余的由'运气'掌管，/愿她保佑，比你自己更好地看护你！"（Fortunae cetera mando, / quae iuvet et melius quam tu tibi consulat opto.）（*Met.* 2.140–141）而代达罗斯却强调"你要跟着我飞"，言外之意，自己的技艺能掌握机运——匠人的狂妄跃然纸上。[②]

在讲述完伊卡洛斯的死亡之后，奥维德补写了代达罗斯杀害外甥的故事。这个貌似闲笔的小故事不仅揭露了匠人的罪恶，也揭示了他失败的缘由：天才儿童珀尔迪克斯才过 12 岁就发明了锯和圆规，代达罗斯出于嫉妒，将他从女战神的神庙上推了下去，并谎称其失足（*Met.* 8.240–251）。帕夫洛克（Barbara Pavlock）指出，代达罗斯之所以妒忌外甥，是因为珀尔迪克斯的发明正是匠人赖以进行创作的工具，晚辈制造了长辈技艺赖以存在的工具，是"反叛自然的法则"（naturamque novat）（*Met.* 8.189）。[③]笔者认为，代达罗斯忌恨工具制造者的更准确寓意或许是对"尺度"的无视。正是这样的傲慢造成了代达罗斯父子的灾难：父亲想要靠飞行技艺引导儿子走过天空，却忘记了天空的尺度——星辰的指引作用；父亲制造了翅膀，使人能模仿鸟类飞行，儿子却忘记了人造的翅膀与自然的翅膀之间的差异，最终导致了死亡。颇具讽刺意味的是，被推下山崖的珀尔迪克斯没有死，他被女战神救起，变成了真正的鸟：

> 然而这只鸟不会让身体高翔于空中，

[①] 关于 Anguem 是否为天龙座，有争议，见：奥维德，《变形记》，李永毅译，第 59 页注释 1。

[②] 帕夫洛克指出，贺拉斯在其《颂歌集》（*Odes*）中曾用代达罗斯与伊卡洛斯的形象表现艺术的狂妄。而奥维德想要将哀歌体裁写进史诗的做法正表现了这种狂妄。帕夫洛克比较了法厄同与伊卡洛斯两个故事中两位父亲对儿子的指导，他注意到了福玻斯对星辰指引作用的强调，但并未分析其话语中对"机运"的看法。Barbara Pavlock, "Daedalus and the Labyrinth of the *Metamorphoses*," in *The Image of the Poet in Ovid's* Metamorphoses, Madison: The University of Wisconsin Press, 2009, pp. 66-68.

[③] Barbara Pavlock, "Daedalus and the Labyrinth of the *Metamorphoses*," in *The Image of the Poet in Ovid's* Metamorphoses, p. 69.

也不会将巢筑在树枝和树冠上面，

只贴近地表飞行，在树篱中间产蛋，

它记得当初的坠落，所以畏惧高处。

non tamen haec alte volucris sua corpora tollit

nec facit in ramis altoque cacumine nidos:

propter humum volitat ponitque in saepibus ova

antiquique memor metuit sublimia casus.（*Met.* 8.256–259）

珀尔迪克斯变成的鸟不敢高飞——好像只有它才听取了代达罗斯对伊卡洛斯的叮嘱，实现了匠人父子没能实现的"中道"[1]。这尴尬的结局不仅再次宣告了"自然"的胜利，也暗示了这样的事实：技术本身缺乏自我约束的尺度，当技艺无限膨胀，必然招致毁灭。

在这个故事里，同样缺乏约束的是国王米诺斯的强力意志：宙斯变成牛引诱欧罗巴（Europa）生下了米诺斯，米诺斯成为克里特王，向外扩张；克里特王对爱情有着严苛的谨慎，在征服墨伽拉（Megara）的过程中，他严厉拒绝了墨伽拉王尼索斯（Nisus）女儿以牺牲父亲为代价的爱情，但米诺斯的王后帕西法厄却爱上了本应作为海神祭品的公牛，与之结合生下怪物米诺陶。为了将这羞耻爱情的结晶隐藏起来，米诺斯命代达罗斯建造迷宫囚禁了怪物（*Met.* 8.152–170）。[2]米诺斯试图将爱欲的秘密禁锢在匠人的技艺中，就像俄耳甫斯想用诗歌将爱情封禁在想象的世界里。在总结代达罗斯的建筑时，奥维德特意提到了技艺的欺骗特质："技艺的骗术竟若此！"（tanta est fallacia tecti.）（*Met.* 8.168）米诺斯囚禁了米诺陶，维护了克里特文明的体面，但他却忘了，公牛也是自己的父亲宙斯的形象——克里特文明本身便起源于一场爱情的

---

[1] Barbara Pavlock, "Daedalus and the Labyrinth of the *Metamorphoses*," in *The Image of the Poet in Ovid's* Metamorphoses, pp. 68-70.

[2] 帕夫洛克注意到了奥维德关于克里特迷宫曲折结构的一个比喻："正如迈安得洛斯（Maeander）在佛里吉亚（Phrygia）平原 / 游戏，暧昧曲折的河道往返穿梭，/ 自己与自己相遇，看见后续的清波，/ 时而朝着源头，时而又朝着大海 / 驱动着犹疑的水流。"（*Met.* 8.162–166）帕夫洛克分析了奥维德与维吉尔笔法的不同，但笔者认为更重要的是，将人造的迷宫比喻为自然的河流，正说明迷宫是对自然的模仿，就像代达罗斯飞行的翅膀。Barbara Pavlock, "Daedalus and the Labyrinth of the *Metamorphoses*," in *The Image of the Poet in Ovid's* Metamorphoses, pp. 63-66.

诱骗。①他将克里特隔绝于爱情之外，同时也意味着藐视文明的自然起源——事实上，无论是他"蹂躏"（vastat）（*Met.* 8.6）墨伽拉的武功，还是囚禁米诺陶的举措，无论是他强迫雅典人献祭男童的命令，还是他为了阻挡代达罗斯逃跑而封锁海路和陆路的行径，都体现了文明的野心与膨胀——国王不讲情理的政治技艺与匠人缺乏道德的智巧就像彼此的镜像，在相互利用与冲突中展示出各自的丑陋。

阿剌克涅的故事同样体现了自然与文明的冲突，纺织娘阿剌克涅自恃技艺高超，不愿意承认自己的技艺是女神弥涅尔瓦传授。女神化身老婆婆前来劝说，却遭到少女顽固的挑战②：

> "我对自己有足够的认识，别以为告诫我
> 能产生什么效果，我的判断不会改。
> 她为何不亲自出现？为何不肯来比赛？"

> "consilii satis est in me mihi, neve monendo
> profecisse putes, eadem est sententia nobis.
> cur non ipsa venit? cur haec certamina vitat?"（*Met.* 6.40–42）

被阿剌克涅激怒的女神现出真容，引来女仙和邻人的朝拜，但阿剌克涅却毫不畏惧，大胆地开始了竞技。

弥涅尔瓦织出的作品有鲜明的中心和边缘，其中心的图景是玛尔斯在战神山（Areopagus）受审的故事。③在这场审判中，奥林波斯主神均在场，因而这一场景再现了神界的完整秩序，但诗人重点描述的不是战神受审，而是弥涅尔瓦和海神涅普图努斯争当雅典守护神，最后女战神

---

① 尼索斯的女儿在诅咒米诺斯的时候也谈到了米诺斯的身世（*Met.* 8.119–125），这证明，奥维德在书写这段故事的时候，也是将米诺斯的出身考虑在内的。

② 帕夫洛克指出，在书写这一段时，奥维德模仿的是《埃涅阿斯纪》第 6 卷中有关米塞努斯（Misenus）的片段（*Aen.* 6.171–174），后者与众神挑战吹号，最后被海神特里东（Triton）淹死在大海里。见：Barbara Pavlock, "Introduction," in *The Image of the Poet in Ovid's* Metamorphoses, p. 4.

③ 战神山是古典时代雅典贵族议事会所在地。依据埃斯库罗斯（Aeschylus）与索福克勒斯（Sophocles）等古希腊戏剧家的文本，俄瑞斯忒斯（Orestes）的审判就发生在这里。由于在这场审判中，俄瑞斯忒斯的家族复仇被雅典娜（Athena）主导的"公民法庭"审判而得到裁决，血亲复仇的原则也被公民审判原则取代，因而战神山代表着政治秩序的确立。

胜出的场景:

> 她画了涅普图努斯,站在那里,手持三叉戟
>
> 猛击坚硬的崖壁,从其伤口中涌起
>
> 澎湃的海水,他据此声称拥有该城堡。
>
> 可是她为自己画了圆盾、锋利的长矛
>
> 和头盔,在胸前添上防身的美杜莎(Medusa)铠甲,
>
> 她呈现的自己以矛戳地,从裂缝中萌发
>
> 一支浅绿的橄榄树,已经结出果实,
>
> 众神都惊叹——胜利就是作品的主题。
>
> stare deum pelagi longoque ferire tridente
>
> aspera saxa facit, medioque e vulnere saxi
>
> exsiluisse fretum, quo pignore vindicet urbem;
>
> at sibi dat clipeum, dat acutae cuspidis hastam,
>
> dat galeam capiti, defenditur aegide pectus,
>
> percussamque sua simulat de cuspide terram
>
> edere cum bacis fetum canentis olivae;
>
> mirarique deos: operis Victoria finis. (*Met.* 6.75–82)

弥涅尔瓦之所以能战胜涅普图努斯,是因为橄榄树代表的和平与农耕,比海神代表的动荡与战争更符合人的需求。这段神话可以上溯到古希腊传说。但帕夫洛克看到,这用写画(ekphrasis)手法再现的大海中央的竞争场景更近似《埃涅阿斯纪》第 8 卷中伏尔甘刻在盾上的图画:在盾中央描绘的阿克提姆海战场景(*Aen.* 8.675–713)中,奥古斯都和克里奥帕特拉双方对峙,诸神也加入了战斗……[1]弥涅尔瓦的织物用奥林波斯山的秩序取代了伏尔甘打造的帝国世界——用神话取代了历史,也将维吉尔笔下尘世的权威拓展到了整个宇宙。这反过来也暗示着,在弥涅尔瓦眼中,没有不受帝国的"道德之眼"制约的自然,帝国秩序即自然应有的秩序。为了警告阿剌克涅,女神在织物的四角织下了不敬神灵的凡人受惩罚的故事:胆大妄为的反叛者变了形,成了山丘、鸟兽,在这

---

[1] Barbara Pavlock, "Introduction," in *The Image of the Poet in Ovid's* Metamorphoses, p. 5.

无所不包的世界里点缀着诸神的胜利。最后，弥涅尔瓦在图画四周织上了一圈象征和平也象征自己权威的橄榄叶，以此宣告作品的终结，也宣告了文明秩序的建立。

阿剌克涅的织物则解构了诸神的尊严，她所织的是充满爱欲的诸神变形伪装身份、向凡人或小仙求欢的故事：朱庇特化作公牛追求欧罗巴，涅普图努斯变成鸟强暴美杜莎，萨图尔努斯化作马奸污菲吕拉（Philyra），等等。与弥涅尔瓦织物严格的向心结构不同的是，阿剌克涅的织物没有中心，也没有清晰的结构，诗人只是一幅幅画面描述下去，就像诸神那绵绵不绝向外勃发的情欲。在最后，奥维德没有明确宣告阿剌克涅纺织行动的结束，只是模糊地描绘说：“这件织物的最外面是一圈精致的边纹，/ 编缀了盛开的花朵和缠绕其间的常青藤。”（*Met.* 6.127–128）相对于干枝分明的橄榄树，藤叶缺乏秩序而又无尽蔓延的形象正像阿剌克涅的织物那样，勾勒出一个无序的永动世界。①

正如利奇所指出的，阿剌克涅所织的所谓丑行都是诸神在爱欲促动下的“自然”行动，因而其作品不过就是一部《变形记》式展示爱欲强大力量的“自然之诗”；阿剌克涅编织的图案开放而无序，弥涅尔瓦的作品秩序分明，却是封闭的，力图排除自然力量的反叛。阿剌克涅与弥涅尔瓦是在“自然”与“文明”二者哪个更具权威的意义上进行着竞赛。只有在弥涅尔瓦偏狭的“道德审查”之下，阿剌克涅的织物才具有了冒犯权威的意味。②正是在此意义上，可以说，阿剌克涅的形象凝聚着奥维德最深刻的自我回忆、反省与辩护：二者一个编织纺线，一个编织语言；一个创造绵绵不绝的图案，一个书写“绵延的长诗”（perpetuum ... carmen）（*Met.* 1.4）③；两个都赞颂爱欲与自然的强大力量，两个都满怀艺人的自负与傲慢；故事中，恼羞成怒的弥涅尔瓦将阿剌克涅变成了蜘蛛，现实

---

① 关于阿剌克涅所编织的图案的特点，见：Barbara Pavlock, "Introduction," in *The Image of the Poet in Ovid's* Metamorphoses, p. 4.

② Eleanor Winsor Leach, "Ekphrasis and the Theme of Artistic Failure in Ovid's *Metamorphoses*," p. 117.

③ 在《哀歌集》（*Tristia*）中，奥维德说，"两宗罪毁了我——诗歌和一个过错（carmen et error）"（*Tristia* 2.1.207），其中的"诗歌（carmen）"与 *Met.* 1.4 的"carmen"对应。见：奥维德，《哀歌集·黑海书信·伊比斯》，李永毅译，北京：中国青年出版社，2021，第 66 页。

中，恼羞成怒的皇帝以败坏道德的罪名放逐了奥维德。从一方面看，二者的失败就像俄耳甫斯与代达罗斯经历过的那样：傲慢者招致惩罚，"技艺"无能为力；但从另一方面看，正是弥涅尔瓦与奥古斯都过度道德化的解读，才让"自然"带上了败坏伦常的色彩，就像弥涅尔瓦编织的图案描绘的变形中，每一个物种的起源都印证着奥林波斯山秩序的"自然正义"。与女神的作品不同的是，在阿剌克涅编织的故事中，变形的是神，而被欺骗与被追逐的人则始终保持着本来的状态——它们完整的形象代表着阿剌克涅的自尊。

菲尔德尔（Andrew Feldherr）①注意到，在《变形记》与《埃涅阿斯纪》中，变形的发生与世界秩序的建立之间有着不同的关联方式。在维吉尔笔下，从人到非人的蜕变要么意味着悲惨往日不可挽回，要么意味着被征服的邪恶力量的衰败，前者的典型事例是波利多鲁斯（Polydorus）变树，后者的典型事例是卡库斯（Cacus）之死（Aen. 8.185–275）；而相反的转变，即无生命的事物获得生命的转变，则指向罗马的建立，其典型例子便是特洛伊的船——它们在诸神的护佑下变成仙女，追随埃涅阿斯（Aen. 9.77–122; 10.215–259）。维吉尔试图用这样的故事告诉世人，良好的文明能赋予生命人的尊严。而在奥维德笔下，恰恰是从人到非人的蜕变标志着"世界秩序"的实现，换言之，在《变形记》中，世界秩序的建立往往与"人"的消失同步进行，变形者在臣服并成为世界秩序的一部分时，失去了本来的形象，也失去了言语的能力。阿剌克涅失去了言语，但她新的形象却更为准确地表达了其内心世界②：蜘蛛继续纺织——它织网所用的丝出自其自身——好像印证着她先前宣扬的自立，"我对自己有足够的认识"——蜘蛛编织的技艺连同工具都来自自己，与神的恩赐无涉，那也是奥维德对罗马的态度。

① 菲尔德尔关于《埃涅阿斯纪》和《变形记》两部作品中变形的观察，见：Andrew Feldherr, "Metamorphosis in the *Metamorphoses*," in *The Cambridge Companion to Ovid*, ed. Philip Hardie, Shanghai: Shanghai Foreign Language Education Press, 2004, pp. 163-179.

② Andrew Feldherr, "Metamorphosis in the *Metamorphoses*," in *The Cambridge Companion to Ovid*, pp. 163-179.

三

正如利奇所看到的，在《变形记》中，相对于匠人们的悲惨命运，英雄们面对自然与命运的挑战展现出了更多的威力。在无数发生在大自然中的变形故事中，英雄们的"武功"与荣耀构成线性叙事，成为《变形记》最后一部分埃涅阿斯历险与封神的前奏①：卡德摩斯（Cadmus）建了忒拜城（*Met.* 3.1-137）；珀尔修斯（Perseus）割下了美杜莎的头，拯救了安德罗墨达（Andromeda）（*Met.* 4.604-803）；阿尔戈（Argo）英雄凭借美狄亚（Medea）的帮助取得了金羊毛（*Met.* 7.1-158）；赫库列斯（Hercules）完成了诸多壮举，在死后封神，成了天上的星座（*Met.* 9.1-272）。按照这样的理解，英雄们的封神与匠人的溃败形成强烈的对比，似乎表达了奥维德的忏悔：诗人卖弄技巧，沉迷于诲淫诲盗的词句，最后流离失所，罪有应得；政治的技艺却战胜了情欲的力量，罗马的权威与日月同辉。但利奇不能否认，相反的解读也同时成立：英雄的业绩虽然伟大，形形色色离题传说的插入却将英雄叙事拆解得支离破碎，极大地损害了史诗叙事的严肃性。

《变形记》最后部分的"小《埃涅阿斯纪》"就是在这样半严肃半戏谑的语境中展开的：在惊心动魄的特洛伊战争中，涅斯托尔（Nestor）讲述了凯纽斯（Caeneus）由女变男的故事（*Met.* 12.182-209）以及肯陶尔（Centaur）抢掠新娘的故事（*Met.* 12.210-535）。描述赫赫威名的阿喀琉斯之死只用了不到 50 个诗行（*Met.* 12.580-628），而此后，尤利西斯（Ulysses）与埃阿斯关于阿喀琉斯遗物归属的辩论却占据了大约 400 个诗行（*Met.* 13.1-398）。在辩论中，尤利西斯强调，自己之所以更配得到阿喀琉斯的遗物，依靠的不是高贵的出身、命运的眷顾以及一时的愚勇，而是聪慧的头脑和计谋，最后他凭借滔滔不绝的诡辩胜出。虽然败下阵来的是埃阿斯，但被尤利西斯讥笑的那些品质无不让人联想到天神之子、被命运选中的虔敬英雄埃涅阿斯。叙述埃涅阿斯从特洛伊到库迈的流亡历程占据了大约 110 个诗行（*Met.* 13.623-733），而此后，描述斯库拉（Scylla）、加拉泰亚（Galatea）、库克洛普斯（Cyclops）、格劳科斯

① Eleanor Winsor Leach, "Ekphrasis and the Theme of Artistic Failure in Ovid's *Metamorphoses*," p. 107.

（Glaucus）和喀耳刻（Circe）之间复杂而混乱的爱情故事的段落却占据了从第 13 卷到第 14 卷的 300 多个诗行（*Met.* 13.733–968, 14.1–74）。在第 14 卷中，奥维德用简短的十几个诗行对占据《埃涅阿斯纪》核心地位与整整一卷的"冥府之行"故事进行了重述（*Met.* 14.101–119），此后，他用更长的文字记述了一段埃涅阿斯与西比尔的对话（*Met.* 14.120–153）。在《埃涅阿斯纪》第 6 卷中，西比尔是神圣的存在，埃涅阿斯称呼她为"最神圣的女先知"（sanctissima vates）（*Aen.* 6.65），他还看到女先知在神灵附体时，"形体也比以前高大了，她说话的声音不类凡人，因为神已经靠近她，她的心灵里已充满了神力"（*Aen.* 6.49–51）。为了获取女先知的真言，埃涅阿斯许诺为阿波罗设立庙宇和节日，并在其中为她设立神龛、安排人做祭司（*Aen.* 6.65–74）。但在奥维德笔下，埃涅阿斯许诺为西比尔建立神庙时，女先知却说："可惜我并非女神，神圣乳香的荣耀 / 一位凡人也不配。"（*Met.* 14.130–131）此后，女先知讲述了自己的故事：由于拒绝了日神的爱情，女先知虽然长寿，却不能保持年轻，在遥远的将来，她注定四肢萎缩，"那时我似乎从未被 / 爱过，从未取悦神，或许连福玻斯都会 / 认不出我来，或否认往日对我的痴恋"（*Met.* 14.149–151）。作为凡人的西比尔拥有生命却失去了生命的意义，维吉尔笔下的女先知就这样失去了神圣的色彩。

　　奥维德的埃涅阿斯故事不仅结构失当、凌乱，就连那些特别能展现埃涅阿斯或罗马人美德的时刻也都在重写中变得黯然失色。卡萨利（Sergio Casali）曾分析过奥维德叙事中的四个细节：克列乌莎之死情节的缺失、埃涅阿斯与狄多的爱情、斯库拉的变形、图尔努斯之死。① 卡萨利指出，克列乌莎之死这一情节的缺乏说明，奥维德所讲述的埃涅阿斯故事依据的是与维吉尔不同版本的传说，按照这个版本，埃涅阿斯之所以能够出逃，不是因为得到神谕，而是以归顺希腊人为代价，获得了带走家神和圣物的权利。② 在《埃涅阿斯纪》里，埃涅阿斯与狄多的恋情是神明算计的结果，埃涅阿斯从未欺骗狄多；狄多自杀与其说是思念埃涅阿斯，不如说是为自己的过错洗罪。奥维德将这个从《埃涅阿斯纪》

---

① Sergio Casali, "Other Voices in Ovid's *Aeneid*," in *Oxford Readings in Ovid*, ed. Peter E. Knox, New York: Oxford University Press, 2006, pp. 144-168.

② Sergio Casali, "Other Voices in Ovid's *Aeneid*," in *Oxford Readings in Ovid*, p. 166.

第 1 卷延续到第 4 卷的故事缩减成短短的四个诗行，将这个爱情故事简单归结为欺骗与自欺。

> 西顿（Sidon）出生的女王狄多把埃涅阿斯接到家里，也接到了她的心里。但是一旦她的佛里吉亚的丈夫离开，她将无法忍受。她佯称要举行祭礼，造了一座火化堆，饮刃自尽，骗过众人，就像自己受骗一样。①

> excipit Aenean illic animoque domoque,
> non bene discidium Phrygii latura mariti,
> Sidonis; inque pyra sacri sub imagine facta
> incubuit ferro deceptaque decipit omnes.（*Met*. 14.78—81）

《埃涅阿斯纪》中没有提及斯库拉往日的故事，按照埃涅阿斯自己的转述，太阳神庙祭司赫勒努斯曾警告他不要从斯库拉和卡里勃底斯（Charybdis）经过，后来，他们逃离了巨人库克洛普斯居住的地方，就要经过让船只倾覆的斯库拉时，一阵风让他们脱离了险境（*Aen*. 3.655—691）。奥维德则叙述了斯库拉从少女变成怪物的经过——她因被格劳科斯所爱而受到喀耳刻的嫉妒，后者将其下身变成了野兽，出于报复，斯库拉夺走了尤利西斯的同伴，但特洛伊船队经过时，她已经变成了岩石（*Met*. 14.1—74）。维吉尔的文本强调的是埃涅阿斯受到命运护佑，奥维德却通过希腊人曾经遭受的危险和斯库拉已经变成岩石的事实，暗示特洛伊人的勇气并未真正受到考验。在《埃涅阿斯纪》中，图尔努斯与埃涅阿斯的争执起源于对拉提努斯（Latinus）女儿拉维尼娅的争夺，史诗结束于图尔努斯之死，却从未描写埃涅阿斯对鲁图利亚人的处置。奥维德则明确描写了鲁图利亚人的阿尔代亚（Ardea）城的覆灭：

> ……曾号称强大的
> 阿尔代亚也陷落。野蛮的刀剑洗劫
> 城市，断壁被温热的火灰掩埋之后，
> 从废墟里飞出一只不为人知的鸟，
> 震动翅膀，猛烈地拍打地面的余烬。

---

① 从这一段落词语表达的契合度考虑，采用杨周翰的译文。

> ... cadit Ardea, Turno
>
> sospite dicta potens; quam postquam barbarus ignis
>
> abstulit et tepida latuerunt tecta favilla,
>
> congerie e media tum primum cognita praepes
>
> subvolat et cineres plausis everberat alis.（*Met.* 14.573—577）

在该段落中，虽然奥维德没有提及埃涅阿斯的名字，但读者都不会怀疑，阿尔代亚的毁灭者是埃涅阿斯及其引领的特洛伊人。从废墟飞出的苍鹭（Ardea）与覆灭的城市同名，记录着埃涅阿斯的罪恶（*Met.* 14.579—580）。

　　斯蒂芬斯曾借用普鲁斯第（Van Proosdij）对《变形记》的结构划分来说明隐藏在诗歌中的文明循环。按照这样的结构，全书中连同"小《埃涅阿斯纪》"一起的所有英雄事迹大体上都可归入不同城市沉浮的历史，而每次人类文明的更迭都伴随着一次象征着重生的"冥府之行"：忒拜城的故事之后是普洛塞皮娜被劫掠入地府的故事；雅典城的传说之后是俄耳甫斯的"冥府之行"；特洛伊灭亡后是埃涅阿斯的"冥府之行"，然后是罗马文明的建立；此后还有希波吕图斯死而复生的故事，直到全书结尾恺撒的封圣。① 《埃涅阿斯纪》只记载了一次"冥府之行"，正是这一次"冥府之行"指引埃涅阿斯走向罗马的永恒荣耀。奥维德却用一系列文明生生灭灭的循环将维吉尔的"一"变成了"多"，将文明世界的秩序纳入了自然的轮转——这正是第 15 卷中毕达哥拉斯描述的世界：

> 万物皆流，所有的形象都在更新。
>
> 时间本身也在片刻不停地流逝，
>
> ……
>
> 时间也这样逃遁，这样前后相随，
>
> 永远以新替旧。才在的瞬间已不在，
>
> 不在的瞬间已经在，如此循环运行。
>
> cuncta fluunt, omnisque vagans formatur imago;
>
> ipsa quoque adsiduo labuntur tempora motu,
>
> ...

---

① Wade Carroll Stephens, "The Function of Religious and Philosophical Ideas in Ovid's *Metamorphoses*," p. 102.

tempora sic fugiunt pariter pariterque sequuntur

et nova sunt semper; nam quod fuit ante, relictum est,

fitque, quod haud fuerat, momentaque cuncta novantur.

（*Met.* 15.178-185）

文明的更替也是如此：没有永恒的文明，文明既能兴起，也会遭遇毁灭，忒拜、雅典与特洛伊的往日就是罗马的将来。[1]

在《埃涅阿斯纪》的"冥府之行"中，在解释了灵魂轮回的过程之后，安奇塞斯预言奥古斯都将创造黄金时代（*Aen.* 6.792-794），即使在自然无情的轮回过程中，罗马人依靠政治技艺取得的荣耀也能获得片刻的永恒。《变形记》第 11 卷中，国王米达斯（Midas）也用自己从酒神那里获得的点金术创造了一个黄金世界，但这冰冷的黄金世界没有生命、语言与温情，米达斯甚至无法享用食物（*Met.* 11.85-145）。[2]或许这才是奥维德眼中的奥古斯都时代：天神一样的皇帝用自己的文治武功驯服生灵，将万物变成点缀自己荣耀的符号。这静默的世界虽然处处辉煌，却没有真实的生命力，就像奥维德变形后的世界——那摇曳的月桂树，那忙碌的蜘蛛，无一不在无言中指控着暴政的细节。

在讲过世界无常的道理后，毕达哥拉斯接着解释说，改变的是形，而不是灵魂，但灵魂进入什么样的身体却取决于机运：

> 一切皆变，无物会毁灭：灵魂四处
> 迁徙，从这里到那里，随意占据身躯，
> 既可从野兽进入人的肉体，也可以
> 从人转回到野兽，任何时候都不死。[3]

---

[1] Brooks Otis, "Troy and Rome," in *Ovid as an Epic Poet*, pp. 278-305.

[2] 关于米达斯点金术对"黄金时代"的讽刺，利奇进行了精彩的分析。他特别指出米达斯与俄耳甫斯的共同之处：技艺都将自己和自然隔绝；在遭遇挫败后，两个人都遁入荒野，在大自然中陶醉于嬉戏。见：Eleanor Winsor Leach, "Ekphrasis and the Theme of Artistic Failure in Ovid's *Metamorphoses*," pp. 130-133.

[3] 许多注释者都看到，《变形记》第 15 卷中毕达哥拉斯这一段关于宇宙循环的思想相当于《埃涅阿斯纪》第 6 卷中安奇塞斯对于宇宙轮回的解释，但安奇塞斯从未说过人的灵魂可以进入动物的身体。虽然安奇塞斯并未解释灵魂转世欲望的来源，却也并未将灵魂投胎看作任意的行为。安奇塞斯的灵魂转世中有"涤罪"与"遗忘"，在毕达哥拉斯这里，变形并不能抹去罪的记忆，灵魂保持着原来的性情。

> omnia mutantur, nihil interit: errat et illinc
>
> huc venit, hinc illuc, et quoslibet occupat artus
>
> spiritus eque feris humana in corpora transit
>
> inque feras noster, nec tempore deperit ullo, (*Met.* 15.165—168)

但在形体更替的过程中，不变的是灵魂：

> 正如柔软的蜡能塑成各种新东西，
>
> 总是在变化，并未保留原来的样子，
>
> 但蜡的本质仍在，我告诉你们，灵魂
>
> 也始终如一，只是移居到不同的肉身。
>
> utque novis facilis signatur cera figuris
>
> nec manet ut fuerat nec formam servat eandem,
>
> sed tamen ipsa eadem est, animam sic semper eandem
>
> esse, sed in varias doceo migrare figuras. (*Met.* 15.169—172)

在某种意义上，帝国的秩序就是文明世界中最庄严的"形"，形可变，但诗人的灵魂长存，于是在全书末尾，奥维德发出了他阿剌克涅式的宣言：

> 我的作品已完成，朱庇特的愤怒、烈火、
>
> 刀剑、饕餮的时间都不能将它毁灭。
>
> 死亡的时辰仅仅能支配这具肉身，
>
> 任凭它终结我在世上难料的寿命：
>
> 但我更好的部分却不朽，将在崇高
>
> 星辰之上闪耀，我的名也无法抹掉。
>
> 在罗马权力所及的一切被征服之地，
>
> 民众都会诵读我，倘若诗人的预示
>
> 非虚言，我的声望将活在所有世纪。
>
> Iamque opus exegi, quod nec Iovis ira nec ignis
>
> nec poterit ferrum nec edax abolere vetustas.
>
> cum volet, illa dies, quae nil nisi corporis huius
>
> ius habet, incerti spatium mihi finiat aevi:
>
> parte tamen meliore mei super alta perennis

astra ferar, nomenque erit indelebile nostrum,

quaque patet domitis Romana potentia terris,

ore legar populi, perque omnia saecula fama,

siquid habent veri vatum praesagia, vivam.（*Met.* 15.871—879）

四

奥维德被放逐的苦难经历、变幻离奇的爱情故事以及对奥古斯都帝国随处可见的讽刺奠定了《变形记》在罗马文学中的成就。在后来的两千年里，奥维德也成了放逐诗人们效仿的典范。然而，苦难与讽刺并不足以成就伟大的诗歌——奥维德将自我的回忆与对奥古斯都的讽刺放置在自然–文明冲突的视野内——讲述了一个人与世界历史的故事，才使《变形记》变成了一部可与《埃涅阿斯纪》比肩的伟大作品。但奥维德并非一位严谨的哲学家，他似乎未能看到万物流变而灵魂不灭这一思想所包含的混乱与矛盾：如果灵魂被比作蜡，那么灵魂也像蜡一样柔软而缺乏内在的秩序——那就是诗人没有情感节制的心灵。在亚里士多德留下的古典哲学传统中，蜡更适合被比作质料而非作为事物本质的形式，如果作为质料的灵魂是宇宙循环中唯一不变的事物，那么没有内在节制的灵魂就成为先于真正本质的存在——存在先于本质，恣意妄为的人也就成了万物的尺度。但如果人是万物的尺度，人的尺度又在何处？在从荷马史诗延续到西塞罗（Cicero）的古典传统中，人是理性的动物，而城邦成就了人，但在奥维德笔下，无论文明还是人的心灵都是大自然的俘虏，也因大自然内在秩序的缺乏而经历悲欢离合，世界历史只能是一连串偶然事件的组合，宇宙将不停地陷入混沌与秩序的循环，而漂泊在这轮回世界上的，正是诗人那自由而放纵的心灵。

毕达哥拉斯主义将"爱"看作世界运动的根本动力，据此观点，《埃涅阿斯纪》与《变形记》都展现了"爱"的强大。在《埃涅阿斯纪》中，爱通过诸神的形象与搅扰心灵的激情成为英雄历险中的阻碍力量，英雄用"虔敬"克服了它，而爱欲本身也经历了净化，从驳杂而无序的激情转变成了家国情怀，最终与不变的"命运"融为一体。但就像"冥府之行"中生命无常的循环与"黄金时代"的预言可以并置一样，无论是英雄的美德，还是罗马辉煌的技艺，都伴随着缺憾与悲伤。在《变形记》中，爱欲始终是霸道与无法驯服的，面对"黄金时代"的虚伪与荒谬，书写"自然之诗"的诗人也桀骜地宣布了自己的不朽；但在不断涌动的宇宙中，匠人的技艺与帝国的政治技艺一样，必将遭遇无尽的冲突和威胁。两部史诗呈现的世界也正是但丁记忆中的"罗马"，这个世界之所以是不完满的，是因为作为其本源的"自然"——"爱欲"中充满了罪，而罪正是《喜剧》的起点。

第二章 《地狱篇》的诗学：
从"克里特老人"到格吕翁的身体

在本书绪论中，笔者已经通过文本分析说明，《地狱篇》开场的三头野兽是三种意志之罪（恶意、暴力与放纵）的外在投射，三种罪也衍生出了地狱的基本结构：在九层地狱中，狄斯城以外的前五层对应着放纵罪，第八与第九层对应着恶意罪（包括欺诈罪与反叛罪），中间部分对应着暴力罪。①在地狱中，三种罪统治的区域以四条河流为界：阿刻隆、斯提克斯、弗列格通（Phlegethon）以及科奇土斯（Cocytus）。②四条河的名字在《埃涅阿斯纪》的冥府中都出现过，维吉尔没有说出它们的来源，但在《地狱篇》第14歌中，但丁却借助维吉尔之口说，这四条河流都来自"克里特老人"的眼泪：

> "在大海中央有一块已经荒废的国土，叫克里特，在它的国王统治下，世人原先是纯洁的。那里有一座原先有水、有草木，欣欣向荣的山，叫伊达（Ida）；如今是一片荒凉，如同废品一样。……山中挺然屹立着一个巨大的老人，他的肩膀向着达米亚塔（Damietta），眼睛眺望着罗马，好像照自己的镜子似的。他的头是纯金造成的，两臂和胸部是纯银做的，胸部以下直到腹股沟都是铜的；从此往下完全是纯铁做的，只有右脚是陶土做的；他挺立着，主要是用这只脚，不是用另一只脚支撑体重。除了金的部分以外，每一部分都裂开了一道缝，裂缝里滴答着眼泪，汇合在一起，穿透那块岩石。泪

---

① 对应着暴力罪的主要是地狱第七层，在第六层受罚的伊壁鸠鲁主义者所犯的是思想层面的罪，但这种思想层面的罪转化为行动便可能是暴力罪。

② 阿刻隆是分隔阴间阳间的河流，科奇土斯是地狱最底层的边界，斯提克斯和弗列格通分别是放纵罪与暴力罪、暴力罪与恶意罪的边界。

水流入这一深渊，从一层悬崖落到另一层悬崖，形成了阿刻隆、斯
提克斯和弗列格通；然后由这道狭窄的水道流下去，一直流到不能
再往下流的地方，形成了科奇土斯；……"

In mezzo mar siede un paese guasto,"

... "che s'appella Creta,

sotto 'l cui rege fu già 'l mondo casto.

Una montagna v'è che già fu lieta

d'acqua e di fronde, che si chiamò Ida;

or è diserta come cosa vieta

...

Dentro dal monte sta dritto un gran veglio,

che tien volte le spalle inver' Dammiata

e Roma guarda come süo speglio.

La sua testa è di fin oro formata,

e puro argento son le braccia e 'l petto,

poi è di rame infino a la forcata;

da indi in giuso è tutto ferro eletto,

salvo che 'l destro piede è terra cotta;

e sta 'n su quel, più che 'n su l'altro, eretto.

Ciascuna parte, fuor che l'oro, è rotta

d'una fessura che lagrime goccia,

le quali, accolte, fóran quella grotta.

Lor corso in questa valle si diroccia;

fanno Acheronte, Stige e Flegetonta;

poi sen van giù per questa stretta doccia

infin, là ove più non si dismonta,

fanno Cocito; ..." （*Inf.* 14.94—119）

"克里特老人"的身体由金、银、铜、铁和陶土构成，这一意象出自《但
以理书》第 2 卷：巴比伦（Babylon）之王尼布甲尼撒（Nebuchadnezzar）
做了一个梦，却不记得梦里说的什么，身旁的术士无人能将梦的内容告

诉他，但以理（Daniel）却得到神的异象，将王的梦说了出来：

> 王啊，你梦见一个大像，这像甚高，极其光耀，站在你面前，
> 形状甚是可怕。这像的头是精金的，胸膛和膀臂是银的，肚腹和腰
> 是铜的，腿是铁的，脚是半铁半泥的。你观看，见有一块非人手凿
> 出来的石头，打在这像半铁半泥的脚上，把脚砸碎。于是金、银、
> 铜、铁、泥都一同砸得粉碎，成如夏天禾场上的糠秕，被风吹散，
> 无处可寻。打碎这像的石头，变成一座大山，充满天下。（《但以理
> 书》2: 31—35）

但以理解梦说，这个人像象征着巴比伦今后的历史，拥有强大帝国的尼布甲尼撒王就是那金头，在他之后，不如当下帝国的白银之国、掌管天下的铜之国和压制列国的铁之国接踵而至。后来的帝国必将分裂，就像人像那半铁半泥的脚。但以理睿智的解梦征服了尼布甲尼撒，他敬拜但以理，令他掌管巴比伦的一切哲士（《但以理书》2: 36—48）。

在第 14 歌中，"克里特老人"的身体结构与尼布甲尼撒梦中的人像的确非常相似。但以理将梦中人像身体的不同元素解释成帝国历史的各个阶段，因此，也可以由此推出维吉尔口中的"克里特老人"是某种历史的缩影。但此处的"克里特老人"与尼布甲尼撒梦中的人像显然存在不同：第一，尼布甲尼撒梦中的人像没有处所，但在维吉尔口中，这个老人有具体的处所——大海中央的克里特；第二，维吉尔说，老人"眼睛眺望着罗马，好像照自己的镜子似的"（*Inf.* 14.108）；第三，尼布甲尼撒梦中的人像双脚都破碎了，而维吉尔说，老人只有右脚裂开了缝；第四，尼布甲尼撒的梦里没有河流，而维吉尔讲述的，恰恰是老人的眼泪汇成了地狱中的四条河流。若要对这些不同进行解释，就先要回到叙述者维吉尔自己作品中对克里特的描述。

正如在本书第一章第一节中分析过的，在《埃涅阿斯纪》第 3 卷叙述的流亡故事中，克里特是一个被认错的故乡，而当特洛伊人来到克里特时，天上降下灾难；特洛伊人在意识到错误后只能重新登上旅途（*Aen.* 121—191）。在第 14 歌的语境中，作为《埃涅阿斯纪》作者的维吉尔用自己诗歌中的迷误之地来指称老人的所在；在解释地狱河流的形成时，维吉尔显然还沉浸于对古代世界的回忆中，用这个地方的名字来

描述地狱。

德林（Robert M. Durling）追溯了这种迷误之地在《圣经》解释史上的对应者：奥古斯丁追随老普林尼（Gaius Plinius Secundus）《自然史》（*Naturalis Historia*）中的记述，认为克里特岛上有一个巨大的人的身体；后来的作家曾把克里特与拉丁语的陶土一词"creta"联系在一起，因此克里特岛上的人就意味着"陶土做的人"。在《旧约》中，陶土做的第一个人就是始祖亚当。[①]维吉尔将这人称作"老人"（veglio）——这个词兼有"老的"与"旧的"两种含义[②]，因此，从《圣经》角度看，"克里特老人"实为"陶土做的旧人"——"陶土"是制作初人的质料[③]，而旧人的形象则象征着人堕落后的处境。作为人的高级自然力量的理智就像老人的金头，固然天生美好，但人体的其他部分象征的低级自然力量却由于原罪而受到了伤害。

确定了"老人"形象的神学意义，就可以接着解释"克里特老人"与尼布甲尼撒梦中人像的其他不同："老人"看罗马就像揽镜自照，因为二者都是堕落后的人类社会的写照；由于镜像与本体的左右位置相反，因而"老人"有裂缝的右脚在镜像中就是因裂缝而跛足的左脚——那就是《地狱篇》开篇跛足人的形象，脚上的裂缝就是意志之伤。因此，与三头野兽相似，从"克里特老人"眼中流出的四条地狱河流象征着原罪派生的种种罪恶，就像四条河流有着相同的起源一样，在地狱的所有罪行中也都能找到原罪的影子。[④]

在《地狱篇》第14歌中，但丁将来自《圣经》的片段与罗马诗歌中的克里特传说结合，将维吉尔笔下的意象融入地狱的"神学地理"，这种

① Robert M. Durling, "The Old Man of Crete," in Dante Alighieri, *The Divine Comedy of Dante Alighieri, Vol. 1: Inferno*, ed. and trans. Robert M. Durling, New York & Oxford: Oxford University Press, 1996, pp. 555-557.

② 类似英语中的"old"。

③ 《创世记》2：8："耶和华用地上的尘土造人。"

④ 德林指出，整个地狱可以被看作一个"身体"，而地狱中的每一个处所都具有某种"身体特征"，见：Robert M. Durling, "The Body Analogy," in Dante Alighieri, *The Divine Comedy of Dante Alighieri, Vol. 1: Inferno*, ed. and trans. Robert M. Durling, pp. 552-555.《地狱篇》中的这种"身体-政治"现象，在某种程度上可以看作圣保罗笔下神圣共同体的颠倒，参见《哥林多前书》12：12—27。

做法代表着但丁对古典元素的处理风格。[①]在本章中，笔者将选择《地狱篇》中的三个场景：冥河渡口、狄斯之门，以及由格吕翁把守的地狱第八层，考察但丁对维吉尔与奥维德等罗马诗歌素材的运用。笔者将指出，但丁通过中世纪精神将古典诗歌融入了喜剧的诗学地图。

第一节　冥河渡口

一

在《埃涅阿斯纪》中，埃涅阿斯在"冥府之行"中遇到的第一位故人是曾经的舵手帕里努鲁斯，由于遗体未能安葬，他被冥府的铁律阻挡在阿刻隆河岸边。在《地狱篇》第 3 歌中，进入地狱之门的但丁遇到的首先也是一群被禁止渡过冥河的灵魂，他们赤身裸体，被牛虻和黄蜂蜇咬得发出可怕的哀鸣。维吉尔是这样解释这群灵魂的遭遇的：

> "这是那些一生既无恶名又无美名的凄惨的灵魂发出来的悲鸣哀叹。他们中间还混杂着那一队卑劣的天使，这些天使既不背叛也不忠于上帝，而**只顾自己**。各重天都驱逐他们，以免自己的美为之减色，地狱深层也不接受他们，因为作恶者和他们相比，还会觉得有点自豪。"

> "Questo misero modo
> tegnon l'anime triste di colora
> che visser sanza 'nfamia e sanza lodo.
> Mischiate sono a quel cattivo coro
> de li angeli che non furon ribelli
> né fur fedeli a Dio, ma **per sé** fuoro.
> Caccianli i ciel per non esser men belli,
> né lo profondo inferno li riceve,
> ch'alcuna gloria i rei avrebber d'elli." （*Inf.* 3.34—42）

---

① 地狱中的克里特意象还有很多：冥界判官是克里特国王米诺斯；米诺陶守护着地狱第七层，在狄斯城前，复仇女神看到但丁，想到了忒修斯（*Inf.* 9.54），在第七层地狱，但丁对米诺陶喊话时也提到忒修斯（*Inf.* 12.17）。

按照维吉尔的解释，这些灵魂的罪过，是试图在上帝与魔鬼之间保持某种"中立"，既不忠诚，也不反叛，而只是"per sé"，因此，他们无法在天堂或地狱里找到合适的位置。在中世纪教父的作品中，缺乏对这种罪过的描述，依据奥古斯丁《上帝之城》确立的传统，天使在被创造的瞬间要么转向上帝，要么背离上帝，没有第三种可能（《上帝之城》11.33, 12.1），"中立的天使与灵魂"是但丁的诗学创造。因此，有关这一段落的神学依据在但丁学术史上曾引起过长期争论，却难以得出公认的结论。

弗里切罗通过对介词"per"的考察解释了这个问题。他指出，"per sé"中的介词"per"存在两种译法，一种是译为"为了"（相当于英语的for），另一种是译为"依据"（相当于英语的 by）。但若追随第一种翻译，则这群"为了自己"的灵魂会立刻让人回想起奥古斯丁对该隐（Cain）献祭的描述："上帝之所以不看重该隐的侍奉，是因为他分配得很坏。虽然他把自己的一些东西给了上帝，但他把自己给了自己。"（《上帝之城》15.7.1）在奥古斯丁笔下，"为了自己"是堕落天使的象征，正是轻视上帝而爱自己才造就了恶欲横流的"地上之城"。但这样一来，就无法将这些灵魂与阿刻隆河彼岸有罪的灵魂加以区别。因此，弗里切罗转向第二种翻译"依据"，并试图在托马斯主义哲学中寻找对这一段落的解释。

根据圣托马斯的理论，有灵性的造物一开始便有爱的潜质，这种潜质的实现就是正确的信仰。在至善面前，作为潜质的"自然"表现为某种不完满，因此，依据自由意志选择忠于或背叛上帝、实现潜质便成为灵性造物的必然要求，而选择保留在自然状态中拒绝上升就构成了罪的行动基础。[①]依此，"中立的灵魂"的爱既不指向上帝也不指向自己，就意味着割断爱的纽带。他们和阿刻隆河彼岸的灵魂们一样，都将对自己的爱放到对上帝的爱之先，但相对于后者来说，罪仍意味着某种爱的能力，而中立的灵魂却意味着"爱的无能"。

从奥古斯丁开始，恶被定义为善的匮乏，是一种存在论上的缺席。[②]恶本身不是罪，但以恶为基础的行动便构成了罪（《上帝之城》12.8）。

[①] John Freccero, "The Neutral Angels," in *Dante: The Poetics of Conversion*, pp. 110-118. 中译文见：弗里切罗，《但丁：皈依的诗学》，朱振宇译，北京：华夏出版社，2014，第 142—154 页。

[②] 见《忏悔录》3.7："我不懂得'恶'不过是缺乏'善'，彻底地说只是虚无。"

13 世纪的神学进一步区分了简单的恶和罪恶的行动：犯罪的构成同时需要背离上帝的恶意和行动两个条件，前者是一种立场，后者是根据这个立场进行的行动。因此，正如弗里切罗所言，就造物与上帝的关系而论，被造的天使与人只有两种选择，即依靠或背离上帝，但就行动的逻辑而言，却可以有三种选择，即向两个方向行动和不行动。而在行动做出之后，天使与灵魂便只能分成善与恶两个群体。由此看来，但丁笔下对"中立的灵魂"的判罚是针对他们"纯粹的恶"进行的，他们被永恒地冻结在与上帝背离的状态里，由于与上帝背离，慈爱的纽带被粉碎了，由于不行动，便没有爱，他们就无法在但丁"本原的爱"（*Inf.* 3.5）造就的宇宙中找到自己的位置。[①]

弗里切罗的解释试图从逻辑上将但丁的诗学创造纳入中世纪正统，而梅洛内（A. Mellone）和霍兰德则在中世纪关于堕落天使的学说中找到了更多文本上的依据。梅洛内指出，在奥利维（Pietro di Giovanni Olivi）作品描述天使的篇章中，有将堕落天使分成不同等级的做法。根据奥利维的逻辑，既然善天使可以被分为不同的等级，那么堕落天使也可以分为不同的等级。霍兰德将梅洛内的研究进一步推进，他指出，将魔鬼分为两个群体的做法可以追溯到基督教早期的拉克唐修（Lactantius），而在圣维克多的休（Hugh of St. Victor）的《论创世与天使的自然状态》（*On the Creation and State of Angelic Nature*）中则有对堕落天使不同命运的模糊描述。休并未明确地将堕落天使分为不同群体，但却指出，无法确定是否所有的恶天使都在地狱中处于同样的位置。[②]

无论是从义理上还是在文本中寻找"中立的天使"的依据，如果参照《埃涅阿斯纪》中的帕里努鲁斯片段，都可以看到《神曲》相对于古典史诗的"内倾"倾向：但丁将维吉尔笔下死无葬身之地的灵魂置换成了"中立的天使与灵魂"，同时，也将渡过冥河的条件从肉身得到安葬转变为灵魂的皈依。

---

① John Freccero, "The Neutral Angels," in *Dante: The Poetics of Conversion*, pp. 110-118.

② 参见：Maria Picchio Simonelli, "Scorned by Mercy and Justice," in *Lectura Dantis Americana:* Inferno *III*, Philadelphia: University of Pennsylvania Press, 1993, pp. 26-38.

二

在看过那些"中立的"灵魂之后, 但丁纵目远眺, 发现了冥河阿刻隆河边渴望渡河的亡灵:

> "老师, 现在请让我知道这些是什么人, 据我借这微弱的光所看到的情景, 他们似乎急于渡河, 是什么**性情**①使他们这样。"
>
> "Maestro, or mi concedi
>
> ch'i' sappia quali sono, e qual **costume**
>
> le fa di trapassar parer sì pronte,
>
> com' i' discerno per lo fioco lume." (*Inf.* 3.72—75)

但丁的疑问令人回想起《埃涅阿斯纪》中冥河渡口灵魂们争先渡河的情景, 以及勒特河边埃涅阿斯与亡父关于灵魂为什么渴望返回人世的对话。在罗马史诗描述的"冥府之行"中, 无论是灵魂渴望走入阴间还是返回人世, 都渗透着一种无意识的悲剧感。然而在《地狱篇》第 3 歌中, 当但丁走近河岸时, 众恶灵的诅咒与悲啼却显然体现出强烈的意愿:

> 但是, 那些疲惫不堪的赤身裸体的鬼魂一听见他这残酷的话, 都勃然变色, 咬牙切齿。他们诅咒上帝和自己的父母, 诅咒人类, 诅咒自己出生的地方和时间, 诅咒自己的祖先和生身的种子。然后, 大家痛哭着一同集合在等待着一切不畏惧上帝的人的不祥的河岸上。
>
> Ma quell' anime, ch'eran lasse e nude,
>
> cangiar colore e dibattero i denti,
>
> ratto che 'nteser le parole crude.
>
> Bestemmiavano Dio e lor parenti,
>
> l'umana spezie e 'l loco e 'l tempo e 'l seme
>
> di lor semenza e di lor nascimenti.
>
> Poi si ritrasser tutte quante insieme,
>
> forte piangendo, a la riva malvagia

---

① "costume"一词田译为"规律", 但这个词的意思为"性情, 习惯"。从《神曲》主题看, 灵魂得到惩罚或奖励, 并不是由于某种外在的规律, 而是依据灵魂内在的性情或习惯。

ch'attende ciascun uom che Dio non teme.（*Inf.* 3.100－108）

在此，"勃然变色，咬牙切齿"和痛哭揭示出灵魂们心中的恐惧，而一系列的诅咒又揭示出他们清醒的意识和明确的恶意。①亡灵们矛盾却明晰的态度与《埃涅阿斯纪》中灵魂想要渡河的蒙昧渴望形成了强烈的反差。

两段文本中灵魂态度的区别正是奥古斯丁描述过的"第一次死亡"和"第二次死亡"的区别。维吉尔所描述的是前者，即自然死亡，其本质是灵魂与肉身的分离；而但丁的诗行表达的是第二次死亡，即灵魂因抛弃上帝而被上帝抛弃。前者与心灵的状态无涉，而后者则取决于意志的自由抉择。②但丁再一次将维吉尔笔下命运的无奈感转换成了内在心灵的状态。面对骚动的亡灵，冥河的摆渡者卡隆恢复了《埃涅阿斯纪》中神圣律法执行者的形象，他"向他们招手示意，把他们统统赶上船去；谁上得慢，他就用船桨来打"（*Inf.* 3.110－111）。神圣的正义逼迫恶灵们将恐惧转化为自我的意愿，于是就有了但丁见到的"他们似乎急于渡河"的景象。③

在第 3 歌描写准备渡过冥河的灵魂的诗句中，有两个三韵句因化用维吉尔的"落叶"与"飞鸟"典故而久负盛名：

> 如同秋天的树叶一片一片落下，直到树枝看见自己的衣服都落在地上一样，亚当的有罪孽的苗裔一见他招手，就一个一个从岸上跳上船去，好像驯鸟听到呼唤就飞过来似的。
>
> Come d'autunno si levan le foglie
>
> **l'una** appresso de **l'altra**, fin che 'l ramo

---

① 卡斯泰尔韦特罗（Lodovico Castelvetro）最先观察到了灵魂们态度中的矛盾，他解释说，这种矛盾本身即是地狱中惩罚的一部分。见：Maria Picchio Simonelli, "The Souls at the River," in *Lectura Dantis Americana:* Inferno III, pp. 70-77. 笔者据此认为，诅咒与恐惧的混杂让人想起始祖在伊甸园中背叛上帝时的情形——正是原罪引起了灵魂内部的纷争。

② 见《上帝之城》13.2："当上帝抛弃了灵魂，灵魂就死了……在最终的永恒惩罚中……可以谈灵魂之死，因为她不能从上帝获得生命了。"

③ 参见 *Inf.* 3.122-126 维吉尔的回答："凡在上帝震怒中死去的人，都从各国来到这里集合；他们急于渡河，因为神的正义鞭策他们，使恐惧化为愿望。"

> vede a la terra tutte le sue spoglie:
>
> similemente il mal seme d'Adamo
>
> gittansi di quel lito **ad una ad una**
>
> per cenni, come augel per suo richiamo.（*Inf.* 3.112—117）

可以对比一下这个段落在《埃涅阿斯纪》第 6 卷中的出处：

> 其（亡魂）数目之多恰似树林里随着秋天的初寒而飘落的树叶，
> 又像岁寒时节的鸟群从远洋飞集到陆地，它们飞渡大海，降落到风
> 和日暖的大地。

> quam multa in silvis autumni frigore primo
>
> lapsa cadunt folia, aut ad terram gurgite ab alto
>
> quam multae glomerantur aves, ubi frigidus annus
>
> trans pontum fugat et terris immittit apricis.（*Aen.* 6.309—312）

在分析两个段落风格的差别时，萨佩尼奥（Natalino Sapegno）指出，维吉尔诗行中的比喻"主要强调的是灵魂数量之多，而在但丁的诗句中，这些比喻意在说明灵魂应卡隆的召唤而登船的方式"[1]。弗里切罗则更进一步指出，在维吉尔的诗行中，树叶的凋落与候鸟的迁徙都是自然的事件，它们脱离个人的意志，衬托出生命群体在无常轮回中的悲伤；而但丁的改写则强调了灵魂个体的抉择（"一片一片落下""一个一个……跳上船去"），这种抉择并不取决于命运，而是来自灵魂个体。弗里切罗敏锐地看到，在但丁的诗句中，"直到树枝看见自己的衣服都落在地上一样"一句是但丁自己创造：

> "外衣"（spoglie）一词代表了一种与秋叶无可避免地坠落非常不同的漫无节制的失落。如果这树枝能够或许悲哀地看着自己的衣服，那么就意味着，这不必发生：简言之，上帝之树本来是长青的。[2]

可见，但丁在《地狱篇》第 3 歌中的这段诗行与上文中众恶灵的诅咒彼

---

[1] 见：Dante Alighieri, *La Divina Commedia, Vol. 1: Inferno*, a cura di Natalino Sapegno, Firenze: La Nuova Italia Editrice, 1955, p. 38.

[2] John Freccero, "Dante's Ulysses: From Epic to Novel," in *Dante: The Poetics of Conversion*, p. 148.

此呼应，两个细节都意味着心灵对上帝的背离。就这样，但丁再次用带有强烈基督教意味的譬喻修正了维吉尔的诗句。

三

在《埃涅阿斯纪》第 6 卷和《地狱篇》第 3 歌中，冥河摆渡者的名字都是卡隆，两位摆渡者都是易怒的老者形象，也都是神圣正义的执行者。维吉尔笔下的卡隆沉默地执行着冥府的铁律[1]，帕里努鲁斯便是被他拒绝的灵魂中的一个。而但丁笔下的卡隆则比维吉尔的冥河艄公表现出更多的主动：

> 瞧！一个须发皆白的老人驾着一只船冲我们来了，他喊道："罪恶的鬼魂们，你们该遭劫了！再也没有希望见天日了！我来把你们带到对岸，带进永恒的黑暗，带进烈火和寒冰。"
>
> Ed ecco verso noi venir per nave
>
> un vecchio, bianco per antico pelo,
>
> gridando: "Guai a voi, anime prave!
>
> Non isperate mai veder lo cielo:
>
> i' vegno per menarvi a l'altra riva
>
> ne le tenebre etterne, in caldo e 'n gelo." (*Inf.* 3.82—87)

诅咒一般的呼喊中似乎洋溢着得意的快感，但此处更值得玩味的是卡隆看到活人但丁时的反应：

> "站在那儿的活人的灵魂，你离开那些死人吧。"但是，看到我不离开，他随后就说："你将走另一条路，从别的渡口渡过去上岸，不从这里，一只较轻的船要来载你。"
>
> "E tu che se' costì, anima viva,
>
> pàrtiti da cotesti che son morti."
>
> Ma poi che vide ch'io non mi partiva,
>
> disse: "Per altra via, per altri porti
>
> verrai a piaggia, non qui, per passare:

---

① 见本书第一章第一节分析。

più lieve legno convien che ti porti." （*Inf.* 3.88–93）

《埃涅阿斯纪》中也写过卡隆看到生者埃涅阿斯时的愤怒（*Aen.* 6.385–397）。在该段落中，卡隆的怒气来自其对大英雄赫库列斯的记忆——后者曾活着闯入冥府牵走了冥犬刻尔勃路斯（Cerberus），而追随他的英雄忒修斯和皮利投斯（Pirithous）甚至曾想要劫掠冥后。

但在《地狱篇》第 3 歌中，卡隆面对生者的闯入却显得平静，甚至表现出了某种"善意"的体贴①——他似乎是在说，作为被上帝拣选的但丁应该进入更好的地方，特别是，这种善意似乎能从《炼狱篇》的文字中得到支持：在但丁走过地狱之后，正是一只天使驾驶的轻快的船将但丁送到了炼狱之岸。②

然而，如果仔细回想但丁在进入地狱之前的种种场景，就会发现，卡隆此处的指引似是而非。按照维吉尔在第 1 歌和第 2 歌中所言，必须先走过地狱，才能进入炼狱和天国，想要绕过忏悔直接得到救赎，意味着对上帝意志的违背。③此外，面对维吉尔的告诫，但丁曾数次表现出退缩与害怕："引导我的诗人哪，你在让我冒险去做这次艰难的旅行之前，先考虑下我的能力够不够吧！"（*Inf.* 2.10–12）"我不是埃涅阿斯，我不是保罗；不论我自己还是别人都不相信我配去那里。"（*Inf.* 2.32–33）据此，我们完全有理由推知，在听过卡隆的"劝告"之后，充满忧惧的但丁很可能心生退意、掉头离去。

但在此时掉头离去不仅意味着拒绝恩典，"天上的一位崇高的圣女怜悯那个人遇到我派你去解除的这种障碍，结果打破了天上的严峻判决"（*Inf.* 2.94–96），还意味着迷失正途：按照《神曲》中的"神学地理"，在亚当罪恶的子孙生活的北半球找不到真正的救赎之门，炼狱真正的渡口在地狱的尽头，灵魂登上坐落在南半球的炼狱山，才能从南极登上天

---

① 对比 *Inf.* 5.16–20 地狱判官米诺斯对但丁说的话："啊，来到愁苦的旅舍的人……你要想一想，自己是怎么进来的，依靠的是什么人；不要让宽阔的门口把你骗进来！"米诺斯同样表现了某种阻挡的意愿，但他并未就但丁应走的路径进行诱导。

② *Purg.* 2.40–42："他驾着一只船向海岸驶来，船那样轻那样快，一点也不吃水。"

③ 亦参见 *Purg.* 30.136–145 贝雅特丽齐的话："他堕落得那样深，一切拯救他的办法都已不足，除非让他去看万劫不复的人群。……假若让他不付出流泪忏悔的代价，就渡过勒特河，尝到这样的饮料，那就破坏了上帝的崇高的谕旨。"

国。从北半球的视点看去，由地狱到炼狱的行进过程是一种下降，它象征着谦卑。[1]敢于进入地狱意味着放弃此世的傲慢，在象征"地上之城"的地狱中，承担起"死亡"的磨砺。这是亚当的子孙在世俗生命中必须承担的重负，就像奥古斯丁所说的那样，上帝之城的公民在此生的旅行中也要承担因对罪的惩罚而带来的苦难：

> 那些向好发展的人，依靠信仰，在此生的羁旅中生活，使徒对他们说："你们各人的重担要互相担当，如此就完全了基督的律法。"（《上帝之城》15.6）

由此看来，但丁笔下的卡隆就像奥古斯丁笔下的魔鬼，他们有知识，却没有爱[2]："他们试图挟持我们的心灵，让我们偏离朝向上帝之路。因为他们怕我们走上正路，所以刻意阻碍。"（《上帝之城》9.18）卡隆对但丁的告诫实为魔鬼的诱惑，也正因此，但丁笔下的卡隆，才刻意去除了维吉尔笔下冥河摆渡人形象中"血气方刚"的一面，保留了"须发皆白"的老人形象，其寓意实为死亡。

维吉尔接下来的话有效地制止了卡隆的恶意："卡隆，不要发怒：这是有能力为所欲为者所在的地方决定的，不要再问。"（Inf. 3.94-96）然而，笔者以为，此处作为导师的维吉尔并未辨认出卡隆的恶意——在第3歌末尾，维吉尔对但丁解释卡隆发怒原因时的话语清晰地揭示出了维吉尔理解的偏差，他说："善良的灵魂（anima buona）从来不打这里过；所以，如果卡隆生你的气，口出怨言，现在你就会明白他的话是什么意思了。"（Inf. 3.127-129）显然，在维吉尔看来，卡隆之所以向但丁发怒，是因为他将但丁误解为邪恶的灵魂。在与卡隆问答的时刻，维吉尔仍沉浸在《埃涅阿斯纪》的回忆里，他忽略了但丁的罪过，一句"善良的灵魂"将其与自己诗篇中"心地纯洁的人"（Aen. 6.563）埃涅阿斯画上了

---

[1] John Freccero, "Pilgrim in a Gyre," in *Dante: The Poetics of Conversion*, pp. 80-92. 中译文见：弗里切罗，《但丁：皈依的诗学》，第 90-121 页。

[2] 《上帝之城》9.20："如果我们仔细读《圣经》，就可以看到这个名字的起源很值得玩味。他们被称为鬼怪，这个希腊词 Δαίμονες 的意思是知识。使徒充满圣灵地说：'但知识是叫人自高自大，惟有爱心能造就人。'对这句话的正确理解只能是，如果没有爱，知识毫无用处；没有爱，知识就会膨胀，也就是变成最空洞和饶舌的高傲。于是，没有爱但有知识的鬼怪就会膨胀，变得高傲。"

等号。这默认了但丁作为被拣选者的荣耀，却也在同时忽视了地狱之行的真正意义。[1]忠诚护佑但丁的维吉尔相信"有能力为所欲为者"的命令，表现出了如埃涅阿斯一般的虔敬。这种品质成功地为但丁抵挡了诱惑，却也同时表现出，在但丁创造的基督教宇宙中，作为古典世界代言者的维吉尔是一位无奈的"局外人"。

第二节　狄斯之门

在埃涅阿斯的冥府旅程中，灵泊之后的道路分成两条，一条通往地府中最幽暗的地方塔尔塔鲁斯，一条则通往冥王居住的狄斯城。埃涅阿斯没有进入塔尔塔鲁斯，他经过狄斯城门，走向乐土。但在《地狱篇》中，塔尔塔鲁斯和狄斯的城堡合二为一，地府最黑暗的地方正是走向天国的必经之路，而但丁最终在天使的帮助下走了进去。在这里，但丁不仅改写了行走路线，还将《埃涅阿斯纪》第 2 卷中的另一个片段拼贴了进来，并且让史诗的原作者见证了这一过程。在此，先回顾一下被拼贴的两个片段：

> "再看，雅典娜坐在城堡之巅，拿起她的兴云的盾牌，上面刻着可怕的美杜莎的首级，神采焕发。连天父朱庇特自己也都为希腊人鼓气，并挑起众神去和特洛伊人作对。因此，我的孩子，你逃跑了吧，结束这场苦难吧。不论你到什么地方，我不离开你，我现在要把你安全地带到你父亲的家门口。"
>
> "iam summas arces Tritonia, respice, Pallas
> insedit nimbo effulgens et Gorgone saeva.
> ipse pater Danais animos virisque secundas
> sufficit, ipse deos in Dardana suscitat arma.
> eripe, nate, fugam finemque impone labori;
> nusquam abero et tutum patrio te limine sistam." (*Aen.* 2.615–620)

---

[1] 甚至有学者据此怀疑，但丁是不是乘卡隆的船抵达阿刻隆河彼岸的。见：Maria Picchio Simonelli, "The Souls at the River," in *Lectura Dantis Americana*: Inferno *III*, pp. 70-77.

　　"然后冷不防复仇女神提希丰涅（Tisiphone），腰里挂着鞭子，跳将出来，抽打那些罪人，她左手高举着凶相毕露的蛇，口里呼唤着她的凶恶的姐妹们。看，神圣的门终于开了，门轴发出令人毛骨悚然的声音。你可看到了坐在门厅里的守卫是什么样子？把守着门槛的这女神的相貌是多么可怕？"

　　"continuo sontis ultrix accincta flagello

　　Tisiphone quatit insultans, torvosque sinistra

　　intentans anguis vocat agmina saeva sororum.

　　tum demum horrisono stridentes cardine sacrae

　　panduntur portae. cernis custodia qualis

　　vestibulo sedeat, facies quae limina servet?"（*Aen*. 6.570—575）

上述两个段落中，第一个书写的是特洛伊城覆灭时的情景，埃涅阿斯想要以力战阻止毁灭，母亲维纳斯为他指明了天神的旨意；第二个书写的是冥府深处的塔尔塔鲁斯，女先知西比尔将黑暗深处可怕的场景指给埃涅阿斯。两个段落都发生在某座城堡的入口，第一个场景让埃涅阿斯绝望，第二个场景让他惊骇，但两个段落却没有交集，美杜莎与复仇女神也没有一起出现。

　　将两个段落拼贴在一起的是《地狱篇》第9歌，其时，但丁跟随维吉尔来到深层地狱的门口——被维吉尔称作"狄斯之城"（Dite）的地方[1]，在企图入城的努力遭到守城的堕落天使抗拒而失败后（*Inf*. 8.82—85，112—116），三位复仇女神出现在城门塔楼的顶上，维吉尔凭借记忆将她们依次指给但丁："左边这个是梅盖拉（Megaera）；右边哭的那个是阿列克托；中间的是提希丰涅。"（*Inf*. 9.46—48）她们并未像维吉尔史诗中所写的那样彼此呼唤，而是齐声呼喊，以美杜莎的名义恐吓来访者：

　　她们各自用指甲撕裂自己的胸膛；自己用手掌打自己，用那样大的声音喊叫，吓得我紧紧地向诗人靠拢。"让美杜莎来：我们好把他变成石头。"她们望着下面，大家一齐说，"我们没有报复忒修斯进行的攻击，是失策的。"

---

[1] *Inf*. 8.67—68："儿子，现在我们临近那座名叫狄斯的城了，城里有罪孽深重的市民和大军。"

> Con l'unghie si fendea ciascuna il petto;
>
> battiensi a palme e gridavan sì alto
>
> ch'i' mi strinsi al poeta per sospetto.
>
> "Vegna Medusa: sì 'l farem di smalto,"
>
> dicevan tutte riguardando in giuso;
>
> "mal non vengiammo in Tesëo l'assalto." （Inf. 9.49—54）

比较此处和维吉尔笔下的复仇女神，显而易见的是，维吉尔笔下的形象虽然可怖，却仍只是地府律法的执行者，而在但丁笔下，复仇女神不仅有激情而自伤的举动，而且还恫吓但丁。就连维吉尔也十分恐慌[1]：

> "你向后转过身去，闭着眼睛，因为，如果果尔刚[2]出现，你看到他，就再也不能回到阳间了。"老师这样说；他还亲自把我的身子扳转过去，他不相信我的手，所以又用他自己的手捂上我的眼睛。

> "Volgiti 'n dietro e tien lo viso chiuso;
>
> ché se 'l Gorgón si mostra e tu 'l vedessi,
>
> nulla sarebbe di tornar mai suso."
>
> Così disse 'l maestro; ed elli stessi
>
> mi volse, e non si tenne a le mie mani,
>
> che con le sue ancor non mi chiudessi. （Inf. 9.55—60）

关于但丁笔下复仇女神的寓意，中世纪注释家们的解释莫衷一是。其中，西尔韦斯特（Bernard Silvester）给出的伦理谱系得到了较多认同，这种看法认为，在这阿刻隆河与夜所生的三姐妹中，阿列克托代表邪恶的思想，提希丰涅代表邪恶的言语，而梅盖拉则代表邪恶的行为。富尔根蒂乌斯（Fulgentius）将三位姐妹解释为恶的连续过程：灵魂中的恶激起的愤怒将付诸言辞，最后引起争吵（行为）。在第9歌中，将但丁为三位女神安排的位置从右到左来看，所遵循的也正是这种次序。早期但丁

---

① 维吉尔显然停滞在古代神话的回忆里，他相信在上帝创造的地狱里，鬼使也能违背上帝的旨意将但丁变成石头，这和后文中他以曾受异教女巫阿列克托之托带出一个灵魂来向但丁证明自己有能力当向导一样，都体现了他对基督教世界的无知。

② 即美杜莎，美杜莎是果尔刚三妖女中的一个。参见：Richard Lansing, ed., *The Dante Encyclopedia*, New York: Garland Publishing, 2000, pp. 603-604, "Medusa"词条。

解释者布蒂（Francesco da Buti）开始将复仇女神的寓意与但丁地狱的结构联系起来，他认为，复仇女神代表的恶恰恰标志着浅层地狱之罪与深层地狱之罪的分界线。这种解释方法对 19 世纪以后的但丁研究产生了深远影响。[①]

　　有关复仇女神与特定罪性联系的探讨产生于当代。福尔纳恰里（Raffaello Fornaciari）认为，但丁笔下的堕落天使和复仇女神具有愤怒的特征。他据此将复仇女神看作代表地狱第五层愤怒罪的鬼使，同时，他也将地狱中出现的其他古典神话形象分别与地狱各层代表的罪联系在一起，认为刻尔勃路斯代表饕餮、普鲁同（Plutus）代表贪婪、米诺陶代表暴力、格吕翁代表欺诈。曼斯菲尔德（Margaret Nossel Mansfield）指出了福尔纳恰里的观点的牵强之处，首先，并非所有地狱中的鬼使都代表某种特别的罪，比如，阿刻隆河的摆渡者卡隆和地狱第二层入口的米诺陶，显然代表的是地狱的某种总体特征；其次，惩罚愤怒罪的地带（斯提克斯河）止于狄斯城外，复仇女神却在城内；再次，在渡过斯提克斯河时，维吉尔震慑住了怒气冲天的摆渡者弗列居阿斯（Flegïàs）（*Inf.* 8.19—24），但丁面对犯有愤怒罪的阿尔津蒂（Filippo Argenti）也未表现出退缩（*Inf.* 8.37—39），但二人却同在狄斯城前受到了挫折，这意味着，狄斯城上的鬼使寓意必然不同于愤怒。曼斯菲尔德还特别观察到，但丁在这一篇章中表现出的是《地狱篇》中最强烈的逃避意愿："如果不许我们再往前走，我们就赶快顺着原路一同回去吧。"（*Inf.* 8.101—102）曼斯菲尔德认为，造成这退缩的原因必然是整个深层地狱共同具有的某种特征。这种特征就是"恶意"（malizia）。[②]在《地狱篇》第 11 歌中，维吉尔用这个词泛指深层地狱中的罪行（malizia）：

　　　　一切获罪于天的**恶意**行为，都是以伤害为目的，凡是这种目的都用**暴力**或者**欺诈**伤害别人。

　　　　D'ogne **malizia**, ch'odio in cielo acquista,

　　　　ingiuria è 'l fine, ed ogne fin cotale

---

① 关于但丁笔下复仇女神的解释简史，参见：Richard Lansing, ed., *The Dante Encyclopedia*, pp. 428-429, "Furies"词条。

② 福尔纳恰里和曼斯菲尔德的观点均参见：Margaret Nossel Mansfield, "Dante and the Gorgon Within," *Italica* 48.2 (1980): 143-160.

o con **forza** o con **frode** altrui contrista.（*Inf.* 11.22—24）

曼斯菲尔德的解释回到了布蒂确立的传统。按照这样的划分方法，整个地狱可以分为两部分，上层地狱（灵泊以下）的罪行（淫欲、饕餮、贪财与吝啬、愤怒）可以总结为"放纵"，而下层地狱的罪行，可以统称为"恶意"（包括暴力之恶意与欺诈之恶意）。[1]作为上层地狱与下层地狱分界线的狄斯城，应先看作广义"恶意"的代表，而堕落天使和复仇女神则体现了"恶意"的不同指向，前者的恶意指向神，后者的恶意则指向人。而在曼斯菲尔德看来，这后一种指向人的"恶意"就是"不知悔改"。[2]

　　将狄斯城之恶理解为"不知悔改"可以解释以下情节：在狄斯城前，但丁遇到的阻碍所针对的是作为基督徒的自己，而非因为出生在基督之前而被剥夺忏悔机会的维吉尔。堕落天使们对维吉尔所说的话便鲜明地体现了这一点。

> "你一个人来，让那个胆敢闯入这个王国的人走开。让他独自由他疯狂[3]走过的那条路回去：他要是有本领，就让他试一试吧！因为你这个领着他走这样黑暗的道路的人，你得留在这里。"
>
> "Vien tu solo, e quei sen vada
>
> che sì ardito introò per questo regno.
>
> Sol si ritorni per la **folle** strada:
>
> pruovi, se sa; ché tu qui rimarrai,
>
> che li ha' iscorta sì buia contrada."（*Inf.* 8.89—93）

---

① 参见：Edward Moore, "The Classification of Sins in the *Inferno* and *Purgatorio*," in *Studies in Dante*, vol. 2, Oxford: Clarendon Press, 1896, pp. 152-209.

② Margaret Nossel Mansfield, "Dante and the Gorgon Within," pp. 143-160. 曼斯菲尔德借鉴的是以格兰金特（C. H. Grandgent）为代表的 20 世纪但丁学的一种说法，这种解释将复仇女神与美杜莎的寓意分别解释为悔恨的恐惧（remorseful terror）与绝望。

③ "疯狂"（folle）为笔者自译，田译为"鲁莽"。"folle"一词的准确含义是"疯狂的，愚蠢的"。在《地狱篇》第 26 歌中，这个词也被用来形容尤利西斯突破上帝给人设立的界限向神的海域进行的航行："清晨时分，掉转了船尾，我们就把我们的桨当作翅膀，来作这飞一般的疯狂航行（folle volo）。"（*Inf.* 26.124—126）但丁的旅程和尤利西斯的旅程显然不同，但丁的旅程得到了上天的恩典，是在维吉尔和贝雅特丽齐的引导下进行的，因而堕落天使的话显然是错误的。

但丁地狱之旅的一贯性可以印证"不知悔改"这一寓意:《地狱篇》开篇,但丁就在贝雅特丽齐和维吉尔的指引下走上了忏悔之路,而在抵达狄斯城时,但丁表现出了恐惧与退缩,复仇女神在但丁面前的现身恰恰是这种不正当的恐惧与退缩的结果,因而作为"不知悔改"的恶意,复仇女神恰恰是但丁内心罪过的投射。[①]

　　同样作为心灵罪过之显现的还有美杜莎。"让美杜莎来:我们好把他变成石头"(*Inf.* 9.52)——复仇女神的话在"不知悔改"与美杜莎的寓意之间建立了联系。正如曼斯菲尔德所指出的,贯穿第9歌,美杜莎始终没有出现,因而美杜莎的寓意必然也是一种心灵的力量,一旦这种力量现身,但丁的旅程就将彻底终止,这种行动终止的标志就是化为石头。回顾第8歌与第9歌的情节演进:充满恐惧的但丁看到了复仇女神,复仇女神呼唤美杜莎,好借此将但丁变成石头。这一过程意味着,作为一种罪的恐惧引起心灵的怠惰,导致了不知悔改,而不知悔改的结果是作为一种罪的"绝望",这就是美杜莎的寓意[②]。而神话传说中美杜莎能令人变成石头的力量则意味着,巨大的恐惧将造成心灵活动的止息——理智的伤害与蒙蔽,其结果是心灵的无知。[③]所有这一切都将使精神之旅的目的——"救赎"变得不可能。

　　圣托马斯在《神学大全》(*Summa Theologica*)中对绝望原因的分析也肯定了作为罪的"绝望"与"无知"之间的关联。在圣托马斯眼中,绝望的原因要么是看不到至福是一种需要经历艰辛才能获得的善,要么是看不到人可以通过自己的努力和他人的帮助获得至福,而这一切,都源于作为"信"的知识的缺乏。[④]这正是维吉尔捂住但丁眼睛的原因:以

① 曼斯菲尔德指出,如果但丁恐惧的对象仅仅是在狄斯城前受到的阻碍和威胁,那这种恐惧并无不妥。

② 关于但丁笔下美杜莎各种可能的寓意的解释简史,参见: Richard Lansing, ed., *The Dante Encyclopedia*, pp. 603-604, "Medusa"词条。关于美杜莎与恐惧的关系,可见: Jay Dolmage, "Metis, Metis, Mestiza, Medusa: Rhetorical Bodies across Rhetorical Traditions," *Rhetoric Review* 28.1 (2009): 1-28; Thalia Feldman, "Gorgo and the Origins of Fear," *Arion: A Journal of Humanities and the Classics* 4.3 (1965): 484-494.

③ 关于美杜莎寓意的中世纪流变史,见: John Freccero, "Letter and Spirit," in *Dante: The Poetics of Conversion*, pp. 119-135.

④ St. Thomas Aquinas, *Summa Theologica*, II.ii.Q.20.2.

遮蔽肉身之眼的方式来避免但丁的心灵之眼——理智——受到蒙蔽。也正是因为如此，在这一段落之后，诗人但丁以全知者的视角向读者致辞，呼唤人们运用"健全的理智"：

> 啊，有健全的理解力的人哪，你们揣摩在这些神秘的诗句的面纱下隐藏着的寓意吧！①
>
> O voi ch'avete li 'ntelletti sani,
>
> mirate la dottrina che s'asconde
>
> sotto 'l velame de li versi strani.（*Inf.* 9.61-63）

曼斯菲尔德在对地狱结构的划分中，对以格兰金特为代表的当代解释传统与布蒂确立的古典解释传统进行了调和，然而其论证依据却颇有值得商榷之处。第一，曼斯菲尔德认为，在地狱之旅中，第8、9歌中表现出的恐惧与退缩最为强烈，并以此论证复仇女神代表深层地狱总体的特质。但这一推论未必能经得起反例的质疑。在由地狱第七层下降到第八层（*Inf.* 18.106-114）、由第八层下降到第九层时，但丁都曾感受到极大的恐惧，特别在后一场景中，但丁在表述看到巨人所感到的恐惧时，不仅表达了想要逃离的意愿，还明确提到了"死"②。因此，如果复仇女神因引起恐惧的情绪而得以成为深层地狱的代表，则分别守护第八层和第九层地狱的格吕翁与巨人也能代表深层地狱，这样的话，复仇女神的形象就失去了其独特的意义。第二，"愤怒"也并非像曼斯菲尔德所说的那样仅仅限于狄斯城之外，在想要进入狄斯城时，维吉尔对但丁说

---

① 这个三韵句紧接在维吉尔用手蒙住但丁眼睛的情节（*Inf.* 9.55-60）之后，对此，弗里切罗给出了另一种可能的解释。他指出，在《地狱篇》第9歌的语境中，美杜莎代表着"不信"的诱惑，在维吉尔看来，就像珀尔修斯必须借用弥涅尔瓦的盾抵抗美杜莎面孔的魔力一样，但丁也需要借助维吉尔的双手挡开美杜莎的威胁。但是维吉尔遮但丁眼睛的行为令但丁关闭了肉身之眼，却无意中为灵魂之眼的打开创造了契机——肉身之眼被捂住了，灵魂之眼却睁开了。见：John Freccero, "Medusa, the Letter and the Spirit," in *Dante: The Poetics of Conversion*, pp. 119-135.

② "厄菲阿尔特斯（Ephialtes）一听这话立刻摇动他的身躯……那时我比什么时候都害怕死（la morte），假如我没有看到他身上的锁链，光吓就能把我吓死。"（*Inf.* 31.106-111）"当我注意看着安泰俄斯（Antaeus）弯身时……我真想走另一条路（altra strada）。"（*Inf.* 31.139-141）

"我们现在不经过愤怒是进不去的"（u'non potemo intrare omai sanz' ira）（*Inf.* 9.33）[1]。在狄斯城上，堕落天使也展现出了愤怒的情绪。

> 我看到城门上有一千多个从天上坠落下来的，他们怒气冲冲地说："这个人是谁，他还没死就走过这死人的王国？"
>
> Io vidi più di mille in su le porte
>
> da ciel piovuti, che stizzosamente
>
> dicean: "Chi è costui che sanza morte
>
> va per lo regno de la morta gente?"（*Inf.* 8.82—85）

而三位浑身血污的复仇女神一出场，就被维吉尔形容为"凶恶的"："你看这些**凶恶的**厄里倪厄斯（Erinyes）"（Guarda ... le **feroci** Erine）（*Inf.* 9.45）——"凶恶"也是类似愤怒的表情；最后到来的开门的天使也表现出了愤怒："我认清他是一位天使……啊，看来，他多么愤怒（disdegno）啊！"（*Inf.* 9.85—88）第三，除了愤怒以及先前提到的恐惧与绝望之外[2]，狄斯城前上演的戏剧中还弥漫着悲伤的情绪——但丁靠近狄斯城时，自述"一片悲声震动我的耳鼓"（ma ne l'orecchie mi percosse un duolo）（*Inf.* 8.65），维吉尔将这里称作"愁苦的房子"（le dolenti case）（*Inf.* 8.120），后来又将其称为"愁苦之城"（la città dolente）（*Inf.* 9.32）[3]；复仇女神被称为"永恒悲叹之国的王后（la regina de l'etterno pianto）的侍女"（*Inf.* 9.44）；其中阿列克托在哭泣（piange）（*Inf.* 9.47），而三位女神"用指甲撕裂自己的胸膛；自己用手掌打自己，用那样大的声音喊叫"（*Inf.* 9.49—50）也可以看作悲痛欲绝的表情。综合上述三点，复仇女神与狄斯城更多地表现出了有罪的激情，却并不具备第八层地狱以下体现

---

① 此处田译为"我们现在不经过斗争是进不去的"，但"ira"一词的意思显然是"愤怒"。

② 《地狱篇》第8、9歌中还有很多处表现了恐惧与绝望：维吉尔在自己的请求遭到堕落天使拒绝后，"眼睛瞅着地，眉梢上自信的喜气已经完全消失"（*Inf.* 8.118—119），而但丁的脸上也露出"畏怯情绪"（*Inf.* 9.1），即使在得到维吉尔的保证后，他仍然感到害怕（paura）（*Inf.* 9.13），认为维吉尔的话"含有比它的命意更不好的意义"（*Inf.* 9.15）。

③ "愁苦之城"这一短语在 *Inf.* 3.1 中也出现过。

的"欺诈"①特征。因此，以地狱的"两分法"为基础，将狄斯城头的神话形象解释为全部底层地狱的精神品质，并不准确。

　　笔者认为，依据《地狱篇》开篇场景暗示的地狱伦理结构，以及第11歌中维吉尔的话，用"三分法"更容易阐明"狄斯之城"的寓意。

　　　　你不记得，你的《伦理学》里详细阐明**放纵、恶意和疯狂的兽性**这三种为上天所不容的劣根性的那些话吗？

　　　　Non ti rimembra di quelle parole

　　　　con le quai la tua Etica pertratta

　　　　le tre disposizion che 'l ciel non vole,

　　　　incontenenza, malizia e la matta

　　　　bestialitade?（*Inf.* 11.79−83）②

依据这样的划分法，与狄斯之城入口处的种种景象相对应的各种有罪的激情（悲伤、恐惧、绝望、愤怒等）都与"兽性之恶"——暴力有关。

　　按照《神学大全》第二部分的分析，狄斯城前展现的种种激情都意味着作为三圣德之一的"希望"被褫夺。其中绝望和错误的恐惧是与希望相反的罪，而悲伤和错误的愤怒则是希望缺席后心灵的状态。③换言

---

① 在深层地狱中，浑身靓丽花纹、具有"和善"外貌的格吕翁与反叛天神的巨人宁录（Nimrod）显然比愤怒可怕的复仇女神更能代表"欺诈"。

② 此处的三类罪分别对应开篇的母狼、豹子和狮子。至于维吉尔在这里的叙述顺序的颠倒，学者间的确存在争论，但最令人信服的仍然是将狮子看作"疯狂的兽性"——出自灵魂"血气"之罪的代表。认为"疯狂的兽性"代表地狱最底层罪过的代表学者是特廖洛（Alfred A. Triolo），见：Alfred A. Triolo, "Malice and Mad Bestiality," in *Lectura Dantis:* Inferno, *a Canto by Canto Commentary*, ed. Allen Mandelbaum, Anthony Oldcorn, and Charles Ross, Berkeley, Los Angels, & London: University of California Press, 1998, pp. 150-164. 认为"疯狂的兽性"代表中层地狱之罪的代表学者是弗里切罗，见：John Freccero, "The Firm foot on a Journey Without a Guide," in *Dante: The Poetics of Conversion*, pp. 29-54.

③ 在托马斯主义伦理体系中，恐惧和愤怒并不完全意味着罪，对于邪恶的恐惧，以及面对邪恶产生的愤怒都是正义的。在第8、9歌的语境中，但丁的恐惧显然是错误的。正如巴伯（Joseph A. Barber）指出的，但丁在第9歌中突破传统的地方，在于使义愤成为一种克服艰险的力量——在狄斯城外，但丁用义愤阻止了阿尔津蒂；在狄斯城前，天使愤怒的斥责最终克制了但丁的恐惧。见：Joseph A. Barber, "*Inferno* IX," *Lectura Dantis* 6 (1990): 110-123.

之，恰恰是希望这种美德"一"的缺失造就了《地狱篇》第8、9 歌中各种情绪的"杂多"。

圣托马斯从"希望"与"信"等概念的差别出发指出，希望是属于爱或情感的美德：希望在目的上区别于信仰。信仰的目的是通过使人依附于上帝而得到真理，即永恒的知识；希望的目的则是通过使人依附于上帝而得到永恒的快乐。因此，如果可以将信仰的目的看作人类理智的实现，希望的目的则是意志的完满。圣托马斯还指出，希望的力量虽然存在于灵魂的非理性力量中，但希望的推动却有赖于人的认知，因此，作为三圣德之一的希望应该是一种受理智指引的激情。人的不完美必然令其将善的实现寄托于未来，在此意义上，希望和"欲望"存在一定程度的相似。但希望的实现不同于欲望的满足，它所指向的善必须经历艰苦获得，因而希望的实现需要灵魂的坚毅。[①]

圣托马斯指出，从不同角度可以将恐惧和绝望看作与希望相反的恶。[②]就相同的目标而言，希望是一种向往，绝望是一种拒绝；就对象的不同而言，希望的对象是善，而恐惧的对象是恶。绝望的结果不仅是对希望的褫夺，还有面对善的退缩。绝望之罪虽然不像不信那样严重，但却更加危险，因为希望让人们从罪恶中抽身而出并引领人们去寻找善，可一旦放弃希望，人就一头扎进罪恶，弃善而去，在这种意义上，绝望是最严重的罪。[③]这正是但丁说"如果不许我们再往前走，我们就赶快顺着原路一同回去吧"（*Inf.* 8.101–102）时的心境，也是美杜莎的恐怖。

在谈及绝望和恐惧产生的原因时，圣托马斯也论及了激情与理智的关系。他指出，理智中的真理与假象对应着爱欲中的善与恶，与真理相一致的爱欲的运动便是善，而与假象相一致的爱欲的运动便是恶，并且是有罪的。这种正确认识对应着作为一种美德的希望；而相反，与这种虚假认识对应的就是作为一种罪的绝望。恐惧来自爱——拥有尘世之爱的人错误地将尘世当成了自己的最终目的，因此尘世之爱充满了罪恶。虽然恐惧的对象未必是绝对的恶——它也可能是实现善的过程中必须克服的艰险，但绝望与恐惧的原因都是某种认知的缺乏，即对最终之善的不信

---

① St. Thomas Aquinas, *Summa Theologica*, II.i.Q.40.2.

② St. Thomas Aquinas, *Summa Theologica*, II.i.Q.40.4.

③ St. Thomas Aquinas, *Summa Theologica*, II.ii.Q.20.3.

或无知。这正是第 9 歌中诗人听到复仇女神呼叫美杜莎后，抛开精神旅程的叙述，呼唤"有健全的理解力的人"（*Inf.* 9.61）的原因。①

在狄斯城前，当绝望与恐惧中的但丁问维吉尔：灵泊中的灵魂是否有人曾进入"这悲惨的深谷的底层"（*Inf.* 9.16）时，维吉尔回答说：

> "我们当中，很少有人做我现在所做的旅行。从前我确实有一次，被常给死尸招魂的厄里克托（Erichtho）用咒语召唤，下到了这里。我离开自己的肉体后不久，她就让我进入这道城墙里面，从那里把一个在犹大环受苦的亡魂带出来。那是最低的地方，又是最黑暗的、距离环绕着一切运行的那重天最远的地方：我熟悉这条路；所以你就放心吧。"

> "Di rado
>
> incontra," mi rispuose, "che di noi
>
> faccia il cammino alcun per qual io vado.
>
> Ver è ch'altra fïata qua giù fui,
>
> congiurato da quella Eritón cruda
>
> che richiamava l'ombre a' corpi sui.
>
> Di poco era di me la carne nuda,
>
> ch'ella mi fece intrar dentr' a quel muro
>
> per trarne un spirto del cerchio di Giuda.
>
> Quell' è 'l più basso loco e 'l più oscuro,
>
> e 'l più lontan dal ciel che tutto gira:
>
> ben so 'l cammin; però ti fa sicuro."（*Inf.* 9.19—30）

---

① 进入狄斯城后，在地狱第六层到第七层的转变中，能够清晰地看到理智与激情推动的行动之间存在着紧密的联系：地狱第六层是异端们受惩罚的地方，在那里，法利纳塔（Farinata degli Uberti）告诉但丁，由于罪人的不信，他们无法运用理智看到当下发生的事情，并且"未来之门一旦关闭，我们的知识就完全灭绝了"（*Inf.* 10.106—108）。地狱第七层第一环里，没有信仰的杀人犯们满怀怒意彼此争斗着，在第二环中，自杀者的丛林中弥漫着绝望与恐惧的情绪，而在第三环火雨纷飞的沙地上，像拉蒂尼（Brunetto Latini）一样的文人怀着对人间荣誉的渴望奔跑着，"像那些参加维罗纳（Verona）越野赛跑争夺绿布锦标的人似的往回跑，并且像其中的得胜者，而不像失败者"（*Inf.* 15.121—124）——他们所怀的是建立在贪欲上的幻想，而不是建立在信仰上的希望。

在这里，维吉尔无疑在模仿《埃涅阿斯纪》第 6 卷中西比尔对埃涅阿斯的保证："赫卡特（Hecate）给我权力出入阿维尔努斯（Avernus）的幽林，她还领我走遍冥界，指点给我看神所规定的刑罚。"（*Aen.* 6.564－565）但仅仅从字面就可以看出两种保证的不同。赫卡特是冥府秩序的守护者，西比尔的话让埃涅阿斯确信，自己拥有对于冥府秩序的准确知识，并且其出入冥府是正当的。而厄里克托出自卢坎的史诗《法尔萨利亚》（*Pharsalia*），她是邪恶的色萨利（Thessaly）女巫中的一个——这些女巫藐视神灵，搅乱天地的秩序，而厄里克托是她们中之最可怖者。依据《法尔萨利亚》第 6 卷的记述，庞培的儿子塞克斯图（Sextus）出于恐惧与怯懦，请厄里克托占卜未来，邪恶的女巫在施展巫术时对刚刚死去的庞培的士兵的身体施加暴力，强行将其灵魂召唤到人间，讲述未来。这种拘禁幽魂的做法违背了冥界的正义。①

诚然，在《法尔萨利亚》的语境中，塞克斯图对未来的恐惧与惶惑与第 9 歌中但丁的处境相似，厄里克托的暴力行径也与狄斯城激情之罪的"暴力"特征隐隐相合，然而卢坎史诗所传递的信息却与《地狱篇》在精神品质上存在着重大差别。正如昆特（David Quint）所指出的，厄里克托召唤亡魂的行为与《地狱篇》第 2 歌中贝雅特丽齐召唤维吉尔亡魂的行为有着相反的向度：厄里克托打破冥府的秩序，将亡魂呼唤到地"上"，而贝雅特丽齐召唤维吉尔则是请求其引领但丁走"下"地狱，认识神的秩序。②因此，在《地狱篇》第 9 歌中，维吉尔提及受厄里克托召唤的消息只能给但丁带来不安。

此外，还有亡魂传递信息的不同：在维吉尔笔下，"冥府之行"的高潮是埃涅阿斯对即将投胎转世的罗马英雄的检阅，在此之后，他听到的是安奇塞斯对帝国秩序的期待，"罗马人，你记住，你应当用你的权威统治万国"（*Aen.* 6.851）③。在《法尔萨利亚》中，重获生命的庞培的士兵

① 上述情节见 *Pharsalia* 6.412－839。本书所参考的《法尔萨利亚》拉丁文原文见：https://www.thelatinlibrary.com/lucan.html.

② David Quint, "Epic Tradition and *Inferno* IX," *Dante Studies* 93 (1975): 201-207. 昆特也分析了《地狱篇》第 8、9 歌对斯塔提乌斯（Statius）的史诗《忒拜战纪》（*Thebaid*）的重写。

③ 在很大程度上，正是因为维吉尔对罗马未来辉煌荣誉的描绘才使但丁将这位古典诗人从灵泊中拔擢而出作为自己的导师。

讲述了同一批罗马灵魂在地府的处境，但他讲述的故事与维吉尔的完全相反：冥府深处的宁静已经因尘世激烈的纷争消失，乐土中英雄们在为未来的内战与共和的死亡哭泣；而在塔尔塔鲁斯中，喀提林等恶人的灵魂却欢呼雀跃（*Pharsalia* 6.792—796）。同时，正如昆特所看到的，在《法尔萨利亚》中，维吉尔笔下被诸神护佑的"罗马"褪去了神圣色彩，被暴力与邪恶主宰。①反观《地狱篇》第 9 歌，不难体会到但丁将《法尔萨利亚》中的情节放到帝国诗人维吉尔口中所蕴含的讽刺意味：如果没有上天的恩典，《埃涅阿斯纪》许诺的帝国之梦必将以纷争与流血告终。

最终让但丁走入狄斯城的不是厄里克托，而是一位天使：

> 如同群蛙遇到它们的天敌蛇时，纷纷没入水中，各自缩作一团蹲伏在水底一样②，我看到一千多个亡魂这样逃避一位步行走过斯提克斯沼泽而不沾湿脚跟者。……我认清他是一位天使……他来到城门前，用一根小杖开了城门，没有遇到任何抵抗。

> Come le rane innanzi a la nimica
>
> biscia per l'acqua si dileguan tutte
>
> fin ch'a la terra ciascuna s'abbica:
>
> vid' io più di mille anime distrutte
>
> fuggir così dinanzi ad un ch'al passo
>
> passava Stige con le piante asciutte.
>
> ...
>
> Ben m'accorsi ch'elli era da ciel messo,
>
> ...
>
> Venne a la porta e con una verghetta
>
> l'aperse, che non v'ebbe alcun ritegno.（*Inf.* 9.76—90）

---

① David Quint, "Epic Tradition and *Inferno* IX," pp. 201-207.

② 将罪人比喻为蛙，运用的是奥维德 *Met.* 6.313—381 中"乡人变蛙"的故事：拉托娜（Latona）因为被朱庇特所爱而受到朱诺嫉妒，放逐到人间，来到吕喀亚（Lycia）境内，想要喝湖里的水。但乡人们拒绝让她喝水，还把手和脚都伸到水里将泥土搅起来，并在水里跳来跳去。女神恼羞成怒，诅咒他们，让他们永远生活在水里。于是他们就变成了青蛙。奥维德文本与此处比喻的相似之处，不仅是乡人或蛙在水中的动作，还有对于神的到来表现出的傲慢和抗拒。

"走过斯提克斯沼泽而不沾湿脚跟者"援引的是《马太福音》中耶稣在海面行走的片段：

> 那时船在海中，因风不顺，被浪摇撼。夜里四更天，耶稣在海面上走，往门徒那里去。门徒看见他在海面上走，就惊慌了，说，是个鬼怪。便害怕，喊叫起来。耶稣连忙对他们说，你们放心。是我，不要怕。彼得（St. Peter）说，主，如果是你，请叫我从水面上走到你那里去。耶稣说，你来吧。彼得就从船上下去，在水面上走，要到耶稣那里去。只因见风甚大，就害怕。将要沉下去，便喊着说，主啊，救我。耶稣赶紧伸手拉住他，说，你这小信的人哪，为什么疑惑呢？他们上了船，风就住了。（《马太福音》14：24—32）

这个段落与《地狱篇》的关联，不仅包括《神曲》开篇的沉船譬喻和贯穿全诗、无所不在的航海意象，还有众门徒的惊慌、害怕与疑虑。"你这小信的人哪，为什么疑惑呢？"这质问穿越了文本，指向《地狱篇》第8、9歌中的不辨圣女和女巫的维吉尔，还有惊慌绝望的但丁。

在这段文字中，还有"基督劫掠地狱"主题的再现：天使就像闯入地狱的基督，打破了被魔鬼封锁的大门。[1]在中世纪对基督闯入死后世界传说的解释中，关于基督抵达地狱的不同地域，特别是是否到过地狱深处有过不同的意见。圣托马斯认为，基督虽然令整个地狱震撼，但救人的处所仅限于灵泊，因为地狱深处那些罪大恶极的灵魂是不可宽恕的。[2]在但丁笔下，上天的使者却引领诗人闯入了地狱最深的地方——他将用笔书写地狱最深处的境况，对世界最深重的罪恶进行救赎。就这样，第9歌天使开门的情节重写了维吉尔的史诗，也同时突破了基督教的正统：在天国的指引与维吉尔的见证下，但丁走入地狱最深的地方，走上了自我救赎，也是救赎世人的路。

---

① 《地狱篇》第2歌中，贝雅特丽齐寻找维吉尔去拯救但丁，是《神曲》中"基督劫掠地狱"故事的第一次重演，这里天使开门的情节是第二次，前一次发生在灵泊，而此处的狄斯城却是深层地狱的入口。

② 圣托马斯在 *Summa Theologica*, III.Q.52.1—8 中集中讨论了关于"基督劫掠地狱"的问题。其中，在第2个问题中讨论了基督对死后世界的不同领域产生影响的不同方式，在第6个问题中讨论了受拯救灵魂的范围。

第三节　格吕翁、喜剧与《地狱篇》的诗学

底层地狱开始于第八层，格吕翁是其守护者，在其出场时，但丁用腰间的绳子作诱饵，将它吸引了上来：

> 我腰间系着一条**绳子**，有一次我曾想用它来捕捉那只毛皮五色斑斓的豹。我遵循我的向导的命令，从身上把它完全解下来以后，就把它绕成一团递给了他。随后，他就转身向右，从距离边沿稍远的地方把它扔进下面那个深谷里。我暗自想道："我的老师这样注意地目送着这不同寻常的信号，一定会有**新奇的事物**出现作为反应。"

> Io avea **una corda** intorno cinta,
>
> e con essa pensai alcuna volta
>
> prender la lonza a la pelle dipinta.
>
> Poscia ch'io l'ebbi tutta da me sciolta,
>
> sì come 'l duca m'avea comandato,
>
> porsila a lui aggroppata e ravvolta.
>
> Ond' ei si volse inver' lo destro lato,
>
> e alquanto di lunge da la sponda
>
> la gittò giuso in quell' alto burrato.
>
> "E' pur convien che novità risponda,"
>
> dicea fra me medesmo, "al **novo cenno**
>
> che 'l maestro con l'occhio sì seconda." (*Inf.* 16.106-117)

由于第八层地狱惩罚的是欺诈罪，这一段落中的"五色斑斓的豹"无疑象征着这种罪行，这与《地狱篇》开篇中出场的第一只野兽也形成呼应。存在分歧的是关于但丁绳子的解释。一种意见认为，由于但丁是方济会在俗修士，此处的绳子指的是方济会的饰带，它象征着禁欲①，在对不正

---

① 这一点《地狱篇》第 27 歌中圭多（Guido da Montefeltro）的自述可以作为佐证，"我是武人，后来当了束绳的修士，我确信这样束上绳子就可以赎罪"（*Inf.* 27.67-69）；"他不顾自身至高无上的地位和圣职，也不顾我身上那条曾经常使系着的人消瘦的绳子"（*Inf.* 27.91-93）。圭多曾是方济会修士，他系绳子还是下了地狱，而但丁则解开绳子去捕捉地狱深处的真相。

当欲望的约束方面（"捕捉那只毛皮五色斑斓的豹"）正与地狱第八层的欺诈罪对应，因此，解下绳子就意味着放弃对真理的追求。另一种解释则认为，绳子象征着欺诈本身，绳子多结而曲折，指示着语言的欺骗性，其用处是像鱼饵一样，用华美的语言模仿形形色色的欺诈罪。[1]巴罗利尼（Teodolinda Barolini）试图将两种解释结合在一起。她提出，绳子代表的是一种诗学标准，绳子的扭曲所象征的欺骗性意味着诗歌是某种谎言——这也正是柏拉图《理想国》确立的传统中对诗的定义[2]；而放弃绳子象征的节制意味着放弃古典诗歌确立的美学典范——那也是《埃涅阿斯纪》在书写地府深处秘密时所表现的节制（Aen. 6.563）。描绘深层地狱的种种恶必须打破古典的标准，才能让"新奇的事物"（novo cenno）浮现出来，这就是以绳子作诱饵才能让格吕翁现身的原因。但丁将绳子交给维吉尔扔下了悬崖，这意味着但丁的某种谨慎——只有在《埃涅阿斯纪》这一悲剧（tragedìa）的监督下，喜剧（comedìa）之路才能不偏离正轨。[3]

第16歌末尾格吕翁出场的段落证实了格吕翁与喜剧的关联。

> 对于**貌似虚妄的真理**，人总应该尽可能闭口不谈，因为那会使他无辜而蒙受耻辱；但是在这里我却不能保持沉默；读者呀，我用这部**喜剧**的诗句——但愿这些诗句能够长久受人喜爱——向你发誓：我看到浓重、昏暗的空气中有一个会使每颗镇定的心都感到惊奇的怪**物游**上来，就像有时为了解开被海里的暗礁或者别的东西挂住的船锚而下到水里的人，伸直上身，缩回两脚，游回来时一样。

> Sempre a quel ver c'ha **faccia di menzogna**
> de' l'uom chiuder le labbra fin ch'el puote,
> però che sanza colpa fa vergogna;
> ma qui tacer nol posso, e per le note

---

① Dante Alighieri, *The Divine Comedy of Dante Alighieri, Vol. 1: Inferno*, ed. and trans. Robert M. Durling, pp. 257-258; Susan Noakes, "From Other Sodomites to Fraud," in *Lectura Dantis:* Inferno, *a Canto by Canto Commentary*, pp. 213-224.

② 《理想国》中将诗看作谎言或假话，见：柏拉图，《理想国》，第127—129页。

③ Teodolinda Barolini, "Ulysses, Geryon, and the Aeronautics of Narrative Transition," in *The Undivine* Comedy: *Detheologizing Dante*, Princeton: Princeton University Press, 1992, pp. 48-83.

di questa **comedìa**, lettor, ti giuro,

s'elle non sien di lunga grazia vòte,

ch'i' vidi per quell' aere grosso e scuro

venir **notando** una figura in suso,

maravigliosa ad ogne cor sicuro:

sì come torna colui che va giuso

talora a solver l'àncora ch'aggrappa

o scoglio o altro che nel mare è chiuso,

che 'n sù si stende e da piè si rattrappa. （*Inf.* 16.124—136）

在这个段落中，但丁首次提到了"喜剧"（comedìa）①。"对于貌似虚妄的真理，人总应该尽可能闭口不谈"显然让读者联想起只言善好的悲剧《埃涅阿斯纪》，而但丁声称用"喜剧的诗句"打破"沉默"，实为对这种诗学理念的批判。在但丁看来，与喜剧所说的"貌似虚妄的真理"相对的，是悲剧"高贵的谎言"。在第 131 行中，"游"（notando）一词是双关语，其原形动词"notare"的本意是"记下，写下"②。在这里，正如巴罗利尼观察到的，"notando"的使用是刻意的——在第 16 歌的语境中，格吕翁是飘浮在空气中的，而但丁却通过一个双关语将格吕翁的行动变成了一个航海式的行为，将守护第八层地狱的鬼使和诗人的写作结合在一起。③就这样，格吕翁与"貌似虚妄的真理"发生了关联——但丁的《喜剧》像纯粹想象的、令人难以置信的怪兽格吕翁一样，虽然具

---

① 但丁在《地狱篇》中只有两次提到"喜剧"，还有一处是在 *Inf.* 21.2（后文将进行分析），两处都与地狱第八层的"欺诈"有关。这意味着，但丁辗转继承了柏拉图关于诗歌是谎言的思想传统。

② 现代意大利语中，notare 首先是"记下，写下"之意，此外，还有"注意"之意。

③ 第 17 歌中的两个行船比喻呼应了第 16 歌末尾的双关语"notando"："犹如有时小船（talvolta）停在岸边，一部分在水中，一部分在陆上，犹如在贪食嗜酒的德意志人那里，海狸摆好架势，准备作战，那只最坏的野兽就这样趴在那道把沙地围起来的石头边沿上。它的整个尾巴悬空摇摆着，尾巴尖上那像蝎子的钩子一般作为武器的毒叉向上弯曲着。"（*Inf.* 17.19—27）"犹如小船（navicella）离开岸时徐徐后退，那怪物就这样离开了那里；当它觉得自己可以完全自由转动时，就把尾巴掉转到胸部原来所在的地方，像鳗鱼似的摆动伸开了的尾巴，还用有爪子的脚扇风。"（*Inf.* 17.100—105）从贯穿《神曲》的航海比喻来看，格吕翁是但丁的另一个自我，当然也代表着但丁的诗学理想。

有谎言的外表，但却总是表达"真实"。[①]

在但丁笔下，格吕翁被赋予了伪善的外表[②]：

"你瞧，那只翻山越岭，摧毁城墙和武器的尖尾巴的野兽！瞧那个放臭气熏坏世界的怪物！"我的向导开始对我这样说；他向它示意，要它靠近我们所走的大理石路的尽头上岸。那个象征欺诈的肮脏的形象就上来了，把头和躯干伸到岸上，但没有把尾巴拖上岸来。它的面孔是正直人的面孔，外貌是那样和善，身体其余部分完全是蛇身；它有两只一直到腋下都长满了毛的有爪子的脚；背上、胸部和左右腰间都画着花纹和圆圈儿。鞑靼人（Tartars）和突厥人（Turks）织成的织物，都未曾有过比这更多的色彩、底衬和花纹，**阿剌克涅也没有织出过这样的布。**

　　"Ecco la fiera con la coda aguzza,

　　che passa i monti e rompe i muri e l'armi!

　　Ecco colei che tutto 'l mondo appuzza!"

　　Sì cominciò lo mio duca a parlarmi;

　　e accennolle che venisse a proda

　　vicino al fin d'i passeggiati marmi.

　　E quella sozza imagine di froda

　　sen venne, e arrivò la testa e 'l busto,

　　ma 'n su la riva non trasse la coda.

　　La faccia sua era faccia d'uom giusto,

　　tanto benigna avea di fuor la pelle,

　　e d'un serpente tutto l'altro fusto;

---

① Teodolinda Barolini, "Ulysses, Geryon, and the Aeronautics of Narrative Transition," in *The Undivine* Comedy: *Detheologizing Dante*, pp. 48-73.

② 但丁笔下格吕翁的形象来自老普林尼、拉蒂尼等，但古代作品及但丁同时代人作品中的格吕翁形象不具有"欺诈者"意味，比较接近但丁笔下格吕翁的是《启示录》9：7—10："蝗虫的形状，好像预备出战的马一样，头上戴的好像金冠冕，脸面好像男人的脸面，头发像女人的头发，牙齿像狮子的牙齿；胸前有甲，好像铁甲；它们翅膀的声音，好像许多车马奔跑上阵的声音。有尾巴像蝎子，尾巴上的毒钩能伤人五个月。"关于格吕翁来源的简述，见：Dante Alighieri, *The Divine Comedy of Dante Alighieri, Vol. 1: Inferno*, ed. and trans. Robert M. Durling, p. 268.

due branche avea pilose insin l'ascelle;

lo dosso e 'l petta e ambedue le coste

dipinti avea di nodi e di rotelle:

con più color, sommesse e sovraposte,

non fer mai drappi Tartari né Turchi,

né fuor tai tele per Aragne imposte.（*Inf.* 17.1–18）

格吕翁的身体是人、兽与蛇的杂糅。依据经院哲学信奉的亚里士多德学说，每一物种都有其单一的质料和形式（eidos），混合类别则是反自然的。①按照这种看法，格吕翁像米诺斯及地狱中其他混合体的鬼使一样，都象征着某种悖逆。而格吕翁从头到尾依次呈现的形象是"人—兽—蛇"的下降序列②，这暗示着罪引起的一系列堕落。此后，但丁又将格吕翁的皮肤比作异教徒（鞑靼人和突厥人）的织物③，并看似随意地提到"阿剌克涅也没有织出过这样的布"，这便将格吕翁及其代表的欺诈罪和《变形记》第 6 卷中那位傲慢的纺织娘联系在了一起。④在奥维德笔下，阿剌克涅织出的故事都是神的欺诈（*Met.* 6.103–128），于是，格吕翁不仅成了地狱第八层中所有欺诈形象的代表，也成了诗歌"技艺"的象征。⑤

　　想要将格吕翁驯服成行进的工具，但丁依然需要借助维吉尔的保护。为了防止格吕翁的伤害，维吉尔让但丁骑在前边，由自己将但丁与格吕翁有毒的尾巴隔开（*Inf.* 17.83–84）。当但丁在维吉尔的帮助下骑上格吕翁的背之后，维吉尔便开始了对格吕翁的"教导"。

　　　　但我一骑上去，这位在别的危险境地中曾救助过我的老师，就用双臂抱住我，扶住我；他说："格吕翁，现在开始动吧：圈子要兜得大，降落要慢；要想到你所承载的**新奇的负担**。"

---

① 亚里士多德，《论动物生成》，崔延强译，载苗力田主编《亚里士多德全集（第五卷）》，北京：中国人民大学出版社，1997，第 352 页。

② 中世纪动物学中，蛇被归于某种蠕虫，而在伊甸园中引诱人的也是蛇。

③ 鞑靼人和突厥人都是异教民族，因此在但丁的世界里也象征"敌基督"。

④ 格吕翁在完成运载任务后的动作体现了其不驯顺或"傲慢"："卸下了我们的身体的负担以后，它就像箭离弦似的不见了。"（*Inf.* 17.135–136）

⑤ Ronald L. Martinez, "Geryon's Spiral Flight," in Dante Alighieri, *The Divine Comedy of Dante Alighieri, Vol. 1: Inferno*, ed. and trans. Robert M. Durling, pp. 560-563.

> Ma esso, ch'altra volta mi sovvenne
>
> ad altro forse, tosto ch'i' montai
>
> con le braccia m'avvinse e mi sostenne;
>
> e disse: "Gerïon, moviti omai;
>
> le rote larghe, e lo scender sia poco:
>
> pensa **la nova soma** che tu hai."（*Inf.* 17.94—99）

维吉尔教导格吕翁的，是让他按照螺旋形缓慢下降，而非直线下落。巴罗利尼观察到，《地狱篇》第 16—18 歌的叙事推进，遵循的正是这种迂回推进的过程①，因而，相对于第 18 歌简明直接的开始②，第 16—18 歌代表了一种诗学写作方式，这也是但丁在地狱中行走的方式③。

---

① 在第 16 歌开始，诗人自述，"我已经来到一个地方，在那里听见泻入另一个圈子的流水的淙淙声，犹如蜂房发出的嗡嗡的响声"（*Inf.* 16.1—3），这里应是第七层临界的悬崖；这时三位犯"所多玛罪"（即鸡奸罪，第七层地狱第三环中惩罚的第二类罪）的佛罗伦萨人将但丁吸引了过去（*Inf.* 16.4—90）；而后但丁追随三人再次返回能听到水声的地方，此时他抛下绳子，格吕翁现身（*Inf.* 16.91—17.36）；然后维吉尔让但丁去了解高利贷者的情况（第七层地狱第三环中惩罚的第三类罪），自己则和格吕翁攀谈（*Inf.* 17.38—78）；但丁完成任务后再次回到悬崖边，这才开始骑在格吕翁背上的旅程（*Inf.* 17.79—136）。见：Teodolinda Barolini, "Ulysses, Geryon, and the Aeronautics of Narrative Transition," in *The Undivine* Comedy: *Detheologizing Dante*, pp. 48-73.

② 《地狱篇》第 18 歌的开篇代表了喜剧简洁直白的风格："地狱里有一个地方名叫马勒勃尔介（Malebolge），这个地方和周围的圆墙同是铁色的石头构成的。这万恶的地域正中是一眼极大极深的井的井口……这个地带的地面被划分成十条壕沟。"（*Inf.* 18.1—9）

③ 但丁的行走路线是一个连续的螺旋形推进过程。根据新柏拉图主义哲学，人的小宇宙与自然的大宇宙有着相同的本原，二者都以三种方式进行着运动，环形的运动是属灵的、完满的运动，线性的运动属于物质世界，二者的结合是螺旋形运动。这种复合运动在天体运行中表现为诸天公转和自转的混合。在人身上，环形的运动意味着理智的运动，直线运动意味着纯粹身体性的行为，二者结合则是灵肉结合体运动的特征。《神曲》中的旅行路线继承了新柏拉图主义思想。但丁在地狱中是向左螺旋下行，最后他穿越了地狱的底部，调转了身形，在炼狱山上，他以螺旋形的路线向右环山而上。由于但丁在地狱底部调转了身形，因此其在地狱和炼狱中的行走方向其实是一致的。按照亚里士多德哲学对"左"与"右"的定义，这种行走路线就是天体运转的方向。见：John Freccero, "Pilgrim in a Gyre," in *Dante: The Poetics of Conversion*, pp. 80-92.

格吕翁开始行进后，但丁再次用到了克里特故事的典故——他用伊卡洛斯的坠落形容自己的感觉：

> 犹如小船离开岸时徐徐后退，那怪物就这样离开了那里；……当法厄同撒开了缰绳，致使天穹至今还看得出被烧的痕迹；当可怜的伊卡洛斯觉察到腰间的羽毛由于黄蜡融化而脱落下来，听见父亲向他喊："你走错路了！"我想，他们的恐惧都不比我看到自己四面悬空，下临无地，除了那只野兽，什么都看不见时的恐惧更大。那只野兽慢慢地、慢慢地游去；它盘旋着降落，但我并不觉得，只是感到风迎面和从下边吹来。

> Come la navicella esce di loco
>
> in dietro in dietro, sì quindi si tolse;
>
> e poi ch'al tutto si sentì a gioco,
>
> ...
>
> Maggior paura non credo che fosse
>
> quando Fetonte abbandonò li freni,
>
> per che 'l ciel, come pare ancor, si cosse,
>
> né quando Icaro misero le reni
>
> sentì spennar per la scaldata cera,
>
> gridando il padre a lui, "Mala via tieni!"
>
> che fu la mia, quando vidi ch'i' era
>
> ne l'aere d'ogne parte, e vidi spenta
>
> ogne veduta fuor che de la fera.
>
> Ella sen va notando lenta lenta;
>
> rota e discende, ma non me n'accorgo
>
> se non che al viso e di sotto mi venta.（*Inf.* 17.100-117）

在这个段落中，格吕翁是按照维吉尔的训诫行进的，而"慢慢地、慢慢地"（lenta lenta）却和但丁感受到的恐惧形成了强烈反差。从常识角度难以对这种反差进行解释，唯有从诗学角度才能解决这一困难。显而易见的是，在此处，和伊卡洛斯的故事并置在一起的是法厄同坠毁的典故，说明但丁是在奥维德而非维吉尔的意义上运用这个克里特故事元素的。①正如在《变形记》中，奥维德在法厄同和伊卡洛斯的经历中都看到了自己身为天才诗人遭遇苦难的影子，在此，唯有将但丁的恐惧理解为面对其喜剧将要进行的诗学探索而产生的情绪，才能解释这段与生活常识不符的描述，而前文中维吉尔所说的"新奇的负担"（la nova soma）正是但丁在描写地狱深处境况时将要承担的喜剧使命，只是在这里，奥维德的顾影自怜被但丁转换成了突破界限者的自我告诫。②

　　自《地狱篇》第18歌之后，但丁用喜剧夸张的想象、卑俗的语言，展开了自己奥维德式的诗学冒险——他突破了维吉尔式的节制，穷尽式地描写了地狱深处那些并不雅观乃至令人发笑的场景：在地狱第八层惩罚淫媒罪和诱奸罪的恶囊（Malebolge）中，恶灵们赤身露体，排着貌似朝圣的队列，却遭到长角鬼卒的抽打，"一鞭子就打得他们抬起脚跟就跑，确实没有一个人等着挨第二下或第三下的"（*Inf.* 18.37-39）；在惩罚贪官污吏的恶囊里，污浊滚烫的沥青湖中煮着一群生前的贪污犯，谁敢露头，就会被鬼卒用叉子叉住，其做法"和厨师们让他们的下手们用肉钩子把肉浸入锅正中，不让它浮起来，没有什么两样"（*Inf.* 21.55-57）；特别著名的还有在16世纪引起俗语人文主义者本博（Pietro Bembo）反感的片段：

　　　　我看见两个互相靠着坐在那里，好像两个平锅在火上互相支着似的，他们从头到脚痂痕斑斑；由于别无办法解除奇痒，他们个个都不住地用指甲在自己身上狠命地抓，我从来没有看见过被主人等着的马僮或者不愿意熬夜的马夫用马梳子这样迅猛地刷马；他们的指甲搔落身上的创痂，好像厨刀刮下鲤鱼或者其他鳞更大的鱼身上的鳞一样。

---

① 见本书第一章第二节分析，维吉尔笔下的代达罗斯是虔敬的，而奥维德笔下的代达罗斯胆大妄为。从这个角度也可以看到，但丁此处的用典更接近奥维德。大体而言，在浅层地狱中，但丁的"维吉尔"因素占据主导地位，而随着地狱的深入，"奥维德"的影响渐渐加重，这在很大程度上是因为奥维德大胆而不节制的写作更符合但丁写作深层地狱的需要。另外在很多地方，既可以看到维吉尔的影子，也可以看到奥维德的影子。

② Paolo Cherchi, "Geryon's Downward Flight; the Usurers," in *Lectura Dantis:* Inferno, *a Canto by Canto Commentary*, pp. 225-238.

Io vidi due sedere a sé poggiati,

com' a scaldar si poggia tegghia a tegghia,

dal capo al piè di schianze macolati;

e non vidi già mai menare stregghia

a ragazzo aspettato dal segnorso,

né a colui che mal volontier vegghia,

come ciascun menava spesso il morso

de l'unghie sopra sé per la gran rabbia

del pizzicor, che non ha più soccorso;

e sì traevan giù l'unghie la scabbia,

come coltel di scardova le scaglie

o d'altro pesce che più larghe l'abbia. (*Inf.* 29.73—84)

在这个段落中，"两个平锅在火上互相支着"、马梳子刷马、厨刀刮下鱼鳞的比喻准确形象，却绝非典雅的意象，本博甚至依此表达了对但丁的惋惜与批评："他的《喜剧》就好比一片美丽宽阔的麦田，上面却撒满了燕麦、稗子和毫无生气的有害的杂草。"[①]

然而但丁自己并不这样看，在地狱深处，但丁甚至对自己书写喜剧的才华表现出了高度的自信。在惩罚盗贼的第七恶囊中，但丁在用夸张诡异的手法写了灵魂的三种变形之后，自夸道：

让奥维德不要讲卡德摩斯和阿瑞图萨（Aretusa）的故事，因为，

---

① 从《神曲》诞生后，关于其写作风格的争论就层出不穷，16 世纪俗语人文主义追求的是典雅的俗语，因此本博对但丁有所批评。但文艺复兴时期也有为但丁辩护者，如伦佐尼（Carlo Lenzoni）就曾经针对本博的批评为但丁进行过辩护，他认为，但丁的"粗俗"恰恰是出于《地狱篇》的完整风格考虑，而《神曲》整体上是一种混合风格。在其为但丁辩护的文字中说，"（但丁）令（写作的）风格与其主题保持一致并随其攀升，这并非不具有伟大的判断力，他为地狱采用卑俗的风格，为炼狱采用居中的风格，为天国采用崇高的风格。不仅如此，在某些特定的地方，他用所有风格去再现一切"。伦佐尼还将但丁与彼特拉克（Francesco Petrarca）的风格进行了比较，他认为，但丁的风格类似米开朗琪罗（Michelangelo Buonarroti），而彼特拉克类似拉斐尔（Raffaello Santi）。本博与伦佐尼的评论参见：Michael Caesar, ed., *Dante, the Critical Heritage*, London & New York: Routledge, 1995, pp. 228-240, 250-259. 上述直接引文分别见 p. 237、pp. 253-254，中文为笔者自译。

如果说他在诗中使前者变成了蛇，后者变成了泉，我并不忌妒他；
因为他从来没有描写过两种自然物面对面这样变形，使双方的灵魂
都肯互换形体。

> Taccia di Cadmo e d'Aretusa **Ovidio**,
>
> ché se quello in serpente e quella in fonte
>
> converte poetando, io non **lo 'nvidio**,
>
> ché due nature mai a fronte a fronte
>
> non trasmutò sì ch'amendue le forme
>
> a cambiar lor matera fosser pronte. （*Inf.* 25.97−102）

关于此处但丁对奥维德的态度"我并不忌妒他"[①]，但丁学界存在着两
种看法。一种看法认为，奥维德热衷于诲淫诲盗的修辞炫耀，但没有对
"善"的关怀，歌颂神圣正义的诗人但丁不嫉妒这种奇技淫巧；另一种
看法则认为，但丁自信在修辞的铺张华丽方面超越了奥维德。[②]评论者
的歧义恰恰反映了《神曲》同时具有的两面特色：一方面，但丁将这梦
魇般的变形故事写进了《地狱篇》加以谴责，并借此将奥维德作为不义
诗人的典型加以摈弃；另一方面，他确确实实在书写这个片段的时候展
现出了类似甚至超越奥维德的技艺创新——美丑善恶皆能入诗——那甚
至是《变形记》都不曾达到的境界。在这里，但丁诗人的天才不可遏制
地压倒了使徒的虔敬，展现出了奥维德式的狂妄。

　　不过，更为准确地说，但丁在描写深层地狱时，运用的并非都是
喜剧的技法。正如诺恩伯格（James Nohrnberg）所分析的，在写作地
狱第八层的十个恶囊中，但丁采取的是一种"高低交错""古今并置"
的手法：描写某些高贵人物，特别是某些古代人物时，用的是悲剧的、
典雅的口吻，而描写同时代人物时，用的是粗俗的、可笑的表达方式。
他就像接受维吉尔教导的格吕翁，在叙事的风格转换和古今对话中迂回

---

① 在这一诗行中，显然但丁在玩双关语游戏，"忌妒他"（lo 'nvidio）暗藏着"奥维
德"（Ovidio）的名字。

② 关于这两种意见及相关分析参见：霍金斯，《奥维德的变形》，载《但丁的圣约书：
圣经式想象论集》，第 162−188 页。

前行。①

　　喜剧开辟的新视野需要悲剧的节制，其原因就在于，在书写喜剧时表现的那种"看"的冲动体现了那种名为"好奇"的贪欲。在《忏悔录》10.35 中，奥古斯丁曾探讨过这种与"目欲"相关的不当的求知冲动。深受新柏拉图主义影响的奥古斯丁看到，最高的存在者上帝是唯一的，而所有的造物都依据上帝而存在，从最高的存在者到最低的存在者形成的链条也是从"一"走向"多"的过程，真正的智慧在于凝视上帝这唯一的存在；但"好奇"却指向偶然存在的众多造物，当灵魂在"好奇"的指示下追逐种种偶在，便意味着放弃最高者而走向堕落。这正是但丁在书写《地狱篇》时面临的危险。

　　正因为如此，在诗歌叙事过程中，维吉尔时时出手，遏制但丁那不可节制的对于地狱深处种种新鲜却丑恶景象的"好奇"，然而但丁却时时表现出反驳的冲动。在记述欺诈者最后两个恶囊的情境中，但丁两次受到了维吉尔的规诫。第一次是看到分裂共同体罪的灵魂被魔鬼的大刀砍得七零八落，为这些灵魂"奇异的创伤"（le diverse piaghe）（*Inf.* 29.1）流泪的但丁很想哭一场（*Inf.* 29.3）。当维吉尔以节制悲伤和时间紧迫的理由劝诫他时，但丁回答说："假如你已经想到我所以注视的原因，也许你还会允许我停留呢。"（*Inf.* 29.13－15）第二次是在但丁全神贯注地观看亚当师傅和西农争吵时，维吉尔警告他："你就只管看吧，我差点儿就要跟你吵架了！"（*Inf.* 30.131－132）而但丁却在愧疚之余，产生了自我辩白的冲动："实则我一直在为自己辩白，而没有意识到自己在这样做。"

---

① 第 18 歌写了地狱第八层的前两个恶囊，包括但丁与两个现代人卡洽奈米科（Venedico Caccianemico）和殷特尔米奈伊（Alessio Interminei）的对话，而在同一歌中，维吉尔还描述了两个古代的例子伊阿宋（Jason）和泰伊思（Thaïs），但丁与维吉尔的话是交替进行的。这一歌中的人物安排也呼应着第 30 歌，在后者中，两个现代人斯基奇（Gianni Schicchi）、亚当师傅（maestro Adamo）和两个古代人穆拉、西农（Sinon），都是按今古交替的次序出现的。其他诸恶囊被这两歌"括起来"，写作风格也在高雅与低俗之间不断转变。在第 18 歌结尾处，诗歌风格转为低俗。在第 19 歌开篇，教皇的灵魂出现时，诗人措辞华丽，但在描写教皇所受的刑罚时，则显得滑稽。第 20 歌描写占卜者时，风格庄严而悲伤，第 21、22 歌描写贪官污吏则类似滑稽剧。James Nohrnberg, "Introduction to Malebolge," in *Lectura Dantis*: Inferno, *a Canto by Canto Commentary*, pp. 238-261.

（*Inf.* 30.140–141）最后还是维吉尔告诫他，"想听这种争吵就是一种卑鄙的愿望"（ché voler ciò udire è bassa voglia）（*Inf.* 30.148）。从地狱中种种罪行可能产生的诱惑来看，维吉尔的劝诫无疑是正确的，然而就喜剧的宏伟计划而言，如果没有这种想要听与看的"好奇"，诗人也无法穷尽地狱中那些"貌似虚妄的真理"。

　　不仅如此，在第八层地狱的历险中，有时但丁还能表现出比维吉尔更正确的判断：在第五恶囊的沥青湖畔，但丁遭到了鬼卒恶意的对待，维吉尔让但丁躲起来，自己走上前去，向鬼卒们解释他们是奉天意而来，他甚至向鬼卒们问路，让他们当自己和但丁的向导。当看到鬼卒们的气焰因听到神的旨意而低落下来时，维吉尔放心地转向他说："现在平平安安地回到我这儿来吧。"（*Inf.* 21.90）在这个场景中，但丁却有着与维吉尔完全不同的体验，他注意到了鬼卒们"那不怀好意的神态"（*Inf.* 21.99），他甚至听到其中的一个放低了铁叉说："我在他的臀部捅他一下好吗？"以及其他鬼卒肯定的回答（*Inf.* 21.100–102）。他向导师哀呼："你没见他们磨牙切齿，眼神露出行凶的意思吗？"（*Inf.* 21.131–132）维吉尔却在紧要关头显示出了他的大意，他安慰但丁说，鬼卒们针对的是那些被煮在沥青湖中的恶灵（*Inf.* 21.133–135）。后来发生的事情证明，对于鬼卒们的用意，但丁的理解更为正确，鬼卒们不仅意在惩罚沥青中的灵魂，也欺骗了他和维吉尔，告诉了他们一条错误的断裂的死路，并且在他们逃向下一个恶囊的时候，赶来捉他们（*Inf.* 23.35–36）。在这个《地狱篇》中最具有危险性的篇章里，维吉尔表现了他对恶意的蒙昧与无知，他既不能揭破鬼卒的谎言，也不能觉察鬼卒们扭曲的欲望。而但丁却以一个罪人的眼睛参透了将要发生的一切。也正是在这一篇章的开头处，但丁再次提到①，自己的作品是喜剧：

> 　　我们就这样一面谈论与我的喜剧无关的事，一面从一座桥向另
> 一座桥走去，
>
> 　　Così di ponte in ponte, altro parlando
> 　　che la mia comedìa cantar non cura,
> 　　venimmo,（*Inf.* 21.1–3）

---

① 第一次是在 *Inf.* 16.128，格吕翁出场的段落中，见本节前述。

将诗歌的风格与两位诗人在地狱中行动的正误联系在一起——但丁似乎在用这种方式向世人宣告，自己的喜剧拥有比悲剧更完整的视野。

事实上，在这一次喜剧的自我声明之前，但丁就让作为诗歌中角色的维吉尔进行了一次自我修正，在那里，维吉尔将自己的诗歌称作"我的崇高的悲剧"（l'alta mia tragedìa）（Inf. 20.113）。这个片段发生在惩罚占卜者的第四恶囊，在其中，受惩罚的占卜者们被扭转了脖颈的方向，面孔转向脊背，"默不作声，流着眼泪，迈着世人在宗教仪式的行列中唱着连祷文行进的步伐"（Inf. 20.8–9）。其中，"默不作声"（tacendo）是对罪人们生前滥用话语能力说谎的惩罚，"流着眼泪"（lagrimando）隐约对应着某种悲剧性，"唱着连祷文"（fanno le letane）则体现出了很强的仪式性——这是对占卜者生前宗教行为的讽仿。第四恶囊是个沉默的世界，没有一位罪恶的灵魂开口说话①，维吉尔充当了他们的代言人。

在被维吉尔提到姓名的占卜者中，源于古代诗歌的四位主要人物是安菲阿剌俄斯（Amphiaraus）、忒瑞希阿斯、阿伦斯（Aruns）与曼图（Manto）。他们分别出自斯塔提乌斯的《忒拜战纪》、奥维德的《变形记》、卢坎的《法尔萨利亚》与维吉尔的《埃涅阿斯纪》。在某种意义上，描写占卜者刑罚的篇章实为对古代诗歌的一场"检阅"。

正如霍兰德分析过的，这场"检阅"充满了对古代文本的"误读"与修正②：斯塔提乌斯笔下的安菲阿剌俄斯是一位英雄，维吉尔却将其赴死时的庄严改成了嘲讽的戏谑③；在奥维德笔下，忒瑞希阿斯的手杖

---

① 相对而言，《地狱篇》中有很多出色的"演讲者"：第 5 歌中的弗兰奇斯嘉（Francesca da Rimini）、第 6 歌中的恰科（Ciacco）、第 10 歌中的法利纳塔、第 13 歌中的维涅（Pier della Vigna）、第 15 歌中的拉蒂尼、第 19 歌中的尼古拉三世（Nicholas III）、第 26 歌中的尤利西斯等。

② Robert Hollander, "The Tragedy of Divination in Inferno XX," in Studies in Dante, Ravenna: Longo, 1980, pp. 131-218.

③ 在《忒拜战纪》中，安菲阿剌俄斯在宙斯的雷霆击打下连人带车坠入地府，他向冥王祈求不要再受惩罚，得到了许可。在斯塔提乌斯笔下，冥王对安菲阿剌俄斯的宽恕意味着诗人的怜悯。而在但丁笔下，维吉尔却用讽刺的语调描述安菲阿剌俄斯："抬起头来，抬起头来看那个人吧，大地曾在忒拜人眼前为他裂开；为此，他们都喊道：'你坠落到哪儿去，安菲阿剌俄斯？你为什么临阵脱逃？'他不住地向下坠落，一直掉到抓住每个亡魂的米诺斯跟前。你看他把脊背变成了胸膛；因为当初他想向前看得太远，如今他就向后看，倒退着走。"（Inf. 20.31-39）

一词原形是"baculum"（*Met.* 3.325），而维吉尔则将其换成更具魔法色彩的"手杖"（la verga）（*Inf.* 20.44）①，强调了忒瑞希阿斯拥有的"魔力"；相对于法术更为高超的邪恶巫女厄里克托，阿伦斯是《法尔萨利亚》中不起眼的小人物，但在这里，这位小人物却得到了关注②。四位先知中，最引人注目的是曼图，维吉尔对于她的叙述占据了第 20 歌三分之一有余的诗行（*Inf.* 20.52—99）。他说，曼图在父亲去世和忒拜城被攻占后漫游世界，来到阿尔卑斯山脚下，在那里，贝纳科（Benaco）湖容纳不下的水形成敏乔（Mincio）河，"那残酷的处女"（la vergine cruda）（*Inf.* 20.82）走过河边沼泽中间未经开垦的土地，带领奴仆定居下来，施行法术，最后死在那里，人们为了纪念她，在她埋骨处建起了一座城，并将其命名为"曼图阿（Mantua）"，也就是维吉尔的故乡。在维吉尔的叙事中，关于贝纳科湖的叙述（*Inf.* 20.61—81）十分冗长，因此，整个段落显得支离破碎③，但在其结尾处，却是两句刻意的叮咛：

　　　　"因此，我嘱咐你，如果听到关于我的城市起源的其他说法，

---

① "你看忒瑞希阿斯，当他的肢体全变了形，从男人变成女人时，他的模样改变了；后来，他须先用那根手杖再打那两条交配的蛇，才恢复了男人的须眉。"（*Inf.* 20.40—45）忒瑞希阿斯是古代神话诗歌作品中出场率最高的一位先知，他曾在奥德修斯的"冥府之行"中为这位英雄指明了回家的路，也曾正确地看到俄狄浦斯杀父娶母的罪行，还曾经准确地预言过忒拜王彭透斯（Penthus）之死。然而，但丁选取的却是奥维德《变形记》第 3 卷中一段并不那么光彩的故事：朱庇特和朱诺争论在爱情中男人和女人谁能得到更多的快乐，他们找到忒瑞希阿斯做裁判，先知曾用手杖击打两条在绿树林里交配的大蛇，这一举动使他从男人变成了女人，一变七年，到第八个年头，他又看见这两条蛇，再次击打两条蛇，才恢复了男身。由于具有男女双重体验，神王与神后期待他能做出公允的裁决。先知判定女人快乐更多，惹得朱诺大怒，于是剥夺了他的视力。为了对先知进行补偿，朱庇特赐予了他预言的能力（*Met.* 3.316—350）。

② "那个把脊背向着这个人的腹部的人是阿伦斯，他把卡腊腊（Carrara）人居住在山下垦荒的卢尼（Luni）山里的白大理石中间的一个洞窟作为他的住处；从那里观察星宿和海，他的视线不被任何东西遮住。"（*Inf.* 20.46—51）此处，不难看出阿伦斯形象中蕴含的讽刺：一个曾经视线不被任何东西遮住的先知现在只能看见忒瑞希阿斯的肚子，他被另一个先知的身体挡住了视线。

③ 这种支离破碎的叙事体现了诗人维吉尔能力的不足，在地狱深处，曾被但丁奉为"滔滔不绝的语言洪流的源泉"（*Inf.* 1.79—80）的维吉尔江郎才尽。这可以看作悲剧局限性的另一种呈现。

可不要容许以伪乱真。"

> "Però t'assenno che, se tu mai odi
>
> originar la mia terra altrimenti,
>
> la verità nulla **menzogna** frodi."（*Inf.* 20.97—99）

在这个三韵句中，"伪"或"虚妄"（menzogna）与格吕翁出场前诗人叙述所说的"貌似虚妄（menzogna）的真理"是同一个词，而维吉尔所说的"以伪乱真"的"其他说法"指向的正是自己的史诗——在《埃涅阿斯纪》第 10 卷，维吉尔在描写参加拉丁战争的各个部落时提到，占卜者曼图的儿子俄克努斯（Ocnus）建立了曼图阿城，并用母亲的名字为城市命了名（*Aen.* 10.198—200）。对照来看，第 20 歌中维吉尔的叙事构成了对自己文本的修正：首先，曼图是个处女，不可能有儿子；其次，虽然曼图是曼图阿的发现者，却与建城没有关联。就这样，维吉尔通过第 20 歌中的话修正了自己的"谎言"。而此后但丁的回答则似乎强调了维吉尔史诗中相关情节的"谎言"特性。

> 我说："老师，我觉得，你的说法是那样确凿，那样令我信服，使得其他的说法对我来说，都要成为已经烧完的炭一般了。"
>
> E io: "Maestro, i tuoi ragionamenti
>
> mi son sì certi e prendon sì mia fede,
>
> che li altri mi sarien carboni spenti."（*Inf.* 20.100—102）

在第 20 歌中，起主导作用的情绪是悲怆的激情，不仅被惩罚的占卜者们"眼里的泪水顺着臀部中间那条沟浸湿了臀部"（*Inf.* 20.23—24），就连作为旁观者的但丁也承认，自己"确实哭起来了"（Certo io piangea）（*Inf.* 20.25）。然而，维吉尔却告诫他，这种激情是有罪的。

> "这里恻隐之心死灭了，才存在着恻隐之心；还有谁比对神的判决感到怜悯的人罪恶更大的吗？"
>
> "Qui vive la pietà quand' è ben morta:
>
> chi è più scellerato che colui
>
> che al giudicio divin passion comporta?"（*Inf.* 20.28—30）

　　维吉尔告诫中的"感到怜悯"的准确意思应为"产生激情"。"passion"一词来自动词"遭受（patior）"，指的是心灵受到的搅扰，因此，它不仅可以指向旁观者但丁此时此刻的情绪，也揭示了占卜者进入迷狂时的心灵状态。在《埃涅阿斯纪》第 6 卷中，维吉尔这样描写受到神灵激荡的西比尔：

> 　　"占卜你们的命运的时刻已经到了。看哪，神，神来了！"她正这样说着的时候，她站到了两扇门前，突然间她的脸色和表情大变，头发披散了下来，胸口起伏不定，她的心像发疯一样狂野地搏动着，她的形体也比以前高大了，她说话的声音不类凡人，因为神已经靠近她，她的心灵里已充满了神力。

> cum virgo "poscere fata
>
> Tempus" ait; "deus ecce deus!" cui talia fanti
>
> ante fores subito non vultus, non color unus,
>
> non comptae mansere comae; sed pectus anhelum,
>
> et rabie fera corda tument, maiorque videri
>
> nec mortale sonans, adflata est numine quando
>
> iam propiore dei.（*Aen.* 6.45−51）

西比尔将心智交给神灵，通过神灵附体才做出对未来的预测。

　　在《上帝之城》中，奥古斯丁通过对"激情"一词的词源分析批评了阿卜莱乌斯（Apuleius）的鬼怪说，也间接地批评了古代的占卜者。他指出，被鬼怪搅扰的人，心灵在被动地做着违背理性的运动，因此，占卜者对激情的放纵相当于将灵魂托付给非理性的罪恶。

> 　　阿卜莱乌斯对幸福的原因保持沉默，却不能对悲惨的事实保持沉默。他承认，鬼怪们的心志本来应该是理性的，但是不能为德性所浸润和坚固，于是不免屈服于心灵中非理性的性情，因而就像愚蠢的心志所习惯的那样，总是被波澜的搅扰所动。……并非灵魂下面的某个部分，而是鬼怪们的心志自身受到性情波澜的搅动，就像充满暴风雨的海洋一样，而正是这心志使他们成为理性的生灵。那么他们就无法和智慧的人相比了。人类的软弱也不会免于心灵的这

种搅扰，但是哪怕是在此世，智慧的人在遭受它们的袭击时，都会抗拒它们，心志不受搅扰，不会为赞许或成功所动，从而偏离智慧的道路和正义的法律。（《上帝之城》9.3）

圣托马斯继承了奥古斯丁确立的传统，将基督教先知的预言与异教先知的预言进行了区别。他指出，真正的先知启示人的理性，而魔鬼的预言靠的是某种激发人想象的异象，或诉诸言语。

想象的异象也属于诗人的心灵[1]，正如占卜者们将自己的心志交给神灵、通过神灵附体才做出对未来的预测一样，古代的异教诗人们也正是因为抛弃了理性，才写出了形形色色充满谬误的故事——放纵激情是古代诗歌与异教先知共同的罪过。正是出于这样的原因，描写占卜者的第 20 歌中才充满了诗人的悲情。正是在此意义上，但丁才从古典诗歌中选取作为戏剧角色的占卜者，将他们和古代诗人一起送到了地狱的审判所。[2]

在第 20 歌起始处，但丁鲜明地表达了诗人的愿望，"我现在该作诗描述新的刑罚（nova pena）"（Inf. 20.1），然而，在《地狱篇》的伦理体系里，只有永恒的刑罚，没有新的刑罚，诗人的理解与地狱律法之间的反差凸显出了但丁对诗歌使命的思考。在这一歌中，但丁借助维吉尔之

---

[1] 在《〈创世记〉字疏》（De Genesi ad Litteram）第 12 卷中，奥古斯丁特别分析了影像在灵（Spiritus）中产生的过程。他指出，作为身体里最精致、最接近灵魂的元素，光首先通过眼睛放射出来，让眼睛看见可见之物，它与纯粹的气、雾状的气、气态的气、液体、固体结合，产生出五感。其中，视觉是其中最完全的，而灵高于视觉、优于体。影像不是物体在灵里产生的，而是灵在自身中产生的。"只要眼睛一看见对象，看见者的灵旋即形成一个影像，没有片刻迟延。"（《〈创世记〉字疏》12.33）想象的异象——属灵异象的产生可能是由于身体或灵魂的某种状态，也有可能是因为某个灵的活动，使人陷入迷狂或出神。如果这个灵是恶的，迷狂者就着魔、狂乱，或变为假先知；如果是善的，"那他就会启示他们对奥秘做出可靠的阐释；或者赋予他们理解力，使他们成为真先知，或者当下帮助他们看见并叙述那必定通过他们显示的异象"（《〈创世记〉字疏》12.41）。此处中译文来自：奥古斯丁，《〈创世记〉字疏（下）》，石敏敏译，北京：中国社会科学出版社，2018，第 242—243 页，第 249 页。
[2] 奥古斯丁与但丁并非轻视情感的力量，相反，他们都认为正确的信仰需要极大的激情，但正义的激情与罪恶的激情判然有别，而情感充沛的诗歌只有通过修正才能融入但丁的神圣诗篇。参见本书第四章第一节分析。

口对古代的先知的预言进行了反思，也对包括《埃涅阿斯纪》在内的古代诗歌进行了修正——二者的共同错误便是"虚妄"或谎言，而作为"貌似虚妄的真理"，《地狱篇》第 20 歌就像柏拉图的《理想国》那样，是对古典诗歌的一次审判。

在地狱第八层的旅程中，但丁在悲剧与喜剧的交替转换中进行了诗学历险。在这场历险中，但丁通过细致入微地描绘形形色色的欺诈之恶、通过打破古典诗歌的节制、通过维吉尔的自我修正宣告了喜剧的胜出，而地狱底层高雅与低俗兼备也体现了《神曲》包罗万象的混合风格——但丁的诗篇就像格吕翁的身体，虽然是由古代的和现代的、现实的和神话的形象混合拼贴而成，但却造就了某种瑰奇的"整全"。在此意义上，格吕翁就是《喜剧》的诗学宣言。

但丁将古代诗人笔下的克里特转变成地狱，给古代世界的迷误之乡赋予了神学意义；他将维吉尔笔下的四条冥河与不同的罪联系在一起，创造了自己的神学宇宙。

本章考察了《地狱篇》对罗马故事的重写。在地狱中，爱恨情仇无不带着原罪的痕迹。在冥河渡口，古代神话中的摆渡人变成了诱惑人的恶魔，被无常命运操纵的灵魂成了自己命运的抉择者，在这里，罪与罚和身体无涉，自由意志的抉择成了神圣律法进行审判的唯一标准。在狄斯城下，但丁借助上天的恩典，突破种种有罪激情的困扰，进入了虔敬的埃涅阿斯不曾进入的地府深处。在地狱深处，诗人借助另一个自我——格吕翁开始了奥维德式的诗学探险：他用喜剧"貌似虚妄的真理"与悲剧"高贵的谎言"展开了竞逐。在这一过程中，作为古代诗学理想的维吉尔引导着、保护着但丁，也被迫进行着自我修正。但丁用这样的方式宣告，在展现更为完整的世界这一意义上，喜剧超越了悲剧。

第三章　罗马、炼狱山与伊甸园中的爱情

在《地狱篇》开篇，但丁用一个沉船比喻（*Inf.* 1.22-27）将《埃涅阿斯纪》的典故带入"我"的处境①，《炼狱篇》的开篇仍然沿用了行船的比喻：

> 我的天才的小船把那样残酷的大海抛在后面，现在要扬帆向比较平静的水上航行。
>
> Per correr miglior acque alza le vele
>
> omai la navicella del mio ingegno,
>
> che lascia dietro a sé mar sì crudele,（*Purg.* 1.1-3）

"残酷的大海"既隐含着《埃涅阿斯纪》的开篇，也是诗人精神之旅开始时的处境。第 1 歌航海的意象延续到第 2 歌中，在那里，站在炼狱海滩边的但丁看到了运载灵魂的船、船上的天使和灵魂：

> 船尾上站着这位来自天上的舵手，他脸上似乎写着他所享的天国之福；船上坐着一百多个灵魂，他们大家齐声合唱"以色列出了埃及"和这一诗篇的全部下文。②
>
> Da poppa stava il celestial nocchiero,
>
> tal che parea beato per descripto;
>
> e più di cento spirti entro sediero.
>
> "*In exitu Isräel de Aegypto*"

---

① 见本书绪论分析。

② 田德望译本在注释中译出了"以色列出了埃及"这一句，而在译文正文中保留了原文，此处笔者将其合并。

  cantavan tutti insieme ad una voce

  con quanto di quel salmo è poscia scripto.（*Purg*. 2.43−48）

"以色列出了埃及"出自《诗篇》114：1，整首诗唱诵的是《旧约》中雅各（Jacob）的后代摩西（Moses）引领以色列人渡过红海、逃离埃及的故事。由于圣保罗曾在书信中将渡过红海解释为皈依的标志[①]，在中世纪《圣经》注释中，穿越红海就成了洗礼的象征。《炼狱篇》开篇行船的语境与众灵魂歌唱的故事形成了明显的对应，因而《炼狱篇》是一部皈依之诗。[②]

  在《地狱篇》第 1 歌中，当维吉尔在困顿的但丁面前现身时，但丁曾祈求维吉尔这位"其他诗人的光荣和明灯"（*Inf*. 1.82）帮他摆脱母狼的追赶，而在《炼狱篇》开篇，诗人祈求的对象由凡人变成了古代神话中的诗神缪斯，提升了诗歌的境界，也将古代神话的回忆带入了《炼狱篇》的语境中：

  啊，神圣的缪斯啊，让死亡的诗歌在这里复活吧，因为我是属于你们的；让卡利俄佩稍微站起来，用她的声音为我的歌伴奏吧，当初可怜的喜鹊们感受到了她那声音如此沉重的打击，以至于失去了被宽恕的期望。

  Ma qui la morta poesì resurga,

  o sante Muse, poi che vostro sono,

  e qui Calïopè alquanto surga,

  seguitando il mio canto con quel suono

  di cui le Piche misere sentiro

---

① 参见《哥林多前书》10：1−2。

② 在致斯卡拉大亲王的信中，但丁通过对以色列出埃及故事的解释说明文本的四重寓意：字面的（litteris）、寓意的（allegoricus）、道德的（moralis）和神秘的（anagogicus）。"如果我们仅仅考虑字面的意义，则预示给我们的是，以色列的孩子们在摩西时代从埃及出走；从寓意看，则作品预示着我们通过基督获得救赎；从道德意义看，是灵魂从罪的悲伤与惨状转换到享受恩典的状态；从神秘意义看，是得到洁净的灵魂从此世必朽的束缚进入永恒荣耀的自由。"（*Epist*. XIII.21）但丁用这个例子来说明《天国篇》的寓意，但解释家们往往将这个段落拓展到对整个《神曲》的解释。

lo colpo tal, che disperar perdono.（*Purg.* 1.7-12）

卡利俄佩是九位缪斯之中的史诗女神。在这个段落末尾出现的喜鹊意象暗示着，但丁在此处所用的典故来自《变形记》第 5 卷：皮厄鲁斯的女儿们与缪斯赛歌，她们唱颂巨人与天神的战斗以及恐惧的天神们狼狈的变形，缪斯中的史诗女神卡利俄佩则歌唱了冥王劫掠普洛塞皮娜的故事[①]，最后，胜利的缪斯女神将皮厄鲁斯狂妄的女儿们变成了喜鹊（*Met.* 5.294-571）。

依据卡利俄佩唱诵的故事，在普洛塞皮娜遭到劫掠后，刻瑞斯历尽辛苦得知了女儿的下落，请求朱庇特让女儿回到自己身边，朱庇特给出的条件是少女必须没有吃过下界的食物，最后的结局未能让刻瑞斯如意，原因是普洛塞皮娜吃了冥府的石榴，少女每一年都必须在冥府度过一半的时光。被劫掠和吃石榴的情节被中世纪的解释者赋予了新的意义，在他们看来，普洛塞皮娜就像夏娃（Eve），正是由于她偷吃禁果，人类才失去了永远的光明。按照这个故事在中世纪得到的寓意，但丁的祈灵意味着《炼狱篇》的主题是从死亡得到重生——从地狱到炼狱山，再由炼狱山到山顶的伊甸园，演绎的正是人类从堕落、洗罪而再次找回失去的乐园的过程。

无论行船比喻还是对史诗女神的呼告，都意味着炼狱之行是一场涤罪之旅；而同时，古典诗歌的记忆也仍然存在。罗马记忆与皈依精神的融合奠定了《炼狱篇》的基调，并时时体现在诗人的行程中：炼狱的守门人是罗马英雄小加图（下文简称"加图"），但这一形象中也融入了摩西的身影；在"炼狱外围"的场景描写中，《埃涅阿斯纪》中的舵手帕里努鲁斯的故事若隐若现，但对身体无处安放的忧虑已经被对信仰的关切所取代；从"君主之谷"到炼狱山顶的伊甸园，都有古代诗人笔下乐土的记忆，但在乐土中看到的场景不再是灵魂的轮回，而是徐徐展开的救赎历史。在《炼狱篇》中，所有对古代世界的回忆都夹杂着对共同体败坏的焦虑：由于人的自由意志（或爱）的堕落，曾经如伊甸园般的故土已经变成风雨飘摇中的孤舟。要想恢复世界的秩序，必须修正邪恶的爱欲，因此，炼狱山的七层涤罪场所是按照爱的秩序排列的。而在贯穿炼狱山

---

① 见本书第一章第二节分析。

的旅程中，但丁通过三个充满爱欲色彩的梦，通过玛苔尔达（Matelda）和贝雅特丽齐的形象，对维吉尔与奥维德笔下充满原罪色彩的古老爱情进行了"洗罪"，伴随这一过程的，是喜剧对悲剧的超越。

第一节　加图、帕里努鲁斯与炼狱中的"君主"理想

一

在炼狱的海岸，维吉尔和但丁受到加图灵魂的盘诘。在罗马史中，加图以不畏强暴、恪守律法的尊严而著名[1]，同样的性格也表现在这位炼狱守门人身上。加图死于基督诞生前，无缘于皈依，但丁却没有将其写进灵泊，而是将其从一位尘世律法的捍卫者变成了上帝律法的捍卫者。[2]面对加图，维吉尔解释说他们是奉贝雅特丽齐之名而来，但仍然担心加图不肯网开一面，便提起加图生前的妻子、异教徒玛尔齐亚（Marcia），并以自己和她死后同在灵泊的名义请求加图放行，但加图却说：

> "我在世上时，玛尔齐亚在我的眼里是那样可爱，无论她要求
> 什么，我都照办。如今她既然住在那条恶河的彼岸，根据我从那里
> 出来时制定的法律，她再也不能使我动心了。但是，如果正如你所
> 说的那样，是一位天上的圣女感动了你，指引你来的，那就无须说
> 什么恭维的话：你以她的名义来要求我就够了。"
>
> "Marzïa piacque tanto a li occhi miei
> mentre ch'i' fu' di là," diss' elli allora,
> "che quante grazie volse da me, fei.
> Or che di là dal mal fiume dimora,
> più muover non mi può, per quella legge

---

① 关于加图的生平和性格，罗马史学家萨鲁斯特（Sallust）的《喀提林阴谋》（*Bellum Catilinae*）、传记家普鲁塔克（Plutarchus）的《名人传》（*Lives*）等作品都有记载。在《埃涅阿斯纪》中，加图的形象也被描绘为严厉、正义的立法者，"另一处则是一些正直的人，其中有立法家加图"（*Aen.* 8.670）。

② 见：Dante Alighieri, *The Divine Comedy of Dante Alighieri, Vol. 2: Purgatorio*, ed. and trans. Robert M. Durling, New York & Oxford: Oxford University Press, 2003, pp. 591-592.

che fatta fu quando me n'usci' fora.

Ma se donna del ciel ti move e regge,

come tu di', non c'è mestier lusinghe:

bastisi ben che per lei mi richegge." (*Purg.* 1.85—93)

　　加图对待世俗婚姻的态度是严厉的。由于尘世婚姻的基础是有罪的欲望，因而以玛尔齐亚之名来求情是枉然的，但贝雅特丽齐之名却意味着神的正义。加图守卫的是天国的律法，而走过地狱的维吉尔虽然懂得借用贝雅特丽齐之名，却依然受制于尘世的习俗与友爱。

　　对尘世情感的留恋同样体现在新来到炼狱海岸的灵魂中。在他们中有但丁往日的朋友——诗人卡塞拉（Casella），重逢的喜悦之情让卡塞拉想起了往日，他唱起了但丁的诗句"爱神在我心中和我谈论"（Amor che ne la mente mi ragiona）（*Purg.* 2.112）。

　　卡塞拉所唱的诗句出自《飨宴篇》第 3 卷卷首。在这一卷中，但丁谈起了《新生》末尾出现的温柔女士——在贝雅特丽齐死后，正是她给但丁带来了安慰[①]，卷首的诗歌就以这位女士为歌颂对象（*Conv.* 3.1.1—13），但丁表达了对她的爱慕。他还依据亚里士多德《尼各马可伦理学》（*Nicomachean Ethics*）中关于友谊的论述得出结论说，由于自己比女士卑微，却又得了她的好处，他应该对她尽力进行赞美。在接下来的文字中，但丁依据亚里士多德的《论灵魂》对女士形象的描述以及自己的爱情进行了引申解释。他指出，灵魂有三种主要力量：生命、感觉和理性，每种力量都拥有自身的爱，而属于人的爱就存在于理性中，其对象便是真理与美德（*Conv.* 3.3.11），而真理与美德正是女郎形象的寓意，因而应"称她为哲学的理智淑女"（quella donna dello 'ntelletto che Filosofia si chiama）（*Conv.* 3.11.1），而对她的爱便意味着"爱智慧"（*Conv.* 3.11.5）[②]。在《飨

---

① 见 V*N* 35。卡塞拉所唱的诗句对世俗智慧的热爱对应着《新生》第 35 节中的温柔女士，也像波埃修斯（Boethius）《哲学的安慰》（*The Consolation of Philosophy*）中的诗歌女神，这些形象都像古代神话中的塞壬（Siren），诱惑着人的灵魂。见：Paul J. Klemp, "The Women in the Middle: Layers of Love in Dante's *Vita Nuova*," *Italica* 61.3 (1984): 185-194.

② 但丁所依据的是"philosophia"一词的两部分的意思，从希腊语起源看，"philo"意思是"爱"，"sophia"意思是"智慧"，因而哲学本身意味着"爱智慧"。

宴篇》的作者看来，这样的爱才是真正的友谊，为了获得这份友谊，他需要对众多技艺与科学进行研究。

> 当灵魂与智慧按照上面说过的方式，成为这样充分被对方爱着的朋友时，哲学就存在了。

> Filosofia è quando l'anima e la sapienza sono fatte amiche, sì che l'una sia tutta amata dall'altra per lo modo che detto è di sopra.（*Conv.* 3.12.4）

《飨宴篇》正是这样一部探究哲学的作品。这部未完成的作品代表了但丁在哲学中寻求慰藉的岁月。但从《神曲》开篇后的语境来看，仅凭哲学并不能带来救赎，三头野兽象征的意志的过错也并非仅仅依靠哲学的沉思便能征服[1]，因而在炼狱的情境中，卡塞拉所唱的诗句代表着尘世智慧的诱惑。然而，维吉尔却和但丁以及其他灵魂一样，被甜美的歌声迷住了：

> 我的老师和我以及那些同卡塞拉在一起的幽魂看来都那样心满意足，好像谁也不把别的放在心上了。

> Lo mio maestro e io e quella gente
> ch'eran con lui parevan sì contenti,
> come a nessun toccasse altro la mente.（*Purg.* 2.115—117）

霍兰德和弗里切罗[2]从不同角度指出，炼狱海滩上这一群灵魂聚集在一起膜拜尘世爱神的情景和《出埃及记》中记述的一系列情节颇为相似：摩西在西奈山（Sinai）上领受诫命之时，以色列人乘其不在铸造起了偶像。归来的摩西看到崇拜偶像的子民，怒火中烧（《出埃及记》32：1—20）[3]。此时此刻，卡塞拉所唱的诗句就像以色列人铸造的偶像，引诱着人走入歧途，而在炼狱扮演摩西角色的正是加图：

---

① 见本书绪论分析。

② 霍兰德是从加图的形象和摩西的相似之处进行论述的，而弗里切罗则是从《炼狱篇》第 2 歌中未完全写出的《圣经》引文及《飨宴篇》引文进行分析的，见：Robert Hollander, "The Figural Density of Francesca, Ulysses, and Cato," in *Allegory in Dante's* Commedia, Princeton: Princeton University Press, 1969, pp. 104-135; John Freccero, "Casella's Song," in *Dante: The Poetics of Conversion*, pp. 186-194.

③ John Freccero, "Casella's Song," in *Dante: The Poetics of Conversion*, pp. 186-194.

"怠惰的灵魂们，这是怎么回事？为什么这样疏忽，这样停留着？跑上山去，蜕掉那层使你们不能见上帝的皮吧。"①

"Che è ciò, spiriti lenti?

Qual negligenza, quale stare è questo?

Correte al monte a spogliarvi lo scoglio

ch'esser non lascia a voi Dio manifesto."（*Purg.* 2.120–123）

加图的一声怒喝让灵魂们如梦初醒：新来的灵魂们丢开了歌曲，"像拔步就走而不知会走到何处的人似的，向山坡跑去"（*Purg.* 2.131–132）；而此时，因未能及时提醒但丁而愧疚的维吉尔也和他一起"飞快地离开了"（*Purg.* 2.133），似乎也加入了"洗罪"的队伍。②

二

在《埃涅阿斯纪》第 5 卷中，海神涅普图努斯许诺维纳斯，会让流亡的特洛伊人安然渡过大海，但特洛伊人中却要有一个人付出生命：

"不过有一个人将要丧命，堕入海中，你将无从寻找，一条命将换来多数人的活命。"

"unus erit tantum amissum quem gurgite quaeres;

unum pro multis dabitur caput."（*Aen.* 5.814–815）

这人是特洛伊人的舵手帕里努鲁斯。由于尸体没有入土，他的亡魂只能在冥河渡口徘徊，西比尔也只能以许诺用他的名字为其丧身之地命名来

---

① 关于加图的形象寓意，见：Robert Hollander, "The Figural Density of Francesca, Ulysses, and Cato," in *Allegory in Dante's Commedia*, pp. 104-135.

② 维吉尔跑动的举止表明，他陷入了"使一切举动丧失尊严的慌忙状态"（*Purg.* 3.10–11），这与他在地狱旅程的大部分时间中表现出来的从容和高贵形成鲜明的反差。而这同时表明，在炼狱中，维吉尔因信仰的缺失而表现出的缺点愈加明显。在第 3 歌中，维吉尔对哲学的缺陷进行了反思，"你们曾见过那样的人物，他们希望知道一切而毫无结果，假若人能知道一切的话，他们的愿望是会得到满足的，而这种愿望却成为永远施加给他们的惩罚；我所说的是亚里士多德和柏拉图，还有许多别的人"（*Purg.* 3.40–44），这可以看作对卡塞拉所唱诗句的某种回应。维吉尔的反思表现出了其认识的某种改进，或许这是但丁对古代诗人的"怜悯"，但维吉尔未能登上天国，最终是一个悲剧性的角色。

安慰他（*Aen.* 6.378—381）。[1]

马丁内斯（Robert L. Martinez）指出，在但丁对炼狱外围的描写中，到处都可以找到《埃涅阿斯纪》中特洛伊人的舵手帕里努鲁斯故事的印记。[2]在《炼狱篇》第 2 歌邂逅卡塞拉的段落中，但丁问这位生前好友，为何在他死亡后这么久才得以来到炼狱，卡塞拉回答说：

> "如果那位愿意何时接走何人就何时接走的舵手曾多次拒绝我过海到这里来，对此我一点都不感到委屈，因为他的意志是来源于公正的意志。"

> "Nessun m'è fatto oltraggio,
>
> se quei che leva quando e cui li piace,
>
> più volte m'ha negato esto passaggio;
>
> che di giusto voler lo suo si face: "（*Purg.* 2.94—97）

卡塞拉的话令人想到埃涅阿斯"冥府之行"中西比尔对帕里努鲁斯的申斥：

> "帕里努鲁斯，你怎么会有这样的非分的要求？你尸体没有入土，就想瞻望斯提克斯的水泊和复仇女神无情的河川吗？还没有命令，你就想来到河滩边吗？"

> "unde haec, o Palinure, tibi tam dira cupido?
>
> tu Stygias inhumatus aquas amnemque severum
>
> Eumenidum aspicies, ripamve iniussus adibis?"（*Aen.* 6.373—375）

在维吉尔的史诗中，人的意愿与冥府的正义是冲突的，但在但丁笔下，进入炼狱灵魂的意志已经开始向炼狱的律法皈依。

在《炼狱篇》第 3 歌中，但丁遇到曼夫烈德（Manfred）的亡魂。此人是神圣罗马帝国皇帝腓特烈二世（Friedrich II）的私生子，生前曾作为吉伯林党（Ghibellines）的领袖、以摄政身份统治意大利，为意大利的独立同教廷做斗争，而同时代的几位教皇都曾宣布将其开除教籍。1266

---

[1] 见本书第一章第一节分析。

[2] 见：Dante Alighieri, *The Divine Comedy of Dante Alighieri, Vol. 2: Purgatorio*, ed. and trans. Robert M. Durling, pp. 597-600.

年，安茹伯爵查理（Charles of Anjou）在教皇支持下率领法军入侵，曼夫烈德在战斗中死去，在死前一刻他皈依了上帝。死后，科森萨（Cosenza）大主教命人将其尸骨从墓穴中挖出，弃置在维尔德（Verde）河边（*Purg.* 3.112–145）。在叙述自己身体的处境时，曼夫烈德描述道，"我的尸骨……如今它却在王国境外维尔德河边被雨淋风吹"（*Purg.* 3.130–131），这与《埃涅阿斯纪》中帕里努鲁斯的回忆"如今我被大海所占有，在沿岸一带任凭风吹浪打"（nunc me fluctus habet versantque in litore venti）（*Aen.* 6.362）极为接近。

与帕里努鲁斯灵魂无所依归的处境相反的是，在《神曲》中，曼夫烈德的灵魂却得以被安排进炼狱外围。在炼狱大门之外，曼夫烈德的灵魂告诉但丁，身体是否得到安葬不是能否进入炼狱之门的标准，他无法登上炼狱山的原因，在于其皈依太晚，而若想改变炼狱的立法，则有赖于生人的祈祷：

> "只要希望还有一点绿色，人就不会由于他们的诅咒永远失去永恒之爱而不能复得。但是，任何至死都拒不服从圣教会的人，即使他临终悔罪，也必须在这道绝壁外面停留三十倍于他傲慢顽抗的时间，除非善人的祷告促使这条法律规定的期限缩短。"
>
> "Per lor maladizion sì non si perde
>
> che non possa tornar, l'etterno amore,
>
> mentre che la speranza ha fior del verde.
>
> Vero è che quale in contumacia more
>
> di Santa Chiesa, ancor ch'al fin si penta,
>
> star li convien da questa ripa in fore,
>
> per ognun tempo ch'elli è stato, trenta,
>
> in sua presunzïon, se tal decreto
>
> più corto per buon prieghi non diventa."（*Purg.* 3.133–141）

在这里，古代诗歌中冥府的铁律"不要妄想乞求一下就可以改变神的旨意"（*Aen.* 6.376）被修改了：如果生人之中能有信徒替炼狱中的灵魂祈祷，则在炼狱之门外放逐的岁月可以缩短，恩典取代了冥府的法则。

在维吉尔笔下，埃涅阿斯曾问帕里努鲁斯："是哪位神灵把你从我们手中夺走，把你淹死在大海的中央？"（*Aen.* 6.341—342）而在《炼狱篇》第 5 歌中，但丁也用类似的口气询问失踪于堪帕尔迪诺（Campaldino）战场的波恩康特（Bonconte da Montefeltro）："什么暴力或者什么偶然事件迫使你远远离开堪帕尔迪诺，使人们永远不知道你的葬身之地？"（*Purg.* 5.91—93）波恩康特的回答也与帕里努鲁斯描述的风暴有接近之处：

> "凶猛的阿尔奇亚诺（Archiano）河发现我的冷冰冰的躯壳在河口边，就把它冲入阿尔诺（Arno）河中，并且松开了我在痛苦不堪时双臂在胸前交叉成的十字。河水冲得我顺着河岸、顺着河底翻滚，后来，就用它的冲积物盖上了我，裹住了我。"
>
> "Lo corpo mio gelato in su la foce
>
> trovò l'Archian rubesto, e quel sospinse
>
> ne l'Arno, e sciolse al mio petto la croce
>
> ch'i' fe' di me quando 'l dolor mi vinse.
>
> Voltòmmi per le ripe e per lo fondo;
>
> poi di sua preda mi coperse e cinse."（*Purg.* 5.124—129）

在炼狱外围的旅行中，维吉尔的话也体现出了某种帕里努鲁斯式的特点。正如帕里努鲁斯因为渡河的愿望无法得到满足而痛苦一样[1]，在《炼狱篇》第 3 歌中，维吉尔也因愿望无法满足而"一直面带烦恼的表情"（*Purg.* 3.45）。在《炼狱篇》第 3 歌和第 7 歌中，维吉尔也像帕里努鲁斯叙述自己尸身的遭遇一般，分别回忆起自己的葬身之地："当初我在其中使我能投下影子的肉体被埋葬的地方现在已经是晚祷时刻；那不勒斯（Naples）保存着它，是从布兰迪乔（Brindisi）移去的。"（*Purg.* 3.25—27）"我的骸骨已经被屋大维（Octavian）埋葬。"（*Purg.* 7.6）在《埃涅阿斯纪》中，特洛伊舵手最后的安慰是用自己的姓名为地方命名的荣耀：

> "你的近邻，在广大地区的许多城市将见到天上有许多异象，这些异象会促使他们抚恤你，为你造墓，在你墓前祭奠，并将用帕里努鲁斯这名字为这地方命名，永垂不朽。"

---

[1] 参见 *Aen.* 6.382—383："这一席话打消了他的忧愁，不一会的工夫，他心里的痛苦也消逝了，这地方取了他的名字，给他带来了快乐。"

"nam tua finitimi, longe lateque per urbes

prodigiis acti caelestibus, ossa piabunt

et statuent tumulum et tumulo sollemnia mittent,

aeternumque locus Palinuri nomen habebit."（*Aen.* 6.378–381）

在《炼狱篇》第 7 歌中，但丁遇到了维吉尔的同乡、当代诗人索尔戴罗（Sordello）的灵魂，他对维吉尔的称赞"我的出生地的永恒的荣耀啊"（*Purg.* 7.18）再现了古典史诗中用名字为土地命名给灵魂带来的安慰。

在描述炼狱外围的篇章中，与帕里努鲁斯最具紧密联系的还是舵手的意象，以及但丁将意大利比作风暴中颠簸的船只的做法。按照帕里努鲁斯在《埃涅阿斯纪》中的自述，他是一位尽责的舵手：

"我凭汹涌的波涛起誓，我当时并没有一丝一毫为我自己害怕，我倒是怕你的船失去了引航人，失去了作为武装的舵而会在波浪起伏的大海上沉没。"

"maria aspera iuro

non ullum pro me tantum cepisse timorem,

quam tua ne spoliata armis, excussa magistro,

deficeret tantis navis surgentibus undis."（*Aen.* 6.351–354）

在《炼狱篇》第 6 歌中，身遭放逐命运的但丁也对意大利的分裂与动荡表达了忧虑：

唉，奴隶般的意大利，苦难的旅舍，暴风雨中无舵手的船，

Ahi serva Italia, di dolore ostello,

nave sanza nocchiere in gran tempesta,（*Purg.* 6.76–77）

而在此后，但丁则将意大利苦难的责任归结在正义君主的缺乏上：

如果马鞍子空着，查士丁尼（Justinian）整修了缰绳有什么用呢？

Che val perché ti racconciasse il freno

Iustinïano, se la sella è vòta?（*Purg.* 6.88–89）

查士丁尼是东罗马帝国的皇帝。在《神曲》中，这位罗马法的整理者代表着对罗马帝国辉煌成就的回忆。[①]在上述诗行中，"缰绳"指的就是他在位期间主持修订的罗马法典，那也是意大利乃至世界秩序的基础。但缺乏驭手的马鞍与没有舵手的船只一样，都意味着意大利由于缺乏正义君主的指导而迷失。就这样，《埃涅阿斯纪》中帕里努鲁斯的虔敬最终转变为对意大利的关怀。到《炼狱篇》第16歌中，但丁借伦巴第的马可（Marco Lombardo）之口将这关怀明确为政治理想，那就是，理想君主与教皇分别管理人的世俗生活和灵性生活：

> "因此，必须制定律法作为马嚼子；必须有一位至少能辨明真理之城的塔楼的君主。法律是有的，但谁去执行呢？……你可以明确地看得出来，使世风邪恶的原因是领导不好，并不是由于你们的天性已经败坏。造福于世界的罗马向来有两个太阳，分别照亮两条道路，一条是尘世的道路，另一条是上帝的道路。"

> "Onde convenne legge per fren porre;
> convenne rege aver che discernesse
> de la vera cittade almen la torre.
> Le leggi son, ma chi pon mano ad esse?
> ...
> Ben puoi veder che la mala condotta
> è la cagion che 'l mondo ha fatto reo,
> e non natura che 'n voi sia corrotta.
> Soleva Roma, che 'l buon mondo feo,
> due soli aver, che l'una e l'altra strada
> facean vedere, e del mondo e di Deo." （*Purg.* 16.94—108）

这段文字中的"两个太阳"，分别是罗马君主与教皇；"两条道路"，一条是世俗之道，即君主领导下的"理想城邦"——世界帝国，一条是信仰之道，即有德的教皇引导下的理想教会；人依据第一条路获得尘世生活的完美，依据第二条路获得永生的幸福。这便是但丁眼中的理想世界图

---

① 查士丁尼的回忆占据了《天国篇》第6歌全篇。

景——神圣的罗马。①

三

　　在维吉尔与曼图阿诗人索尔戴罗的引领下，但丁在炼狱山上的"君主之谷"度过了第一夜。在山谷边缘，但丁看到的场景是"一些灵魂坐在花草上唱着'Salve, Regina（万福，女王）'"（*Purg.* 7. 82–83），而后，诗人好像特意提醒读者似的说，"因为他们在山谷中，所以从外面**看不见他们**"（che per la valle **non parean** di fuori）（*Purg.* 7.84）。山谷里的灵魂，特别是对隐蔽特点的强调，显然是对埃涅阿斯"冥府之行"中父子相会场景的又一次重写。那时，埃涅阿斯和西比尔来到冥府尽头的乐土，也是在一个山谷中看到了父亲安奇塞斯的亡魂：

　　　　这时，他的父亲安奇塞斯正在仔细地专心地检阅着一些灵魂，这些灵魂深深地隐藏在一条绿色的山谷里，准备着有朝一日投生人世，这时他正在检阅的碰巧是他自己的子孙，为数不少，他在考察他们未来的命运、他们的性格和他们的事业。

　　　　At pater Anchises penitus convalle virenti

　　　　inclusas animas superumque ad lumen ituras

　　　　lustrabat studio recolens, omnemque suorum

　　　　forte recensebat numerum, carosque nepotes

---

① 但丁在《帝制论》（*Monarchia*）第 3 卷中论述过这一理想："不可言说的神意已然在我们眼前安排下了两个目标，即，此生的幸福，那便是运用我们自己的力量，来到地上乐园；永生的幸福，那便是得见上帝（若无上帝之光的帮助，我们自己的力量无法实现这一点），天上的国便意味着这个。两种幸福要以不同的手段达到，代表两种目的。我们依着哲学的教诲实现第一个，跟随他们去实践道德德性和理智德性；依着超越人类理性的精神教诲去实现第二个，跟随他们去实践神学的德性：信、望、爱。……所以人需要两位向导，以对应其两重目标，那便是，至高无上的教皇，他引人走向永生，顺从那被揭示的真理；还有帝王，他引人走向尘世的幸福，遵循哲学的教诲。"（*Mon.* 3.15）本书所引用的《帝制论》中文引文均为笔者自译，所参考拉丁文原文见：Dante Alighieri, *Dante's Monarchia*, trans. and comm. Richard Kay, Toronto: Pontifical Institute of Mediaeval Studies, 1998. 后文在提及《帝制论》时，将随文标出名称简写（*Mon.*=*Monarchia*）及卷号和篇号，不再另注。

fataque fortunasque virum moresque manusque. （*Aen*. 6.679–683）①

两个片段被"隐藏"（inclusas）与"看不见"（non parean）这两个相似的意象紧密连接在一起。紧接着，索尔戴罗向但丁和维吉尔介绍了草地上忏悔的众意大利君主的灵魂（*Purg*. 7.91–136）。在维吉尔笔下，罗马英雄们等待着投胎转世，但一旦重见天光，一些英雄就会相互厮杀。②

> 你再看那边两个幽魂，都穿着同样煊赫的甲胄，现在他们和谐相处，因为他们现在幽闭在黑夜之中，但是一旦他们见到生命之光，唉！他们彼此就将发动残酷的战争，互相作对，互相厮杀啊！
>
> illae autem paribus quas fulgere cernis in armis,
>
> concordes animae nunc et dum nocte prementur,
>
> heu quantum inter se bellum, si lumina vitae
>
> attigerint, quantas acies stragemque ciebunt, （*Aen*. 6.826–829）

而但丁笔下的这些意大利君主生前是死敌，但在炼狱山谷开始的新生里，却彼此和解了：神圣罗马帝国皇帝鲁道夫一世（Rudolf I）的灵魂因生前未能尽职而追悔，波希米亚国王奥托卡二世（Ottokar II）生前愤恨鲁道夫一世当选为皇帝，此时却"似乎在安慰他"（*Purg*. 7.97）；安茹伯爵查理曾和佩得罗三世（Pedro III of Aragon）争夺西西里王位，但在死后，二人却在一起"配合唱歌"（*Purg*. 7.113）。在这个段落中，索尔戴罗扮演起了安奇塞斯的角色，地狱之行中担任向导的维吉尔相当于先知西比尔，而但丁则取代了埃涅阿斯。

　　但丁进入"君主之谷"的时间是日落后（*Purg*. 7.85–87）。这似乎象征着，"君主之谷"是一个被阳光遗忘的地方，其寓意正是始祖犯罪之后失去了"阳光"——上帝恩典——的人类社会，而开满鲜花的山谷则让人想起伊甸园。③夜幕降临时，在这伊甸园一般的君主之谷里，上演了

---

① 同样相关的诗行还有 *Aen*. 6.703–704。关于维吉尔笔下的乐土与"君主之谷"的相似之处，见：Dante Alighieri, *The Divine Comedy of Dante Alighieri, Vol. 2: Purgatorio*, ed. and trans. Robert M. Durling, pp. 119-120.

② 原文中指恺撒和庞培，参见本书第一章第一节分析。

③ 在《炼狱篇》中，与乐土场景相对应的，还有炼狱山顶上的伊甸园。但在那里，君主之谷的夜色将被白昼所取代。

一出天使驱蛇的戏剧，戏剧的前奏，是忏悔的君主们的歌唱。[①]

> 他把两掌对合，向天举起，凝眸望着东方，好像对上帝说："我别无所念。"他口中唱出 "Te lucis ante"（《在日没以前》），态度那样虔诚，音调那样美妙，使我听得出了神；接着，其他的灵魂都举目向着诸天，跟着他一起用美妙的音调唱完全首圣歌。

> Ella giunse e levò ambo le palme,
>
> ficcando li occhi verso l'orïente,
>
> come dicesse a Dio: "D'altro non calme."
>
> "*Te lucis ante*" sì devotamente
>
> le uscìo di bocca e con sì dolci note
>
> che fece me a me uscir di mente,
>
> e l'altre poi dolcemente e devote
>
> seguitar lei per tutto l'inno intero,
>
> avendo li occhi a le superne rote.（*Purg.* 8.10–18）

《在日没以前》是一首晚祷时分唱诵的圣歌，它唱诵的是伊甸园夏娃受蛇引诱的故事，其含义是祈求造物主保护、驱逐梦与黑夜的困扰、不让魔鬼征服脆弱的肉身。[②]而忏悔的君主则好像既是一群僧侣，又是一个歌队，他们唱的歌为接下来上演的戏剧做了铺垫：两位从"从马利亚的怀里来的"（*Purg.* 8.37）天使身穿绿衣（*Purg.* 8.28–29）从天而降，准备用"两把折断的、失去锋芒的、发出火焰的剑"（*Purg.* 8.26–27）驱赶那条趁黑夜侵入山谷的蛇。

> 在这个小山谷没有屏障的那一边有一条蛇，或许就像当初给夏娃苦果时的那一条。这个恶毒的条状物从花草丛中出来，不时回过头去舔自己的背，如同兽类舔自己的毛使它光滑一样。

---

① 在这一段落中，仍然有著名的航海旅行的意象："现在已经是使航海的人在告别了亲爱的朋友们那天，神驰故土，满怀柔情的时刻；是使新上征途的行旅听到远处传来的似乎在哀悼白昼的钟声时，被乡思刺痛的时刻。"（*Purg.* 8.1–6）这段文字在某种程度上仍是《埃涅阿斯纪》中帕里努鲁斯片段的回响。

② 拉丁文原文及英文译文见：Dante Alighieri, *The Divine Comedy of Dante Alighieri, Vol. 2: Purgatorio*, ed. and trans. Robert M. Durling, pp. 601-602. 中文翻译见：但丁，《神曲：炼狱篇》，田德望译，北京：人民文学出版社，1997，第88页。

Da quella parte onde non ha riparo

la picciola vallea, era una biscia,

forse qual diede ad Eva il cibo amaro.

Tra l'erba e' fior venìa la mala striscia,

volgendo ad ora ad or la testa, e 'l dosso

leccando come bestia che si liscia.（*Purg.* 8.97—102）

在这个段落中，天使绿色的羽翼代表希望，而其手中冒火的剑则揭示了他的身份——中世纪天使等级中代表爱的撒拉弗（Seraphim）。这些都符合《圣经》解释传统，但评注者们仍注意到，但丁此处对于蛇的描写远远超越了中世纪基督教传统。事实上，中世纪很少有人对作为魔鬼化身的蛇进行美好的描述，而在此处，蛇的形象却具有某种女性化的风骚。[①]这样的形象给驱蛇的戏剧平添了一份爱欲色彩，而在"君主之谷"中驱除充满爱欲的"蛇"则意味着，只有修正败坏的爱欲，才能成就政治的正义。[②]

第二节　炼狱中的三个梦与伊甸园中的玛苔尔达

炼狱山的七层是按照爱的秩序排列的；到炼狱的灵魂所要涤除的基督教的七宗罪是按从重到轻的次序排列的，分别是傲慢、忌妒、愤怒、怠惰、贪财、贪食、贪色，前三者是爱过度，中间一种是爱不足，而后三者则是爱的对象偏颇（*Purg.* 17.91—139）。因此，整个炼狱山的旅程是将败坏的意志修正为"正直""健全"的过程。但丁用三个富有爱欲色彩的梦将整个炼狱山的旅程"包裹"起来，三个梦境中都有鲜明的女性形象，这更加突出了炼狱之行的"爱"的色彩。在炼狱山顶，但丁抵达了被始祖遗弃的伊甸园，在那里，他遇到了象征完满自然之爱的玛苔尔达和象征基督之爱的贝雅特丽齐，在角色的互动中，带有罪孽的古老爱情被转换成了基督教的仁爱，从而实现了爱的净化与提升。

① 关于天使驱蛇一段的分析，见：Ricardo J. Quinones, "In the Valley of the rulers," in *Lectura Dantis:* Purgatorio, *a Canto by Canto Commentary*, ed. Allen Mandelbaum, Anthony Oldcorn, and Charles Ross, Berkeley, Los Angeles, & London: University of California Press, 2008, pp. 73-84.

② 《炼狱篇》第 16 歌对这一主题进行了回应，见本章第二节分析。

一

但丁在炼狱度过的三个夜晚都有梦境相伴，第一次梦境发生在进入炼狱之门前。

凌晨，当燕子或许想起它旧日的灾难而唱起哀歌，当我们的心灵更远离肉体，更少受思虑缠绕，所做的梦几乎具有预示未来的功能时，我似乎梦见一只金黄色羽毛的鹰，张着翅膀，停在空中不动，准备猛扑下来；我好像是在加尼墨德被劫持到最高的会上时，丢下他的同伴们的地方。我心中想道："或许这只鹰惯于专在这里扑击，或许它不屑于从别的地方用爪抓住什么带上天空去。"接着，我就觉得，好像它盘旋了一会儿之后，就像闪电一般可怖地降下来，把我抓起，一直带到火焰界。在那里，它和我好像都燃烧起来；梦幻中的大火烧得那样猛烈，使得我的睡梦必然中断。

> Ne l'ora che comincia i tristi lai
> la rondinella presso a la mattina,
> forse a memoria de' suo' primi guai,
> e che la mente nostra, peregrina
> più da la carne e men da' pensier presa,
> a le sue visïon quasi è divina,
> in sogno mi parea veder sospesa
> un'aguglia nel ciel con penne d'oro,
> con l'ali aperte e a calare intesa,
> ed esser mi parea là dove fuoro
> abbandonati i suoi da Ganimede,
> quando fu ratto al sommo consistoro.
> Fra me pensava: "Forse questa fiede
> pur qui per uso, e forse d'altro loco
> disdegna di portarne suso in piede."
> Poi mi parea che, poi rotata un poco,
> terribil come fólgor discendesse
> e me rapisse suso infino al foco.

> Ivi parea che ella e io ardesse,
>
> e sì lo 'ncendio imaginato cosse
>
> che convenne che 'l sonno si rompesse.（*Purg.* 9.13—33）

这里的两个典故均出自奥维德《变形记》第 6 卷。在第一个故事中，特拉刻王忒柔斯（Tereus）奸淫了妻妹菲罗墨拉（Philomela），为了防止泄密，他砍下了后者的舌头并将其幽禁，菲罗墨拉将冤情织在布上传递给姐姐普洛克涅（Procne），王后设法救出了妹妹。后来，姐妹俩为报复忒柔斯，杀死了忒柔斯的儿子，并将他儿子的肉烹制给忒柔斯吃，得知真相后的忒柔斯举剑刺向姐妹俩，逃跑中的两姐妹分别变成了燕子和夜莺。而第二个故事讲的则是神王朱庇特爱上美少年加尼墨德，遂变成一只鹰，将其提到天上，让他成为众神宴会上斟酒的侍者。[①]两个故事，前者描述的是异性之间的爱，而后者的爱则发生在同性之间，二者都充满了暴力色彩。根据后文维吉尔的话，在梦境之外发生的事实，却是圣女卢齐亚抱起但丁，从炼狱的断崖下走到了炼狱之门：

> 索尔戴罗和其他的高贵灵魂都留下；她把你抱起来，天刚一亮，她就从那里向上走去，我在后面跟着她。
>
> Sordel rimase e l'altre genti forme;
>
> ella ti tolse e, come 'l dì fu chiaro,
>
> sen venne suso, e io per le sue orme.（*Purg.* 9.58—60）

在梦里与梦外，鹰抓住美少年的举动与卢齐亚的拯救之举彼此对应，二者的差别正是古代神话故事与基督教启示的差别。但脱去对古代诗歌的回忆，梦中鹰的意象也是《旧约》中救赎的象征，《出埃及记》《申命记》《以赛亚书》《以西结书》等文本都用上帝化作鹰接取义人的意象比喻恩典的降临，其中最重要的便是摩西的祖先雅各的故事：

> 耶和华遇见他在旷野荒凉野兽吼叫之地，就环绕他，看顾他，

---

① *Met.* 10.155—161。德林注意到，*Aen.* 5.252—255 与《忒拜战纪》1.548 也提到了这个故事，但只有在奥维德笔下这个故事才有强烈的爱欲色彩。见：Dante Alighieri, *The Divine Comedy of Dante Alighieri, Vol. 2: Purgatorio*, ed. and trans. Robert M. Durling, pp. 151-152.

保护他，如同保护眼中的瞳人。又如鹰搅动巢窝，在雏鹰以上两翅
扇展，接取雏鹰，背在两翼之上。（《申命记》32：10—11）[1]

但在炼狱山前，面对明显带有救赎意味的梦境，但丁却只能用来自古代
诗歌的典故加以描述。这意味着，在炼狱的旅程中，但丁还时时受到罪
的回忆干扰。炼狱之旅是一个罪与恩典在心灵中角逐的过程。

　　在炼狱的第二个梦中，但丁梦到了女妖塞壬（*Purg.* 19.17—24）。塞
壬的形象是一个女子，她的形象对应着《炼狱篇》第16歌中将自由意志
比作小女孩的譬喻。在那里，诗人但丁借伦巴第的马可之口说：

> 　　天真幼稚的灵魂来自它未存在以前就对它爱抚和观赏者的手中，
> 如同一个时而哭、时而笑的撒娇的小女孩一般，什么都不懂，只知
> 道它来自喜悦的造物主，自然而然地就喜爱使它快乐的事物。它先
> 尝到微小的幸福的滋味；在那里就受骗，如果没有向导或者马嚼子
> 扭转它的爱好，它就要追求那种幸福。

> Esce di mano a lui che la vagheggia
>
> prima che sia, a guisa di fanciulla
>
> che piangendo e ridendo pargoleggia,
>
> l'anima semplicetta, che sa nulla,
>
> salvo che, mossa da lieto fattore,
>
> volontier torna a ciò che la trastulla.
>
> Di picciol bene in pria sente sapore;
>
> quivi s'inganna, e dietro ad esso corre
>
> se guida o fren non torce suo amore.（*Purg.* 16.85—93）

在这两个段落中，少女形象都暗示因受到诱惑而走向邪路的爱。[2]幸运的
是，圣女卢齐亚再次出现在但丁的梦中，提醒维吉尔撕破塞壬的伪装。

　　炼狱山的最后一道关口是惩罚贪色者欲望的火墙。阿甘本（Giorgio
Agamben）注意到，但丁在这个时刻表现出的顽固非常罕见。这意味着，

---

① 相关文本还有《出埃及记》19：4、《以赛亚书》40：31、《以西结书》17：3。

② 关于第二个梦的详细分析，见：Robert Hollander, "The Women of *Purgatorio*: Dreams,
Voyages, Prophecies," in *Allegory in Dante's* Commedia, pp. 136-191.

作为原罪最初产物的爱情之罪是洗罪的关键，但却最难以克服。[①]但丁的固执来自对死亡的畏惧。提及爱情的火焰，他头脑中映现出了尸体的意象："我双手交叉着探身，去看那火，在想象中鲜明地浮现出先前看见过的被火烧的人体。"（*Purg.* 27.16—18）即将抵达炼狱山顶的但丁仍带着尘世肉身的回忆，仍然将象征爱情的火焰和肉身联系在一起。肉身的爱导致死亡，这正是此时此刻的但丁所畏惧的。维吉尔的第一次劝说否认了死的可能："这里会有痛苦，但不会有死。"（*Purg.* 27.21）此时的维吉尔正像埃涅阿斯游地府时的西比尔，要自己的弟子展现勇气和坚强的心（*Aen.* 6.261）。[②]然而，消除死的畏惧并不足以让但丁感动，推动他前行的仍然只能是爱。维吉尔终于说出了贝雅特丽齐的名字："我的儿子啊，现在你瞧，贝雅特丽齐和你之间就隔着这道墙了。"（*Purg.* 27.35—36）贝雅特丽齐之名的效用异常灵验：

> 正如皮剌摩斯（Pyramus）临死时，听到提斯柏（Thisbe）的名字，就张开眼皮看她，那时桑葚变成了红色，同样，我听到我心里经常涌出的那个名字时，我的顽梗态度从而软化，
>
> Come al nome di Tisbe aperse il ciglio
>
> Piramo in su la morte e riguardolla,
>
> allor che 'l gelso diventò vermiglio:
>
> così, la mia durezza fatta solla，（*Purg.* 27.37—40）

而后，但丁紧跟维吉尔走进了火墙。

在这段对话中，最引人注目的是面对火的态度，维吉尔看到的火与死无关[③]，而但丁在火面前却无处不看到"死"，先是"想象中鲜明地浮现出先前看见过的被火烧的人体"，后是回忆起《变形记》第 4 卷中皮剌摩斯和提斯柏的故事，而在这个故事波折繁复的情节中，但丁的用典又

---

① 阿甘本指出，但丁在此处表现出来的固执正说明"爱"是人在洗净罪孽前最后的悲剧，而维吉尔只能借助贝雅特丽齐之名将悲剧转化为喜剧。见：Giorgio Agamben, *The End of the Poem: Studies in Poetics*, trans. Daniel Heller-Roazen, Stanford: Stanford University Press, 1999, pp. 1-22.

② *Aen.* 6.261："现在是你拿出勇气，显示一颗坚强的心的时候了。"

③ 在维吉尔眼中，火或许意味着冥府中冶炼灵魂的工具，因为后文维吉尔说："如果你在火焰的中心待上整整一千年之久，也不会使你秃一根头发。"（*Purg.* 27.25—27）

偏偏选择了一个死亡的片段。[1]

　　从但丁穿过火墙后所见事物的顺序来看，维吉尔所说的话并不准确：第一，但丁在穿过火墙后，最先进入的是被始祖遗弃的伊甸园以及灵魂得以在其中洗去原罪记忆的勒特河；第二，在见到贝雅特丽齐之前，但丁先见的是酷似始祖夏娃的玛苔尔达[2]；第三，贝雅特丽齐面上蒙着只有在但丁洗去原罪后才能揭去的面纱。伊甸园、勒特河、夏娃般的少女等意象都指涉着原罪，也都指涉着与原罪相关的爱的无辜与爱的过错。而这些，恰恰是维吉尔无力去感知的。当但丁真的穿过火墙，来到伊甸园的入口时，维吉尔告诉他："不要再期待我说话、示意了。"（*Purg.* 27.139）自此之后直到维吉尔离去，这位罗马诗人甚至无法继续担任但丁的向导，只成了一个跟在但丁之后的沉默剪影。

　　在炼狱山的第三个梦与第一个梦彼此呼应。在梦中，但丁见到了雅各的两位新娘——利亚和拉结。

> 　　我想，那是在似乎总燃着爱情的火焰的基西拉（Cytherea）刚从东方照到这座山上的时辰，我恍惚梦见一位又年轻又美丽的女性在原野中边走边采花，她唱着歌，说："谁问我的名字，就让他知道我是利亚。我边走，边向周围挥动美丽的双手给自己编一个花环。我在这里装饰自己，为了在镜中顾影自喜；但我妹妹拉结却从不离开她的镜子，整天坐着。她爱看她自己的美丽的眼睛，如同我爱用手装饰自己一样。静观使她满足，行动使我满足。"

---

[1]　见 *Met.* 4.1–166。青年皮剌摩斯与邻家少女提斯柏相爱，但其爱情被父母禁止，二人相约在尼努斯（Ninus）墓前的大桑树下幽会。率先到来的提斯柏遇到刚吃完一头牛的狮子，她躲进土洞，慌忙中遗落外套。狮子看到外套，用带血的嘴将其扯烂后离去。皮剌摩斯到来，看到带血的外套，以为提斯柏被野兽吃掉，悔恨不及，拔剑自杀。而后，提斯柏返回，呼喊垂死的情人，皮剌摩斯睁开沉重的眼皮，看到爱人后死去，悲痛欲绝的提斯柏也自杀。但丁在这曲折的爱情故事中选择了一个垂死的情节。中世纪文艺复兴文学中，被皮剌摩斯的血染红果实的桑树经常被看作"基督之树"的象征。关于但丁对《变形记》中这段故事的运用，见：Winthrop Wetherbee, "Ovid and Vergil in *Purgatory*," in *The Ancient Flame: Dante and the Poets*, Notre Dame: University of Notre Dame Press, 2008, pp. 117-158.

[2]　霍金斯分析了玛苔尔达和夏娃的类似之处，见：Peter S. Hawkins, "Watching Matelda," in *Dante's Testaments: Essays in Scriptural Imagination*, Stanford: Stanford University Press, 1999, pp. 159-179.

Ne l'ora, credo, che de l'orïente

prima raggiò nel monte Citerea,

che di foco d'amor par sempre ardente,

giovane e bella in sogno mi parea

donna vedere andar per una landa

cogliendo fiori, e cantando dicea:

"Sappia qualunque il mio nome dimanda

ch'i' mi son Lia, e vo movendo intorno

le belle mani a farmi una ghirlanda.

Per piacermi a lo specchio qui m'addorno,

ma mia suora Rachel mai non si smaga

dal suo miraglio, e siede tutto giorno.

Ell'è d'i suoi belli occhi veder vaga

com' io de l'addornarmi con le mani:

lei lo vedere e me l'ovrare appaga."（*Purg.* 27.94—108）

基西拉是维纳斯出生之地，这一意象与《炼狱篇》开篇时出现在天空中的金星一样，都是爱的象征。①这预示着但丁在炼狱山顶将再次面临爱的考验。

依据《创世记》29：16—30 的记载，利亚和拉结都是拉班（Laban）的女儿，"利亚的眼睛没有神气，拉结却生得美貌俊秀。"雅各向拉班求娶拉结，为此他服侍了拉班七年。七年之后，拉班却将长女利亚嫁给了他。新婚之夜过后，当雅各询问拉班为何不履行约定时，拉班以长女未嫁不能先嫁小女为由为自己辩解，于是雅各又服侍拉班七年，才得以娶到拉结。

正如霍兰德分析过的，利亚和拉结的梦是对但丁炼狱山旅程的总结：但丁为了寻找贝雅特丽齐，走过了炼狱的七层山，就像雅各为了娶到拉结而为拉班工作了七年。同时，这个梦也预示着但丁在炼狱山顶的经历：他将先遇到一位采花的女郎玛苔尔达，之后才能与心爱的贝雅特

---

① *Purg.* 1.13—15："那颗引起爱情的美丽的行星使整个东方都在微笑，把尾随着它的双鱼星遮住。"

丽齐相会。[①]

应该指出的是，在中世纪，教会被比作基督的新娘，而利亚与拉结的故事也就被顺理成章地运用到教义解释中。在圣托马斯的《神学大全》中，利亚与拉结分别代表信徒的两种生活，利亚代表行动，拉结代表沉思。[②]《炼狱篇》第27歌关于利亚采花而拉结揽镜自照的描写显然有着圣托马斯神学的印记。采花象征着劳作，静观意味着沉思，而在炼狱山顶中，玛苔尔达与贝雅特丽齐也代表着不同意义的爱。[③]

二

梦醒之后，但丁来到了炼狱山顶古老的圣林：

> 缓慢的脚步已经把我带入这座古老的森林那样深，我都望不见我是从什么地方进来的了，
>
> Già m'avean trasportato i lenti passi
>
> dentro a la selva antica tanto ch'io
>
> non potea rivedere ond' io mi 'ntrassi, (*Purg.* 28.22—24)

这无意识进入圣林的过程令人回忆起《地狱篇》开篇的幽暗森林："我说不清我是怎样走进了这座森林的。"(*Inf.* 1.10)进入森林的过程同样不知不觉，但此时的圣林却"繁密、欣欣向荣"(spessa e viva)(*Purg.* 28.2)。如果说幽暗的森林代表的是被罪恶的意志败坏的自然，这一片圣林则分明让人想起初人犯罪前的美好心灵。

---

① 见：Robert Hollander, "The Women of *Purgatorio*: Dreams, Voyages, Prophecies," in *Allegory in Dante's* Commedia, pp. 136-191. 霍兰德还指出，但丁在炼狱中的三个梦，至少有两个与雅各的故事有关。

② St. Thomas Aquinas, *Summa Theologica*, II.ii.Q.179.1—2.

③ 应该指出的是，用圣托马斯的神学来解释玛苔尔达和贝雅特丽齐，忽略了玛苔尔达不劳作的一面和贝雅特丽齐劳作的一面："她（玛苔尔达）亭亭玉立在河的对岸上微笑着，用手编她采来的这高地上无种子而生的各种颜色的花。"(*Purg.* 28.67—69)这表现了玛苔尔达的悠闲。而在《炼狱篇》第30歌中，贝雅特丽齐斥责但丁时说："在他的新生中蕴藏着那样的潜力，使得他的一切良好的志趣一经化为行动，就会产生非凡的成果。但是播下不良的种子、不进行耕作的田地，土壤肥力越大，就会变得越坏、越荒芜。"(*Purg.* 30.115—119)这一段则表明，贝雅特丽齐的教诲和救赎也是"劳作"。

圣林中，一条清澈见底的小河挡住了但丁的去路。根据后边的文字，这条河正是《埃涅阿斯纪》乐土中的勒特河，其作用是"消除人罪行的记忆"（*Purg.* 28.128）。在但丁向河对岸眺望时，看到在鲜花铺成的路上，有一位"一面唱着歌采集一朵一朵的花儿"的淑女在独自行走（*Purg.* 28.40–42）。伊甸园郁郁葱葱的密林、清澈的小河、少女采花的悠闲不难令人想起初人堕落前的场景，而淑女也令人想起夏娃在伊甸园中的日子。

孤身女子勾起的是但丁尘世之爱的回忆，他通过女子的面孔推定其"在感受爱的光辉的温暖"。

> 我对她说："啊，美丽的淑女，如果我可以相信通常是内心的明
> 证的面容，你在感受爱的光辉的温暖，恳请你劳步向前走得离这条
> 小河那样近，使我能听懂你唱的什么。"
>
> "Deh, bella donna che a' raggi d'amore
>
> ti scaldi, s'i' vo' credere a' sembianti,
>
> che soglion esser testimon del core,
>
> vegnati in voglia di trarreti avanti,"
>
> diss' io a lei, "verso questa rivera
>
> tanto ch'io possa intender che tu canti."（*Purg.* 28.43–48）

评注者们指出，这一段落的引文源自"温柔新体派"诗人卡瓦尔坎蒂（Guido Cavalcanti）的一首世俗爱情诗歌《在一片小树林里我遇到一位牧羊女》（"In un boschetto trova' pastorella"）。该诗歌以男子的口吻叙述了自己的艳遇：他在树林中遇到一位美貌的牧羊女，独自唱着恋歌（v.7）穿过树林（v.12），当男子向她寻欢时（vv.17–18），她将他引入树林深处，在那里，她慷慨地让男子快意销魂，让男子"仿佛看到了爱神"（v.26）。① 这

---

① 诗歌原文见：Marc A. Cirigliano, trans., *Guido Cavalcanti: The Complete Poems*,
New York: Italica Press, 1992, p. 120. 亦见：Dante Alighieri, *The Divine Comedy of
Dante Alighieri, Vol. 2: Purgatorio*, ed. and trans. Robert M. Durling, p. 588. 关于
这首诗在《炼狱篇》语境中的作用，见：Teodolinda Barolini, "Fathers and Sons:
Guinizzelli and Cavalcante," in *Dante's Poets: Textuality and Truth in the Comedy*,
Princeton: Princeton University Press, 1984, pp. 123-152.

首充满色情意味的诗歌揭示出，但丁的意志虽然"自由、正直、健全"（dritto e sano è tuo arbitrio）（*Purg.* 27.140），却仍然易被诱惑，亚当和夏娃曾经面对的危险仍然威胁着但丁。

　　填补但丁爱情想象的不仅有同时代诗人的诗句，还有《变形记》第5卷中记述的冥王劫掠普洛塞皮娜的故事。

> "你令我想起普洛塞皮娜当母亲失去她、她失去春天时，她在
> 什么样的地方，是什么样的容貌。"
>
> "Tu mi fai rimembrar dove e qual era
> Proserpina nel tempo che perdette
> la madre lei, ed ella primavera."（*Purg.* 28.49—51）

正如霍金斯所指出的，《变形记》文本中故事发生的场景与此处的情景极为相似：

> "距恒纳（Henna）城墙不远，有一处深邃的湖泊，
> 叫珀尔古斯（Pergus），轻快奔流的卡伊斯特（Cayster）河
> 都不曾听到比这里更多的天鹅歌声。
> 湖的每一边都延伸着花环般的森林，
> 树叶密如帷帐，遮住了灼人的阳光。
> 枝条洒清凉，湿润的地面紫花盛放，
> 这里春日永驻。普洛塞皮娜正游乐，
> 在林间采撷紫罗兰或素洁的百合，
> 带着少女的热切，盈满胸怀和竹篮，
> 力争花朵的数量超过自己的同伴——
> 迪斯却看见、爱上、抢走她，全在瞬间。"
>
> "Haud procul Hennaeis lacus est a moenibus altae,
> nomine Pergus, aquae: non illo plura Caystros
> carmina cycnorum labentibus audit in undis.
> silva coronat aquas cingens latus omne suisque
> frondibus ut velo Phoebeos submovet ictus;
> frigora dant rami, Tyrios humus umida flores:

> perpetuum ver est. quo dum Proserpina luco
>
> ludit et aut violas aut candida lilia carpit,
>
> dumque puellari studio calathosque sinumque
>
> inplet et aequales certat superare legendo,
>
> paene simul visa est dilectaque raptaque Diti:" (*Met.* 5.385—395)

山岗上的丛林、清澈的池水、林中游戏和采花的少女,好一派堕落前的美好景象!而此处少女与普洛塞皮娜相似的采花行为暗示着,她恰恰处于被劫掠前的时刻[①]——那是进入死亡之前的时刻,也是夏娃堕落前的时刻。然而少女的反应既不像卡瓦尔坎蒂笔下牧羊女般轻浮,也不像奥维德笔下的冥后惊恐万分。[②]

> 正如淑女跳舞转身时,脚掌贴地,互相靠拢,几乎不把一只脚放在另一只前面移动,她就那样转身在红的和黄的小花上向我走来,犹如一位含羞垂下眼睛的处女:
>
> Come si volge, con le piante strette
>
> a terra e intra sé, donna che balli,
>
> e piede innanzi piede a pena mette:
>
> volsesi in su i vermigli e in su i gialli
>
> fioretti verso me, non altrimenti
>
> che vergine che li occhi onesti awalli, (*Purg.* 28.52—57)

在《地狱篇》第 1 歌中,但丁曾以左脚在后的姿态妄图攀登上帝之山,其寓意为意志的败坏[③],此时淑女双足并行的样子则让人想起初人尚未堕落的灵魂内在的和谐。淑女走到河边,向但丁抬起眼睛,这片刻的凝视又让但丁想起《变形记》中维纳斯与阿多尼斯的爱情故事。

> 我不信维纳斯被她儿子完全违反他的习惯刺伤时,她的眼睑下曾发出这样明亮的光芒。

---

① Peter S. Hawkins, "Watching Matelda," in *Dante's Testaments: Essays in Scriptural Imagination*, pp. 159-179。

② *Met.* 5.396—398:"女神被吓瘫 / 悲戚的嘴唇呼唤母亲和同伴,但更多 / 是叫母亲。"

③ 见本书绪论分析。

Non credo che splendesse tanto lume

sotto le ciglia a Venere, trafitta

dal figlio fuor di tutto suo costume.（*Purg.* 28.64-66）

与普洛塞皮娜被劫掠的故事一样，这个故事也暗示着死亡。①

但丁接着说，淑女边歌唱边采集的花朵是"无种子而生的"（*Purg.* 28.69）。这一细节让读者确定，这片山顶的乐园就是伊甸园。伊甸园中的树和世上的树不同，伊甸园中的树生长不靠撒种，而地上的树却必须有种子才能生长，就像堕落后的人，只有承受怀孕和生育的痛苦才能延续生命；伊甸园中的始祖没有原罪也无所谓赎罪，但地上的人虽有原罪（败坏的种子），却能靠自由意志的努力进入天国。因此，原初的伊甸园并不是人的理想，人要做的并不是"回归"，而是走向"未来"；亚当之城固然美好，但却会失落（正如《炼狱篇》末尾的《圣经》式游行再现的那样），值得期待的只能是未来的"基督之城"。对淑女的渴望令但丁遗憾自己无法跨越勒特河。

> 然而薛西斯（Xerxes）渡过的赫勒斯滂（Hellespont）海峡——至今还是约束世人一切狂妄行动的缰绳——由于在塞斯托斯（Sestos）和阿比多斯（Abydos）之间波涛汹涌而受到莱安德（Leander）的憎恨，都不比这河水由于当时不分开而受到我的憎恨更深切。

ma Elesponto—là 've passò Serse,

ancora freno a tutti orgogli umani—

più odio da Leandro non sofferse

per mareggiare intra Sesto e Abido,

che quel da me perch' allor non s'aperse.（*Purg.* 28.71-75）

这里，关于河流的两个譬喻分别来自奥罗修斯（Paulus Orosius）的《反异教徒历史》（*Historiae Adversum Paganos*）与奥维德的《女杰书简》（*Heroides*）。薛西斯曾率领波斯大军穿越赫勒斯滂海峡攻打希腊，却在萨拉米斯（Salamis）湾战役中惨败，只能重新渡过同一个海峡逃回

---

① 见本书第一章第二节分析。

波斯。①阿比多斯城的美少年莱安德与塞斯托斯城的维纳斯神庙女祭司赫萝（Hero）相爱，为了幽会每夜游过赫勒斯滂海峡，却在暴风雨之夜溺死在波涛汹涌的河水中，伤心的赫萝也跳海身亡。莱安德曾告知赫萝，不能在暴风雨之夜游过海峡，而赫萝则在欲火中烧中用虚假的祈祷引诱莱安德："你根本不必害怕，维纳斯支持你的冒险……她会抚平海面。"（*Heroides* XIX. 159−160）②薛西斯和莱安德经受到的诱惑恰恰也是此时但丁感受到的。两个故事也和普洛塞皮娜、阿多尼斯的神话一样，都隐藏着明显的死亡意味，它们提醒着读者，尘世之爱永远笼罩在死亡的阴影中。③

然而当淑女开口说话时，但丁却发现她既非卡瓦尔坎蒂笔下诱惑男子的牧羊女，也非面对爱欲惊慌挣脱的普洛塞皮娜；她心中充满了爱，但却不是维纳斯式或赫萝式的情欲，无论是但丁的古代想象，还是其"现代"的色情想象，都没有准确地把握住淑女的真实面孔。

> 她开始说："你们是新来的，或许因为我在这被选定作人类的窠巢的地方微笑，你们感到惊奇，怀着一些疑问。但是诗篇《你叫我高兴》发出的光会驱散你们心中的疑云。这位在前头的、曾祈求我的人，如果你还想听我讲什么别的，那你就说吧；因为我来是准备回答你每个问题的，直到你完全满意为止。"

> "Voi siete nuovi, e forse perch' io rido,"
> cominciò ella, "in questo luogo eletto
> a l'umana natura per suo nido,
> maravigliando tienvi alcun sospetto;
> ma luce rende il salmo *Delectasti*,
> che puote disnebbiar vostro intelletto.
> E tu che se' dinanzi e mi pregasti,

---

① 关于这个故事的解释，笔者参考的是：Dante Alighieri, *The Divine Comedy of Dante Alighieri, Vol. 2: Purgatorio*, ed. and trans. Robert M. Durling, pp. 486-487.

② 此处所引用中文翻译见：奥维德，《女杰书简·女人面妆》，李永毅译，北京：中国青年出版社，2021，第 203 页。

③ 霍金斯曾分析过后一个爱情故事中的私欲，见：Peter S. Hawkins, "Watching Matelda," in *Dante's Testaments: Essays in Scriptural Imagination*, pp. 159-179.

dì s'altro vuoli udir, ch'i' venni presta

ad ogne tua question tanto che basti." (*Purg.* 28.76−84)

淑女提到的"你叫我高兴"是《诗篇》中的一段文字：

> 因你耶和华借着你的作为叫我高兴，我要因你手的工作欢呼。
> 耶和华啊，你的工作何其大，你的心思极其深！畜类人不晓得，愚
> 顽人也不明白。恶人茂盛如草，一切作孽之人发旺的时候，正是他
> 们要灭亡，直到永远。……义人要发旺如棕树，生长如利巴嫩的香
> 柏树。他们栽于耶和华的殿中，发旺在我们神的院里。他们年老的
> 时候仍要结果子，要满了汁浆而常发青，好显明耶和华是正直的。
> 他是我的磐石，在他毫无不义。(《诗篇》92：4−15)

在这段文字中，人被比作天国花园中的树，上帝则扮演着园丁的角
色，树林的意象、上帝劳作的意象都和炼狱山顶的景象拥有情境上的
密切关联。在这片山顶乐园中，引路淑女采花的举动正让人想到上帝
的工作。

　　但丁看到的女子叫玛苔尔达（*Purg.* 33.119），在《炼狱篇》中，作
为贝雅特丽齐的先行者，她的身上无疑具有《新生》第 24 节中"春姑
娘"——乔万娜的影子。[①]在但丁自己的文本以外，关于她的历史原型，
解释史上曾出现过许多意见。一种意见认为，玛苔尔达是纯粹虚构的人
物，没有相关的历史对应者。[②]然而《神曲》中出现的角色要么是神话
人物，要么就是历史上实实在在出现过的人，纯粹虚构的人物几乎不存
在。事实上，《神曲》不像《玫瑰传奇》（*Le Roman de la Rose*）等其他
中世纪文学那样习惯将抽象概念也写成人物，相反，但丁诗歌中的人物
均有历史的（或字面的）及象征的（或道德的）双重意义。[③]因此，玛
苔尔达应该有其历史原型。另一种意见认为，玛苔尔达是某个与贝雅特
丽齐相识或有关的女子，而且，可能就是《新生》第 5−7 章中出现的"屏

---

① 见本书绪论分析。

② 见：Edward Moore, "Symbolism and Prophecy in *Purg.* xxviii−xxxiii: Part I. The
Apocalyptic Vision," in *Studies in Dante,* vol. 3, pp. 210-216.

③ 关于《神曲》的多重意义，见 *Epist.* XIII.21。

障女子"：但丁为了掩饰自己对贝雅特丽齐的爱，曾故意表现出对贝雅特丽齐这位女伴的注意。但这些女伴要么与《炼狱篇》中的角色缺乏相似性，要么过于生僻，不引人注意，因此，很难相信这样的女郎有足够的理由成为但丁笔下的重要角色。

穆尔（Edward Moore）在一个世纪以前考察了有关玛苔尔达历史真实性的解释史，并根据玛苔尔达在《神曲》结构中的位置以及在但丁精神旅程中所起的作用对解释史上的种种意见进行了剖析。他援引斯卡塔奇尼（Scartazini）等学者的研究，将玛苔尔达在《神曲》中的地位进行了以下归纳：第一，玛苔尔达是"地上乐园"的看守人，与炼狱守门人加图遥遥相对；第二，她的职责是为即将登上天国的人在欧诺尔（Eunoè）河中施洗；第三，她是唯一一位地上天国中的永久居住者；第四，作为但丁在炼狱山的最后一个梦中梦到的利亚的对应人物，玛苔尔达象征着行动的生活，与其相对的，是随后即将从天国降临的贝雅特丽齐，她所代表的是沉思的生活（*Purg.* 27.94-108）。按照圣托马斯经院哲学式的解释，行动低于沉思，因此，玛苔尔达的地位也低于贝雅特丽齐，她只能作为先行者为后者的到来做准备。①

---

① 参见 St. Thomas Aquinas, *Summa Theologica*, II.ii.179.1-2; 亦参见 *Conv.* 4.17.9-12。穆尔延续传统解释的看法，认为但丁在炼狱山上所做的第三个梦中出现的两个女子利亚和拉结，分别对应地上天国中的玛苔尔达和贝雅特丽齐，理由是但丁梦中的利亚和玛苔尔达都在采集鲜花，而《神曲》中至少有两次提到，拉结和贝雅特丽齐在天国中的位置相邻（*Inf.* 2.102; *Par.* 32.8）。穆尔也曾考虑拉斯金（Ruskin）提出的不同理解。后者认为，但丁梦中的利亚采花是为了打扮自己，其感受到的快乐来自对自己劳作的欣赏；拉结静观的是自己的镜中影像，其快乐也来自对自己形象的自赏。二者无论是行动还是沉思都缺乏来自上帝的荣耀，而在地上乐园中，玛苔尔达却歌颂上帝的劳作，在此后的天国花园中，贝雅特丽齐则目不转睛地凝视着上帝。对于拉斯金的质疑，穆尔用精神之旅的不同阶段来进行回应，在天国花园中，贝雅特丽齐作为但丁向导的责任已经由圣伯纳德（St. Bernard）取代，所以他认为，在《神曲》曾起过向导作用的角色中，维吉尔与贝雅特丽齐形成对照，而玛苔尔达则和圣伯纳德形成对照：维吉尔代表的是没有上帝恩典帮助的理性，贝雅特丽齐代表的是来自上帝的启示。而暂时出现的玛苔尔达和圣伯纳德则分别代表不同类型的行动与沉思。笔者认为，拉斯金指出的问题固然存在，即但丁的梦境与地上乐园的现实存在着差距，但这只能说明，睡梦中的但丁凡人的心灵由于尚不能完全理解恩典而带了世俗意味，却不能以此否认利亚与玛苔尔达、拉结与贝雅特丽齐的相似。因此，穆尔做出的回应是合理的。

穆尔根据玛苔尔达的上述作用指出，其原型是托斯卡纳（Toscana）的同名女伯爵，是教皇格里高利七世（Gregory VII）的积极拥戴者。为了支持自己的看法，穆尔指出：第一，古代《神曲》注释者都认为玛苔尔达所指为此人。第二，由于玛苔尔达的位置和加图的炼狱看守者身份遥相呼应，因此，她也应该是一位历史上知名且生卒年代早于但丁的前辈。在罗马历史上，加图曾反对称帝的恺撒，而玛苔尔达支持教皇的行动也意味着与世俗君主作对。因此，将玛苔尔达的原型定位为托斯卡纳女伯爵，印证了《神曲》角色的对应。第三，这位托斯卡纳的玛苔尔达毕生维护教皇的辛勤行动，足以令她胜任"地上乐园"中的劳作者形象。[1]

笔者认为，除去历史的考证[2]，"地上乐园"与"君主之谷"彼此对应的情境也支持了穆尔的论断：这两个处所都是辛苦旅程过后的栖息之地，都有着美丽绿草、鲜花、山坡，因此，玛苔尔达就是"君主之谷"中的众君主的灵魂在"地上乐园"中的对应者。正如众君主在黄昏时分唱起"Te lucis ante"（《在日没以前》）来忏悔生前的世俗罪过一样，玛苔尔达也通过唱诵《诗篇》纠正了但丁的情欲想象。既然众君主生前是拥有信仰的贵族，则同样可以推测，玛苔尔达在历史上也有着相应的政治身份和信仰，因此，将其原型定位为托斯卡纳女伯爵似乎更为合理。

----

① 见：Edward Moore, "Symbolism and Prophecy in *Purg.* xxviii—xxxiii: Part I. The Apocalyptic Vision," in *Studies in Dante,* vol. 3, pp. 178-220. 与此处密切相关的内容见第 203 页。穆尔同时也指出，玛苔尔达对教会的奉献给教会带来的灾难并不亚于"君士坦丁（Constantinus I Magnus）的献礼"。关于"君士坦丁的献礼"，见 *Mon.* 3.10。《帝制论》第 3 卷很大一大部分文字都在谴责世俗权力臣服于教皇权力的做法。

② 当代学者的研究并未找到比托斯卡纳的玛苔尔达更适合的历史对应者，但柯卡姆（Victoria Kirkham）指出，托斯卡纳的玛苔尔达的母亲也叫贝雅特丽齐，与但丁的爱人重名，但丁完全可能借用重名来构建出贝雅特丽齐与玛苔尔达的关系。见：Victoria Kirkham, "Watching Matelda," in *Lectura Dantis:* Purgatorio, *a Canto by Canto Commentary*, pp. 311-328. 柯卡姆还讨论了哈克伯恩的麦克蒂尔德（Mechtild of Hackeborn）的可能性。他特别指出，该女子曾记述，在一个异象中，她看到自己在一座山上待了四十个昼夜，该山有七层，有七座喷泉，第一座喷泉是谦卑之泉，泉水为灵魂洗去傲慢之罪，其他的几座泉分别为灵魂洗去怒火、嫉妒、不忠、贪婪、肉欲和懒惰。但柯卡姆自己也认为，这个解释与《炼狱篇》中的玛苔尔达仍难建立具有说服力的联系。

在"君主之谷"的夜晚，众君主用自己的歌声拉开了"天使驱蛇"戏剧的序幕；在"地上乐园"中，玛苔尔达也用《诗篇》32：1"得遮盖其罪的，这人是有福的"（Beati quorum tecta sunt peccata）（*Purg.* 29.3）引出了一场"《圣经》式游行"：在一队象征着《圣经》各卷书的长老引领下，一辆由格利丰（gryphon）驾驶的凯旋车在代表众美德的仙女簇拥下驶来，而后，贝雅特丽齐从天而降，凯旋车则通过一系列变异为但丁演绎了基督降生以来的世界历史。[①]

但丁的古代回忆和玛苔尔达的《圣经》式颂歌之间，隔着一条勒特河。河那边是堕落之前的世界——伊甸园，其与勒特河此岸的差别恰恰就是炼狱山顶上但丁带有色情和死亡意味的爱情想象与玛苔尔达爱的劳作之间的区别。此时此刻，亚当和夏娃已经被耶稣提到天国，此处但丁和玛苔尔达就是新的亚当和夏娃。玛苔尔达在看守上帝的园子，正如《创世记》2：15 所说："耶和华神将那人安置在伊甸园，使他修理看守。"

勒特河的作用是洗去一切记忆。在维吉尔笔下，这遗忘针对的是灵魂受困于肮脏肉身的痛苦，"心灵就像幽禁在暗无天日的牢房里，看不到晴空"（*Aen.* 6.734）。正因为这种遗忘，死后的灵魂在经历了千般锤炼之后，才会"把过去的一切完全忘却，开始愿意重新回到肉身里去"（*Aen.* 6.750—751）。这蒙昧的轮回给埃涅阿斯的哀叹——"为什么这些鬼魂这样热烈地追求着天光呢？这是多么愚蠢啊"（*Aen.* 6.721）——做了最佳注脚。在但丁笔下，勒特河的作用是洗去灵魂记忆中的罪。通过这微小的改变，但丁将维吉尔笔下灵魂无奈的轮回改成了灵魂的新生。维吉尔的冥府中没有欧诺尔河[②]，此河是但丁的诗学创造，其作用是使人恢复关于一切善行的记忆。从河水的功能中依稀可以看到《神曲》背后的新柏拉图主义因素——根据普罗提诺（Plotinus）的看法，万物的来源都是神

---

① 关于凯旋车变形的寓意，见：Peter Armour, "To the End of the World," in *Dante's Griffin and the History of the World: A Study of the Earthly Paradise* (Purgatorio, *Cantos xxix-xxxiii*), Oxford & New York: Oxford University Press, 1989, pp. 215-283.

② 见：Michael C. J. Putnam, "Virgil's Inferno," in *The Poetry of Allusion: Virgil and Ovid in Dante's* Commedia, ed. Rachel Jacoff and Jeffrey T. Schnapp, Stanford: Stanford University Press, 1991, pp. 94-112.

或太一，万物秩序的形成是"太一"——流溢的结果，存在等级越高的事物灵性越高，而存在链的底层是纯粹的质料，灵魂的起源在天上，当其与质料或肉身结合时，就被肉身的污秽玷污，忘记自己高贵的起源。[1]只有迫使灵魂转向才能恢复其对于神圣本原的记忆。

在向但丁解释过炼狱山顶的河流后，玛苔尔达特意告诉但丁：

> "那些歌颂黄金时代及其幸福状况的古代诗人，或许曾在帕尔纳索斯山（Parnassus）梦见这个地方。在这里，人类的始祖曾是天真无邪的；在这里，四季常春，什么果实都有；这河水就是他们每人所说的仙露。"

> "Quelli ch'anticamente poetaro
>
> l'età de l'oro e suo stato felice,
>
> forse in Parnaso esto loco sognaro.
>
> Qui fu innocente l'umana radice;
>
> qui primavera sempre e ogne frutto;
>
> nettare è questo di che ciascun dice."（*Purg.* 28.139—144）

玛苔尔达的话是向但丁确认，此地就是伊甸园，但她同时也指出了伊甸园与古代诗人描绘的黄金时代之间可能的关联[2]——除了奥维德在《变形记》第 1 卷中描写的黄金时代，还有维吉尔在《第四牧歌》中描绘的图景：

> 库迈之歌的最后岁月已经来临，
>
> 世纪的大循环已重启。
>
> 现在那处女回归，萨图尔努斯的统治也重临；
>
> 一代新的后裔从高高的天上降临。
>
> Ultima Cumaei venit iam carminis aetas;

---

[1] 关于上述新柏拉图主义思想，见普罗提诺《九章集》（*Ennead*）3.3—4, 4.8, 6.8—9。参见：普罗提诺，《九章集》（上下），石敏敏译，北京：中国社会科学出版社，2009。

[2] 玛苔尔达并未认为伊甸园和黄金时代能够完全等同，她用的词是"或许"（forse）。见：Peter S. Hawkins, "Watching Matelda," in *Dante's Testaments: Essays in Scriptural Imagination*, pp. 159-179.

> magnus ab integro saeclorum nascitur ordo.
>
> iam redit et Virgo, redeunt Saturnia regna,
>
> iam nova progenies caelo demittitur alto.（*Ecologa IV* 4—7）[1]

正是因为听到了有关《第四牧歌》的消息，但丁想到了维吉尔：

> 　　于是，我完全转过身去面向那两位诗人，看到他们听了这最后的
> 一些话脸上带着笑容；随后，我又转过脸来面对这位美丽的淑女。
>
> 　　Io mi rivolsi 'n dietro allora tutto
>
> a' miei poeti, e vidi che con riso
>
> udito avëan l'ultimo costrutto;
>
> poi a la bella donna torna' il viso.（*Purg*. 28.145—148）

在这一段落中，最值得瞩目的是诗人之间的相对位置，但丁回望的两位诗人是维吉尔和斯塔提乌斯。前者生活在奥古斯都时代，是异教时代的异教诗人；后者生活在公元一世纪，根据《炼狱篇》第 22 歌，他在基督教尚未被罗马帝国认可时偷偷皈依了基督教[2]，因此，是异教时代的基督教诗人。在贯穿地狱和炼狱的精神旅途中，维吉尔一直走在但丁身前引路，直到《炼狱篇》第 22 歌斯塔提乌斯加入但丁的旅程时，三人的行走位置是这样的：

> 　　我继续向前走，比走别的通道时脚步轻快，因而跟随两位捷足
> 的幽魂攀登毫不吃力，
>
> 　　E io più lieve che per l'altre foci
>
> m'andava, sì che sanz' alcun labore
>
> seguiva in sù li spiriti veloci,（*Purg*. 22.7—9）

> 　　他们在前面走，我独自在后面走，听他们的谈论，使我在诗艺

---

① 中世纪时，这首诗被看作基督诞生的预言，维吉尔也因这首诗而被看作异教时代先知。或许正是这个原因，但丁才让他走进炼狱。该诗中文为笔者自译，原文见：Dante Alighieri, *The Divine Comedy of Dante Alighieri, Vol. 2: Purgatorio*, ed. and trans. Robert M. Durling, p. 584.

② *Purg*. 22.88—93："在我尚未写诗叙述希腊人抵达忒拜的河边以前，我就领受了洗礼；但我由于害怕而是秘密的基督教徒，长久假装信奉异教；这种怠惰使我绕着第四层转了四个多世纪之久。"

方面得到了教益。

> Elli givan dinanzi, e io soletto
>
> di retro, e ascoltava i lor sermoni,
>
> ch'a poetar mi davano intelletto.（*Purg.* 22.127−129）

将伊甸园中的情景与这两个段落进行对比便可以发现，但丁，这位基督教时代的基督教诗人，已经在不知不觉中超越了两位古代诗人，走在了最前边。①

第三节　悲喜之交

在伊甸园里，一道闪电过后，一支象征着《圣经》各卷的长老队列追随着七座烛台向但丁走来，当队伍走到但丁对面时，雷声响起，游行队伍停止了前行，随后但丁便听到了长老们对贝雅特丽齐重临的欢呼：

> 正如一听到最后的召唤，圣徒们将立即从各自的墓穴中站起来，用刚才恢复的声音唱哈利路亚，同样，一听到这样一位高贵的老人的声音，一百位永恒生命的使者和信使就从那辆神圣的车上飞起来。他们都说："来者是应当称颂的！"一面向上、向周围散花，一面说："**让我把满把的百合花撒出去吧！**"②

> Quali i beati al novissimo bando
>
> surgeran presti ognun di sua caverna,
>
> la revestitavoce alleluiando:
>
> cotali in su la divina basterna
>
> si levar cento, *ad vocem tanti senis*,
>
> ministri e messaggier di vita etterna.
>
> Tutti dicean: "*Benedictus qui venis!*"
>
> e, fior gittando e di sopra e dintorno,

---

① 关于炼狱中三位诗人位置变化的寓意，见：Janet Levarie Smarr, "Greeting Statius," Christopher Kleinhenz, "Virgil and Statius Discourse," in *Lectura Dantis:* Purgatorio, *a Canto by Canto Commentary*, pp. 222-235, 236-251.

② 粗体部分田译保留了拉丁文，笔者根据其中典故将中文写出。

"Manibus, oh, date lilïa plenis!"（*Purg.* 30.13–21）

在长老们的唱诵的词句中，第一句"来者是应当称颂的"出自《马太福音》21：9，其描述的是耶稣在殉难前进耶路撒冷时，随行的人对他的欢迎之词："奉主命来的，是应当称颂的。"而后一句"让我把满把的百合花撒出去吧"，则出自《埃涅阿斯纪》第 6 卷末尾安奇塞斯对早逝的小玛尔凯鲁斯的哀悼（*Aen.* 6.882–886）。[①]在此处，基督来临的欢呼与《埃涅阿斯纪》中对早逝英雄的悼念并置在一起，让人想起牺牲和殉难，但前一句颂词却将后者面对噩运的无奈悲伤转化成了信仰的喜悦。

《埃涅阿斯纪》第 6 卷的"冥府之行"中也记述了埃涅阿斯与狄多这对昔日恋人的重逢：

> 在她们中间有腓尼基（Phoenicia）的狄多，她正在广阔的树林
> 中徘徊，还怀着不久前的创伤；当特洛伊的英雄埃涅阿斯站到她身
> 边的时候，在阴影中他立刻认出是狄多，宛如一个人隐隐约约看到
> 每月月初**云层中的新月**，但似乎又没有看到，

> inter quas Phoenissa recens a vulnere Dido
> errabat silva in magna; quam Troius heros
> ut primum iuxta stetit agnovitque per umbras
> obscuram, qualem primo qui surgere mense
> aut videt aut vidisse putat **per nubila lunam**,（*Aen.* 6.450–454）

在这个段落中，狄多的形象被比喻为"月亮"——月亮永远经历着阴晴圆缺的变化，就像狄多心中涌动的愤恨与激情，也像不测的命运，给凡人带来灾难与死亡——狄多正是在激情和悔恨的折磨下自杀身亡的。

而在但丁笔下，重临的贝雅特丽齐却被比喻为太阳。

> 从前我曾看到，清晨时分，东方的天空完全是玫瑰色，天空其
> 余的部分呈现一片明丽的蔚蓝色；**太阳面上蒙着一层薄雾升起**，光
> 芒变得柔和，眼睛得以凝望它许久，同样，天使们手里向上散的花
> 纷纷落到车里和车外，形成了一片彩云，彩云中一位圣女出现在我

---

① 见本书第一章第一节分析。

面前，带着橄榄叶花冠，蒙着白面纱，披着绿斗篷，里面穿着烈火般的红色的长袍。

> Io vidi già nel cominciar del giorno
>
> la parte orïental tutta rosata
>
> e l'altro ciel di bel sereno addorno,
>
> **e la faccia del sol nascere ombrata**,
>
> sì che per temperanza di vapori
>
> l'occhio la sostenea lunga fïata:
>
> così, dentro una nuvola di fiori
>
> che da le mani angeliche saliva
>
> e ricadeva in giù dentro e di fòri,
>
> sovra candido vel cinta d'uliva
>
> donna m'apparve, sotto verde manto
>
> vestita di color di fiamma viva.（*Purg*. 30.22－33）

在这段面貌描写中，白色的面纱、绿色的斗篷、烈火般的红色长袍分别象征着信、望、爱三德；"太阳面上蒙着一层薄雾升起"所指的是贝雅特丽齐蒙着白面纱出现。相对于月亮的阴晴不定，太阳光明、温暖而恒定，在基督教信仰中，那正是基督的写照。[1]太阳的比喻和贝雅特丽齐服饰的颜色一起，在昔日的爱人与基督重临之间建构起了意象上的关联。[2]

昔日恋人的重临勾起了但丁的回忆：

我的心已经这么久没在她面前敬畏得发抖，不能支持了，现在眼睛没认清楚她的容颜，通过来自她的神秘力量，**就感觉到旧时爱**

---

① 辛格尔顿（Charles S. Singleton）指出，贝雅特丽齐此处的重临意味着基督的二次降临，其神学传统可以追溯到圣伯纳德。见：Charles S. Singleton, *Journey to Beatrice*, Cambridge, MA: Harvard University Press, 1958, pp. 72-85.

② 贝雅特丽齐的形象是一位新娘，这体现了但丁对"爱"的强调。在整个伊甸园神秘游行队列中，还有别的细节体现了这种对"爱"的强调：首先，但丁用游行队伍中佩戴玫瑰花的老人替代了《启示录》中带百合花冠的老人；其次，凯旋车左侧代表"爱"的仙女在三圣德中占据领导位置，此处可参照《启示录》21：2中新娘的形象："我又看见圣城新耶路撒冷由神那里从天而降，预备好了，就如新妇装饰整齐，等候丈夫。"

情的强大作用。

> E lo spirito mio, che già cotanto
> tempo era stato ch'a la sua presenza
> non era di stupor tremando affranto,
> sanza de li occhi aver più conoscenza,
> per occulta virtù che da lei mosse
> **d'antico amor sentì la gran potenza**.（*Purg*. 30.34—39）

"旧时爱情的强大作用"所指的是《新生》中记述的但丁童年回忆，当时，年方九岁的但丁与八岁的贝雅特丽齐一见钟情。[①]然而第 30 歌接下来的文字却将读者直接带回到《埃涅阿斯纪》第 4 卷中狄多的爱情表白，短短的 6 个诗行将自我的回忆与古典史诗中最具感伤力的片段连结在一起。

> 我就像小孩害怕或者感到为难时，怀着焦急期待的心情向妈妈跑去似的，转身向左，对维吉尔说："我浑身没有一滴血不颤抖：**我知道这是旧时的火焰的征象**！"
>
> volsimi a la sinistra col respitto
> col quale il fantolin corre a la mamma
> quando ha paura o quando elli è afflitto,
> per dicere a Virgilio: "Men che dramma
> di sangue m'è rimaso che non tremi:
> **conosco i segni de l'antica fiamma!**"（*Purg*. 30.43—48）

"我知道这是旧时的火焰的征象"的典故来自《埃涅阿斯纪》第 4 卷，狄多爱上埃涅阿斯，对妹妹安娜（Anna）说：

> 安娜，我坦白对你说，自从我可怜的丈夫希凯斯遭难，自从我的哥哥血溅了我的家园，只有他一个人（埃涅阿斯）触动了我的心思，使我神魂游移，**我认出了旧日火焰的痕迹**。
>
> Anna (fatebor enim) miseri post fata Sychaei
> coniugis et sparsos fraterna caede penatis

---

① 见本书绪论分析。

solus hic inflexit sensus animumque labantem

impulit. **agnosco veteris vestigia flammae**.（*Aen*. 4.20—23）

霍金斯注意到，在《炼狱篇》第 30 歌显然模仿维吉尔的诗句中，但丁特意将维吉尔笔下的"痕迹（或印记）"（vestigia）换成了"表记"（segni），并且指出，在但丁自己的用语习惯中，"痕迹"（vestigia）一词代表的是异教圣贤的权威①，而但丁对"表记"（segno 及其复数形式 segni）一词的运用则追随了中世纪对圣物的理解，其具体意义指基督的十字架。在整部史诗中，这个词共出现 53 次，它们都意味着未来得救的希望②。不仅如此，在这一细节的重构中，还出现了性别换位——但丁扮演的是狄多的角色，维吉尔相当于安娜，而贝雅特丽齐则相当于埃涅阿斯。③这一细节变化的奥秘恰恰在于，但丁就像《埃涅阿斯纪》中的狄多一样，是一位"罪人"，但等待他的结局不是被抛弃，而是救赎。

贝雅特丽齐重临的时刻也是维吉尔消失的时刻：

> 但维吉尔已经走了，让我们见不着他了，维吉尔，最甜美的（dolcissimo）④父亲，维吉尔，我为了得救把自己交给了他。

---

① 霍金斯找到的证据是《飨宴篇》中的一个段落："通过他自己的勤勉，也就是，通过观察力和理智，除自己之外没有别的向导，他通过一条笔直的路抵达了目的地，在他身后留下了他的印记（vestige）。一位后来者朝那所房子行进，只需要跟随他留下的印记（vestigi）。但后来者由于自己的过失，偏离了由那一位不靠向导就发现这条路的人指明的路；他在荆棘与瓦砾之间迷了路，去了不该去的地方。所有这些人中谁可以被看作值得尊敬的人？我的回答是第一个行路人。那么如何描述另一位呢？那就是不可救药。"（*Conv*. 4.7.7—8）霍金斯指出，在《地狱篇》第 23 歌和《炼狱篇》第 22 歌中，诗人但丁都曾用追随脚步的意象指代对前代异教诗人的尊重。见：Peter S. Hawkins, "Dido, Beatrice and the Signs of Ancient Love," in *Dante's Testaments: Essays in Scriptural Imagination*, pp. 125-142.

② 最为典型的几处是：在《神曲》中，segno 一词首次见于《地狱篇》第 4 歌中维吉尔对基督的描述，"戴着有胜利表记的冠冕"（*Inf*. 4.54）。对这个词比较明显的其他运用有：炼狱海岸的天使船夫向满船的灵魂"画了神圣的十字架"（*Purg*. 2.49）；但丁将火星天上显现的高祖的灵魂称作"令人尊敬的表记"（*Par*. 14.101）；在水星天，帝国之鹰的标志也被说成"神圣的表记"（*Par*. 6.32）；等等。

③ Peter S. Hawkins, "Dido, Beatrice and the Signs of Ancient Love," in *Dante's Testaments: Essays in Scriptural Imagination*, pp. 125-142.

④ 此处的"dolcissimo"一词，田译为"和蔼的"，而从其所用典故看，翻译为"最甜美的，最甜蜜的"更合适一些，笔者进行了从权处理。具体分析见下文。

> Ma Virgilio n'avea lasciati scemi
>
> di sé—Virgilio, dolcissimo patre,
>
> Virgilio, a cui per mia salute die'mi—,（*Purg*. 30.49—51）

于是，向昔日"权威作家"（lo mio maestro e 'l mio autore）（*Inf*. 1.85）的告别也成为但丁自己的诗学宣言：就在这一时刻，诗人用自己的喜剧（comedìa）取代了古代诗人的悲剧（tragedìa）。[①]

对于从《埃涅阿斯纪》到《神曲》的转变而言，上述解释固然足够完美[②]，然而仅仅从这个角度对这个段落加以解读，就无法在贝雅特丽齐与玛苔尔达之间建立起关联，从而在出现在炼狱山顶的两位圣女之间找到统一性。虽然《埃涅阿斯纪》中也写到了"冥府之行"，但由于"罗马之父"的"冥府之行"缺乏救赎的主题，读者很难发现狄多和埃涅阿斯的故事与夏娃或普洛塞皮娜被劫掠的故事有何具体的关系。

16 世纪的但丁注释者丹尼埃洛（Daniello）曾探索过上述这个道别的三韵句背后的其他隐文本。他注意到，维吉尔的名字"Virgilio"在同一个三韵句中被重复了三次[③]，这与维吉尔《农事诗》（*Georgicon*）第 4 卷中的一个细节十分相似[④]，只是在后者中，被反复咏叹的名字是俄耳甫斯的爱人欧律狄刻。以穆尔为代表的一些现代但丁学家虽然承认但丁对《农事诗》有所了解，但却以两个文本相差太大为由，拒绝承认《农事诗》第 4 卷是此处的用典来源。[⑤]当代学者雅可夫（Rachel Jacoff）试图通过对《农事诗》第 4 卷更为完整的故事进行分析，探讨但丁援引这一作品的可能。[⑥]她指出，在维吉尔笔下，第 4 卷更为完整

[①] 见：Giorgio Agamben, *The End of the Poem: Studies in Poetics*, pp. 1-22.

[②] 维吉尔与贝雅特丽齐的交接时刻也是悲剧向喜剧转化的时刻，这一点已经成为当代但丁学者的共识。

[③] 参见：Dante Alighieri, *Purgatorio*, trans. Robert Hollander and Jean Hollander, New York: Anchor Books, 2003, p. 681.

[④] 本书引用《农事诗》的中文均为笔者自译，所参考的拉丁文原文见：https://pop. thelatinlibrary.com/verg.html. 后文提及时，均随文标出该诗名称简写（*Geo*.= *Georgicon*）及卷号和行号，不再另注。

[⑤] Edward Moore, *Studies in Dante*, vol. 1, p. 9.

[⑥] 以下凡雅可夫观点，见：Rachel Jacoff, "Intertextualities in Arcadia: *Purgatorio* 30.49—51," in *The Poetry of Allusion: Virgil and Ovid in Dante's* Commedia, pp. 131-144. 不过正如雅可夫所指出的，只有北美但丁学界才认可两段文本之间的关联。

的语境是阿里斯泰乌斯（Aristeus）重获蜜蜂的故事：阿里斯泰乌斯心爱的蜂群由于疾病和饥饿而死，为了重获蜜蜂，他在母亲的指引下找到普洛泰乌斯（Proteus），后者给他讲述了俄耳甫斯失去爱人欧律狄刻的故事。在诗歌中，维吉尔用第一人称描述了俄耳甫斯对爱人的哀悼，其中，为了表现俄耳甫斯心中的悲伤，指代欧律狄刻的"你"（te）出现了四次：

> 但他却用他空洞的躯壳安慰着爱的苦痛，
> 歌唱你，**甜美的爱人**，在荒凉的沙滩上歌唱你，
> 在黎明歌唱你，在黄昏歌唱你。
> Ipse cava solans aegrum testudine amorem
> **te**, **dulcis coniunx**, **te** solo in litore secum,
> **te** veniente die, **te** decedente canebat.（*Geo.* 4.464—466）

由于俄耳甫斯未能遵循冥后的指令，在走出冥府之前回了头，他再次失去了爱人。回到人间后，绝望的俄耳甫斯拒绝了其他人对他的纠缠，结果惹恼了色雷斯妇女，后者残忍地撕碎了诗人的肢体。俄耳甫斯断裂的头颅漂流在赫布洛斯河（Hebrus）上，口中却仍然念叨着爱人的名字。

> 那头颅被从他象牙般洁白的颈项上砍掉，
> 在赫布洛斯河激流的冲击中
> 翻滚，即便在那时，那空洞的声音和因死亡而冷却的舌头，也
> 　　用断续的气息呼喊着**欧律狄刻**！
> 啊，不幸的**欧律狄刻**！
> "**欧律狄刻**"的声音在河岸回荡，直抵波涛之中。
> Tum quoque marmorea caput a cervice revulsum
> gurgite cum medio portans Oeagrius Hebrus
> volveret, **Eurydicen** vox ipsa et frigida lingua
> ah miseram **Eurydicen**! anima fugiente vocabat:
> **Eurydicen** toto referebant flumine ripae.（*Geo.* 4.523—527）

雅可夫还指出，在《变形记》第11卷对这个故事的重写中，奥维德有意改写了维吉尔式的哀悼。在奥维德笔下，被重复的是另一个词"flebile"。

> 残肢散落在各处，头和竖琴都坠入
> 赫布罗斯河，神奇的是，当顺水而流，
> 琴竟然发出呜咽，死去的舌头
> 不知呜咽着什么，堤岸也伤感地呜咽。[①]
> membra iacent diversa locis, caput, Hebre, lyramque
> excipis: et (mirum!) medio dum labitur amne,
> **flebile** nescio quid queritur lyra, **flebile** lingua
> murmurat exanimis, respondent **flebile** ripae.（*Met*. 11.50—53）

对比两位罗马诗人的写法，不难看到，他们均善用"一咏三叹"的笔法传达激情。既然奥维德能够意识到维吉尔手法的成功而对其进行模仿，谙熟罗马诗歌传统的但丁也很有可能加以借用。

雅可夫认为，抛开修辞方式上的相似，贝雅特丽齐重临、维吉尔消失的时刻，与俄耳甫斯的故事存在更大的结构关联。第一，正如欧律狄刻的灵魂是因为冥王与冥后的恩典，暂时从冥府中得到解放，在俄耳甫斯未能遵守冥界律法时又无奈地离去一般，在《神曲》中，维吉尔的灵魂也由于天国的恩典（贝雅特丽齐的恳求）而暂时离开他所在的灵泊，最后又不得不重返地狱。维吉尔笔下"甜美的爱人（dulcis coniunx）"与但丁笔下"最甜美的（dolcissimo）父亲"措辞的相似也引导读者将二者联想到一起。第二，在《农事诗》第 4 卷的故事中，俄耳甫斯的故事是阿里斯泰乌斯故事的插曲，插叙的故事与主体叙事之间存在着对应与反差：阿里斯泰乌斯暂时失去了蜜蜂，又失而复得，俄耳甫斯却永远失去了欧律狄刻。《炼狱篇》第 30 歌的情境则与这个故事存在双重的对应，但丁永远失去了维吉尔，却重获了自己的欧律狄刻——贝雅特丽齐，但丁用自己的喜剧取代了《农事诗》中俄耳甫斯的爱情悲剧。第三，在《神曲》整体的故事中，贝雅特丽齐又是一位俄耳甫斯式的角色，而昔日但丁就像惨遭不幸的欧律狄刻，由于陷入罪恶，他面临着即将被上帝抛弃

---

① 此处基本采用李永毅的翻译，但从文本理解出发，笔者将三次出现的"flebile"一词统一翻译为"呜咽"。

和"第二次死亡"的威胁。[①]为了拯救昔日的爱人，贝雅特丽齐亲自走入地狱，企图使其免于"在风浪比海还险恶的洪流中受到死的冲击"（*Inf.* 2.107—108）。然而，无论在维吉尔笔下，还是在奥维德笔下，欧律狄刻都未能成功地返回人间，而《神曲》中的但丁却在贝雅特丽齐指引下走进了天国，走进了"基督是罗马人的那个罗马"（quella Roma onde Cristo è romano）（*Purg.* 32.102）。

霍金斯还注意到，在《埃涅阿斯纪》第 4 卷的语境中，说话者是阻碍埃涅阿斯前行的狄多，而在《炼狱篇》第 30 歌中，诗人却将说话者换成了精神旅程的主人公，于是在但丁身上实现了狄多与埃涅阿斯的合一，无情英雄对爱欲的节制被替换成了贝雅特丽齐爱的怜悯和有情人爱欲的提升，从而使基督教的仁爱也实现了对斯多亚主义式美德——虔敬——的修正。[②]更具有戏剧性的是，在这爱的告白中，安娜的角色被维吉尔替代，而维吉尔正是《埃涅阿斯纪》的作者。在但丁用自己的诗行重写《埃涅阿斯纪》的时刻，维吉尔消失了，诗人但丁就以维吉尔这戏剧性的缺席宣告了自己对《埃涅阿斯纪》的超越。[③]正是在这个意义上，贝雅特丽齐才告诫但丁：

> "但丁，你为维吉尔已去，且不要哭，且不要哭；因为你需要为另一剑伤哭呢。"
>
> "Dante, perché Virgilio se ne vada,
>
> non pianger anco, non piangere ancora,
>
> ché pianger ti conven per altra spada."（*Purg.* 30.55—57）

正如评注者们注意到的，在整部《神曲》中，只有这一段落中出现了但丁的名字。在《飨宴篇》中，但丁曾以《哲学的安慰》与《忏悔录》为典范指出在作品中谈论自己的意义：

> 言归正传，谈及自己如果是必要的，那就是被允许的，在那些

---

① 见本书第二章第一节分析。

② 见：Robert Ball, "Theological Semantics: Virgil's Pietas and Dante's Pietà," in *The Poetry of Allusion: Virgil and Ovid in Dante's* Commedia, pp. 19-36.

③ Peter S. Hawkins, "Dido, Beatrice and the Signs of Ancient Love," in *Dante's Testaments: Essays in Scriptural Imagination*, pp. 125-142.

必要的理由中，有两种最为显而易见。

一种理由是，若不谈论自己就不可能避免极大的恶名或危险，由于两害相权取其轻几乎等于善举，这样做就是被允许的。正是这种必要促使波埃修斯提及自己，在没有其他申辩者时，他表明那放逐是不正义的，这样他才能够以安慰为借口为自己辩护，以对抗永久的放逐之恶名。

另一种理由是，一旦提及自己，其他人就会由教导而得到最大的益处；正是这个理由促使奥古斯丁在其《忏悔录》中提及自己，因此，在其人生由坏到好，由好到更好，再由更好到最好的进程中，他树立了自己的典范和教诲，这是通过任何其他同样真实的见证都无法达到的。

Veramente, al principale intendimento tornando, dico [che], come è toccato di sopra, per necessarie cagioni lo parlare di sé è conceduto: ed in tra l'altre necessarie cagioni due sono più manifeste.

L'una è quando sanza ragionare di sé grande infamia o pericolo non si può cessare; e allora si concede, per la ragione che delli due [rei] sentieri prendere lo men reo è quasi prendere un buono. E questa necessitate mosse Boezio di se medesimo a parlare, acciò che sotto pretesto di consolazione escusasse la perpetuale infamia del suo essilio, mostrando quello essere ingiusto, poi che altro escusatore non si levava.

L'altra è quando, per ragionare di sé, grandissima utilitade ne segue altrui per via di dottrina; e questa ragione mosse Agustino nelle sue Confessioni a parlare di sé, ché per lo processo della sua vita, lo quale fu di [meno] buono in buono, e di buono in migliore, e di migliore in ottimo, ne diede essemplo e dottrina, la quale per [altro] sì vero testimonio ricevere non si potea.（*Conv.* 1.2.12–14）

从《神曲》故事发生的语境看，波埃修斯和奥古斯丁的文本都具有典范意义：诗歌既是无辜受难的被放逐者的自我辩护，又是对自我的救赎和对读者的教导。在《炼狱篇》结尾的时刻，维吉尔离去，但丁必须单独面对贝雅特丽齐，这正是精神旅程中最为重要的转折，诗人单独在此时提及自己的名字，就像圣徒传记一样为文本赋予了真实见证的力量。[①]

等待但丁的是贝雅特丽齐的谴责：

"有一段时间，我以我的容颜支持着他：让她看到我的青春的眼睛，指引他跟我去走正路。当我一到人生第二期的门槛，离开了人世，她就撇开我，倾心于别人。我从肉体上升为精神，美与德在我均增加后，对他来说，就不如以前可贵、可喜了；他把脚步转到不正确的路上，追求福的种种假象，这些假象决不完全遵守其任何诺言。我曾求得灵感，通过这些灵感在梦中和以其他的方式唤他回头，均无效果：他对此无动于衷！他堕落得那样深，一切拯救他的办法都已不足，除非让他去看万劫不复的人群。"

> "Alcun tempo il sostenni col mio volto:
>
> mostrando li occhi giovanetti a lui,
>
> meco il menava in dritta parte vòlto.
>
> Sì tosto come in su la soglia fui
>
> di mia seconda etade e mutai vita,
>
> questi si tolse a me e diessi altrui:
>
> quando di carne a spirto era salita,
>
> e bellezza e virtù cresciuta m'era,
>
> fu' io a lui men cara e men gradita,
>
> e volse i passi suoi per via non vera,
>
> imagini di ben seguendo false,
>
> che nulla promession rendono intera.
>
> Né l'impetrare ispirazion mi valse,
>
> con le quali e in sogno e altrimenti
>
> lo rivocai, sì poco a lui ne calse!
>
> Tanto giù cadde che tutti argomenti
>
> a la salute sua eran già corti,
>
> fuor che mostrarli le perdute genti." (*Purg.* 30.121–138)

---

① 关于但丁笔下命名的意义，见：Dino S. Cervigni, "Beatrice's Act of Naming," *Lectura Dantis* 8 (1991): 85-99.

　　贝雅特丽齐口中说出的是诗人但丁的自我回忆，就像《忏悔录》中年轻时代的奥古斯丁，沉溺于古代修辞学和摩尼教（Manichean）思想，同时饱受肉身欲望的折磨一样。[①]在失去贝雅特丽齐的青年时代，但丁曾沉溺于世俗哲学，离弃了信仰之路，就像不忠的爱人移情别恋，正如贝雅特丽齐在第 31 歌中谴责的：

> 　　"中了虚妄的事物的第一箭，你本应奋起跟随我上升，我已不再是虚妄的事物了。你不应该让少女[②]或者其他只能享受短暂时间的虚妄的事物引诱你展翅向下飞，等待再受打击。新生的小鸟等待受两次、三次；但在羽毛已丰的鸟眼前张网或放箭都是徒劳。"

> "Ben ti dovevi, per lo primo strale
>
> de le cose fallaci, levar suso
>
> di retro a me, che non era più tale.
>
> Non ti dovea gravar le penne in giuso,
>
> ad aspettar più colpo, o pargoletta
>
> o altra novità con sì breve uso.
>
> Novo augelletto due o tre aspetta,
>
> ma dinanzi da li occhi d'i pennuti
>
> rete si spiega indarno o si saetta."（*Purg.* 31.55—63）

这里的"虚妄的事物"回应着《新生》中作为偶性的爱神。如果说在《新生》中，但丁的爱欲从尘世到神圣攀升的过程经历了曲折，在《神曲》中，贝雅特丽齐已经完全洗去了尘世之爱的色彩。[③]此处少女的意象则再次令人想起但丁在炼狱山中的第二个梦：在梦中，塞壬化身为妇人对但丁进行了诱惑。[④]贝雅特丽齐所说的少女就是塞壬，她告诫但丁，为

---

① 参见《忏悔录》第 2 卷和第 3 卷。

② 参见《炼狱篇》第 19 歌。关于这里"少女"的意义，穆尔进行了详细的学术史梳理和辨析，见：Edward Moore, "The Reproaches of Beatrice," in *Studies in Dante*, vol. 3, pp. 221-252.

③ 见本书绪论分析。

④ 霍兰德指出，这里的"少女"与《炼狱篇》第 19 歌中的塞壬一样，都令人想起《哲学的安慰》开篇的缪斯，后被真正的哲学女神驱逐。见：Robert Hollander, "The Women of *Purgatorio*: Dreams, Voyages, Prophecies," in *Allegory in Dante's Commedia*, pp. 136-191.

了抵御塞壬的诱惑，就要听取自己的教诲。而面对贝雅特丽齐的训诫，
但丁则像犯错的孩子一般流露出羞愧：

> 正如孩子们对自己所犯的过错感到羞愧，站在人前聆听训斥时，
> 默不作声，眼睛看着地，脸上流露出认错和悔恨的表情，[①]
>
> Quali fanciulli, vergognando, muti
>
> con li occhi a terra stannosi, ascoltando
>
> e sé riconoscendo e ripentuti:（*Purg.* 31.64—66）

"眼睛看着地"——这姿态重演了狄多重见埃涅阿斯时情形。在《埃涅
阿斯纪》第 6 卷记载的重逢时刻中，狄多"瞑目而视。她背过身去，眼
睛望着地上，一动也不动"（*Aen.* 6.469）。然而在炼狱山顶的伊甸园上，
主人公的心情却由怨恨变成了懊悔。[②]在《埃涅阿斯纪》爱人重逢的段
落中，未来罗马之父的话语始终未能打动狄多，一对恋人未有片刻的对
视，然而在炼狱山上，重临的贝雅特丽齐却要求但丁抬头向她凝望：

> "既然你听了我的话就这样痛心，抬起你的胡须来看，你会觉

---

① 应该指出的是，此处的孩子意象并不意味着无辜，反而意味着意志的软弱，参见
《哥林多前书》13：11："我作孩子的时候，话语像孩子，心思像孩子，意念像孩
子。既成了人，就把孩子的事丢弃了。"14：20："弟兄们，在心志上不要作小孩
子。然而在恶事上要作婴孩。在心志上总要作大人。"在《忏悔录》第 1 卷，奥古
斯丁也记载了孩子的罪恶，作为亚当的后代，人生来就有贪欲。"可见婴儿的纯
洁不过是肢体的稚弱，而不是本心的无辜。我见过也体验到孩子的妒忌：还不会
说话，就面若死灰，眼光狠狠盯着一同吃奶的孩子。"（《忏悔录》1.7）有关这一
问题的分析，见：Robert Hollander, "Babytalk in Dante's *Commedia*," *Mosaic: An
Interdisciplinary Critical Journal* 8.4 (1975): 73-84.

② 这里的场景也重演了《创世记》3：6-10 中初人犯罪后羞耻感的产生。参见《上
帝之城》13.13："在上帝的法令被违反后，他们立即遭到了恩典的抛弃，他们为
自己身体的赤裸而困惑。他们用无花果的叶子遮住私处，这也许是他们头脑混乱
后所做的第一件事。虽然他们的器官与以前无异，但是以前这并不让他们害羞。他
们感到了自己不服从的肉体中的新的冲动，这是他们因自己的不服从而受的惩罚。
他们的灵魂乐于恣意下流，蔑视对上帝的服务，于是也失去了身体先前的服务。
因为他们抉择丢弃了在上的主，于是就不能抉择留住更低的奴仆。于是，他们不能
像以前那样，无论怎样都让肉体服从，就像上帝命他们服从一样。于是肉体开始与
灵性起了争端，我们就出生在这争端里，从第一次堕落中有了死的起源，我们在
自己的器官和有罪过的自然里，承受这种争端，或者说承受肉体的胜利。"

得更加痛心。"

> "Quando
>
> per udir se' dolente, alza la barba,
>
> e prenderai più doglia riguardando." (*Purg*. 31.67—69)

但丁是这样描写自己抬头的情景的:

> 粗壮的栎树不论是被本洲的风还是被从**阿尔卑斯的国土**吹来
> 的风**连根拔起**时, 对风的抵抗, 都弱于在她命令我抬起下巴时, 我
> 所显示的抗拒;
>
> Con men di resistenza **si dibarba**
>
> robusto cerro, o vero al nostral **vento**
>
> o vero a quel de **la terra di Iarba**,
>
> ch'io non levai al suo comando il mento; (*Purg*. 31.70—73)

这个段落化用的是《埃涅阿斯纪》第 4 卷中的一个著名的比喻。其时,
狄多得知埃涅阿斯即将离去, 她托妹妹安娜给埃涅阿斯传话, 转达自己
的委屈和愤怒。维吉尔将狄多的愤怒和狂乱的激情比喻为阿尔卑斯山刮
来的狂风, 而面对狄多愤怒的指责, 不动心的英雄埃涅阿斯则像风暴中
岿然不动的大树:

> 就像一棵多年的老松, 木质坚硬, **被阿尔卑斯山里刮来的阵阵**
> **北风**吹得东倒西歪,(风)想要把它**连根拔起**, 只听一阵狂啸, 树干
> 动摇, 地面上厚厚地落了一层树叶, 而这棵松树还是牢牢地扎根在
> 岩石间, 树巅依旧直耸云天, 树根依旧伸向地府; 同样, 英雄的埃
> 涅阿斯也频频受到恳求的袭击而动摇不定, 他伟大的心胸深感痛苦,
> 但是他的思想坚定不移, 尽管眼泪徒然地流着。
>
> ac velut annoso validam cum robore quercum
>
> **Alpini Boreae** nunc hinc nunc flatibus illinc
>
> **eruere** inter se certant; it stridor, et altae
>
> consternunt terram concusso stipite frondes;
>
> ipsa haeret scopulis et quantum vertice ad auras

aetherias, tantum radice in Tartara tendit:

haud secus adsiduis hinc atque hinc vocibus heros

tunditur, et magno persentit pectore curas;

mens immota manet, lacrimae volvuntur inanes.（*Aen.* 4.441−449）

在《埃涅阿斯纪》第 4 卷和《炼狱篇》第 30 歌这两个有关爱情风暴的比喻中，主人公都被比喻为坚硬的树木，强烈的爱情都被比喻为来自阿尔卑斯山的狂风。在维吉尔笔下，象征狄多情欲的狂风最终被象征英雄之心的大树抵制，而在但丁的诗行中，被征服的却是大树所象征的顽固的罪。

> 我的脸一抬起来，
> E come la mia faccia si distese,（*Purg.* 31.76）

其罪恶被天国之爱战胜，他最终脱离罪恶，进入了天国。

在《炼狱篇》第 17 歌中，但丁借维吉尔之口讲述了炼狱山的结构。按照维吉尔充满经院哲学色彩的解释来理解炼狱山的"神学地理"，固然能够清楚地把握与七宗罪相对的爱的秩序，但却会忽略隐藏在炼狱精神旅程背后的故事——古代诗人和《圣经》讲述的故事。在炼狱的旅程中，帕里努鲁斯故事的影子若隐若现，而克里特故事的线索①也仍然存在：但丁的旅程就像忒修斯的历险，他来到牧歌般的世界，见到了与自己罪过有关的两个女性，但同时，他也像雅各，历尽辛苦，见到了自己的两位新娘；与此类似，来自《圣经》的启示也渗入了精神之旅的每一段旅程，这些启示作为幻象出现在但丁的梦中，也作为真实的形象引导着他前行。在炼狱山度过的三个日夜中，他一边感受着"旧时爱情的强大作用"（*Purg.* 30.39），一边接受着来自天国的指正。在但丁的心中与身外，两种力量每时每刻都进行着角逐。

《炼狱篇》的精神之旅也是但丁从谬误走向真理的转折点。在始于地狱的旅程中，受到启示的但丁并未直接转身开始向上的旅程，而是继续走向低处，从地狱最幽暗的地方翻转身体后走出。但丁走出地狱，却

---

① 关于克里特的种种意象在《神曲》中的表现，见本书第二章分析。

发现地狱是一个洞（burella）（*Inf.* 34.98）。[1]在《神曲》的世界里，古代诗人栖身的灵泊仍归属阴影的世界，而他们诗歌中的古代故事就像柏拉图笔下洞穴中的影像；炼狱的旅程是但丁走出洞穴、适应阳光下真实世界的过程。[2]在这个过程中，古代诗人的故事就像困扰洞穴人的暗影，在但丁的睡梦中和记忆里游荡；天国体会到但丁理智的孱弱，也不断地以可见的方式进入他的梦境。[3]就这样，古老的爱情故事与《圣经》中的传说，组成了炼狱旅程中光影交错的世界。最终，来自向导（维吉尔、玛苔尔达、贝雅特丽齐）的修正帮助但丁驱走了虚幻的影像，直到光明的天国。

---

[1] 如果将地狱的旅程看作对洞穴比喻的中世纪回答，则不难看出但丁对柏拉图式教育理念的颠覆：在古典哲学对灵魂秩序的理解中，存在着对上与下理解的颠倒，哲学的傲慢不能带来灵魂的上升，只有在宗教的谦卑中下降，才能走上真正的光明之山。关于但丁在《神曲》中的行走方向及其寓意，见：John Freccero, "Pilgrim in a Gyre," in *Dante: The Poetics of Conversion*, pp. 70-92.

[2] 见：柏拉图，《理想国》，第 272–276 页。

[3] 参见 *Par.* 4.37–45："你所见的这些灵魂出现在这里，并非由于这个天体被分配给他们，而是为了形象化地向你说明，他们在净火天中所享的幸福程度最低。对你们人的智力必须以这样的方式讲解，因为它的认识只能从感性开始，然后提高到理性认识。"

第四章　自由意志、天命与天国中的贝雅特丽齐

在《变形记》第 8 卷的克里特故事中，还有米诺斯女儿阿里阿德涅的归宿：忒修斯抛弃了她，但酒神巴克科斯（Bacchus）却爱上她，并给予她荣耀——他把她的王冠抛上天空，变成了星座（*Met.* 8.176–182）。在《天国篇》里，但丁用对这个片段的重构回应了从地狱到天国中的一系列克里特意象——在太阳天中，圣哲们围成里外两个同心圆环跳舞。但丁让读者将舞蹈的灵魂想象成天上的星座：

> 想象从第一天轮绕着它转动的天轴顶端起始的那个号角形星座的口上的两颗星；想象这些星在天上共同形成了两个星座，如同米诺斯的女儿感到死的寒冷时变成的那个星座一样；想象其中一个星座的星都在另一个星座的圈子里发光；
>
> imagini la bocca di quell corno
>
> che si cominicia in punta de lo stelo
>
> a cui la prima rota va dintorno,
>
> aver fatto di sé due segni in cielo
>
> qual fece la figliuola di Minoi,
>
> allora che sentì di morte il gelo,
>
> e l'un ne l'altro aver li raggi suoi，（*Par.* 13.10–16）

在这个段落中，但丁用"米诺斯的女儿"（la figliuola di Minoi）指代阿里阿德涅，让这一短语最后的字母组合"oi"成了三韵句的韵脚。

在《神曲》中，三韵句的押韵方式是 aba、bcb、cdc、ded、……。由于这种交错的连锁押韵的方式与人行走的方式具有高度的相似性，诗歌的叙事与但丁的精神之旅便合二为一，一个词语进入韵脚就意味着进入了

精神旅程的节奏，因此，克里特故事经过重构在天国获得了新的生命。

　　一些评注者认为，但丁书写这个诗行的依据是《变形记》，因为在但丁能看到的克里特故事相关片段中，只有《变形记》将阿里阿德涅称为"米诺斯的女儿"（Minoide）（*Met.* 8.174），但马丁内斯①注意到，《变形记》中，变成星座的是阿里阿德涅的王冠，在但丁的文本中，王冠（corona）这一词被省略，其结果是人变成了星星。他指出，与但丁的措辞较为接近的应该是《岁时记》（*Fasti*）中对这一故事的叙述：

> "让我们一起飞向天空的高处。
>
> 你与我分享婚床，也应当分享名字，
>
> 从此你将以利柏拉（Libera）为世所知，
>
> 维纳斯曾将伏尔甘送的王冠赠予你，
>
> 我将让你的王冠和你一起永被铭记。"
>
> 他兑现了承诺，将九颗宝石变成天火，
>
> 如今那金冠有九颗星星闪烁。②
>
> ... 'pariter caeli summa petamus' ...
>
> 'tu mihi iuncta toro mihi iuncta vocabula sumes,
>
> nam tibi mutatae Libera nomen erit,
>
> sintque tuae tecum faciam monimenta coronae,
>
> Volcanus Veneri quam dedit, illa tibi.'
>
> dicta facit, gemmasque novem transformat in ignes:
>
> aurea per stellas nunc micat illa novem. （*Fast.* 3.510—516）③

在《岁时记》中，王冠的变形同时意味着凡人与神的结合，那是在阿里

---

① Ronald L. Martinez, "Ovid's Crown of Stars," in *Dante and Ovid Essays in Intertextuality*, ed. Madison U. Sowell, Binghamton: Center for Medieval and Early Renaissance Studies, 1991, pp. 123-138.

② 本书的《岁时记》中文译文均出自：奥维德，《岁时记》，李永毅译注，北京：中国青年出版社，2020。此处第 513 行中李将"你的王冠"（tuae ... coronae）译为代词"它"，笔者按原文译为"你的王冠"。

③ 本书出自《岁时记》（*Fasti*）的拉丁文引文，均随文标出名称简写（*Fast.*=*Fasti*）及卷号和行号，不再另注。所引用的拉丁文原文见：https://pop.thelatinlibrary.com/ovid.html.

阿德涅经历凡间苦痛之后得到的解放。

　　结合学者们的分析，笔者认为，在天国的语境中，阿里阿德涅的故事获得了三重新的意义：第一，阿里阿德涅的故事与《地狱篇》第14歌维吉尔口中的"克里特老人"形成对应，如果说"克里特老人"意味着地狱中的一切罪恶来源于原罪，天国中，但丁却通过将"米诺斯的女儿"融入韵脚，为"死亡之诗"带来了救赎，这一转变与喜剧的主题正相符合；第二，"王冠"意象的缺失所指向的原典《岁时记》中，酒神提到，王冠是维纳斯叫伏尔甘打造的，这也令读者想起《埃涅阿斯纪》中埃涅阿斯的盾牌——维吉尔的诗歌也随着克里特故事一起融入天国的叙事；第三，但丁将王冠意象略去，不仅意味着人的成圣，也意味着人的行动与宇宙运行的合一，人与宇宙都是上帝的造物，宇宙更是上帝完满的工具，与宇宙合一便意味着皈依，这一点也正是《神曲》三部曲全以"众星"为结尾的用意所在；第四，无论《变形记》还是《岁时记》[①]，阿里阿德涅的结局都带有"恩典"的意味，而恩典正是但丁精神之旅成为可能的原因。尤其值得注意的是，但丁给了这个故事一个新的结局：

　　　　在那里歌唱的不是巴克科斯，不是佩安纳（Peana），而是三位一体的神性和神性与人性合为一体的基督。

　　　　Lì si cantò, non Bacco, non Peana,

　　　　ma tre Persone in divina natura

　　　　e in una Persona essa e l'umana.（*Par.* 13.25—27）

在奥维德笔下，阿里阿德涅封神是酒神的恩典，但在但丁这里，酒神却被太阳和三位一体取代，克里特故事里最后的阴暗也被扫荡一空[②]——酒神之诗被日神之诗取代，就像"克里特老人"的形象总结了地狱一样，《天国篇》也可概括为日神光明的篇章。

---

① 在《变形记》的文字里，阿里阿德涅因为被抛弃而大哭（*Met.* 8.176），但在《岁时记》中，阿里阿德涅并未因忒修斯的背叛而悲痛，而是将其看作收获（"真该感谢他把我辜负"（*Fast.* 3.464），而诗人也说，"忒修斯犯错，阿里阿德涅却封神"（*Fast.* 3.460）。

② 马蒂内斯指出，在俄耳甫斯传统中，巴克科斯被肢解的故事被作为范例来解释物理世界多种多样的存在形式在本质上是如何统一的。见：Ronald L. Martinez, "Ovid's Crown of Stars," in *Dante and Ovid Essays in Intertextuality*, pp. 123-138.

　　依据上述理解，本章分三节展开论述。第一节将从《天国篇》开篇
对日神——阿波罗的祈灵开始，分析但丁在这一歌中运用的《变形记》
典故，由此探讨奥维德的爱情想象与历史叙事如何帮助但丁由凡俗进入
神圣，同时，这一节也将对罗马诗人眼中造成自然无序运动的"爱"进
行反思，分析其与但丁眼中"自由意志"的不同；第二节将集中于火星
天与木星天中但丁对维吉尔与奥维德典故的重构，探讨但丁如何运用波
埃修斯与奥古斯丁的思想，用"自由意志–天命–恩典"的框架取代古
代诗歌中"虔敬–机运"这一架构；在《神曲》中，贝雅特丽齐就是恩
典的象征，因而第三节将对贝雅特丽齐在天国的作用进行总结，同时进
入《天国篇》最后的异象，分析天国的玫瑰在何种意义上再现了维吉尔
的乐土，这一节同时也将分析终末的篇章如何通过对奥维德故事的重
述描绘人与神的和解。

第一节　阿波罗、保罗与《天国篇》第 1 歌中的变形

一

　　我去过接受他的光最多的天上，见过一些事物，对这些事物，
从那里下来的人既无从也无力进行描述；因为我们的心智一接近其
欲望的目的，就深入其中，以致记忆力不能追忆。虽然如此，这神
圣的王国的事物，凡我所能珍藏在心里的那些，现在将成为我的诗
篇的题材。

> Nel ciel che più de la sua luce prende
> fu' io, e vidi cose che ridire
> né sa né può chi di là sù discende,
> perché appressando sé al suo disire
> nostro intelletto si profonda tanto
> che dietro la memoria non può ire.
> Veramente quant' io del regno santo
> ne la mia mente potei far tesoro,
> sarà ora materia del mio canto.（*Par.* 1.4—12）

《天国篇》的这一开篇的隐文本是《哥林多后书》记述的圣保罗神游天
国的故事：

> 我认得一个在基督里的人，他前十四年被提到第三层天上去。或
> 在身内，我不知道。或在身外，我也不知道。只有神知道。我认得这
> 人，或在身内，或在身外，我都不知道。只有神知道。他被提到乐园
> 里，听到隐秘的言语，是人不可说的。(《哥林多后书》12：2—4)

在这段文本中，虽然圣保罗从未承认这个人就是自己，然而，中世纪解
经学家们从未怀疑他是这一段神游的经历者。从《哥林多后书》的语境
看，圣保罗之所以不能描述天上的景象，是害怕言说天上的秘密会违背
谦卑的美德：

> 为这人，我要夸口。但是为我自己，除了我的软弱以外，我并不
> 夸口。我就是愿意夸口，也不算狂。因为我必说实话。只是我禁止
> 不说，恐怕有人把我看高了，过于他在我身上所看见所听见的。(《哥
> 林多后书》12：5—6)

即将书写《天国篇》的但丁比圣保罗更加焦虑，毕竟，为了完成书写天国
景象的使命，他必须实现对圣保罗的超越，因此，诗人转而向阿波罗祈灵：

> 啊，卓越的阿波罗啊，为了这最后的工作，使我成为符合你授予
> 你心爱的月桂的要求的、充满你的灵感的器皿吧。
>
> O buono Appollo, a l'ultimo lavoro
> fammi del tuo valor sì fatto vaso
> come dimandi a dar l'amato alloro. (*Par.* 1.13—15)

阿波罗是古典神话中的太阳神，在中世纪教父们的作品中，将太阳与基
督教至高者联系在一起的写法并不少见，圣方济(St. Francis)的《太阳
弟兄的颂歌》("Canticum Fratris Solis")[①]便是代表。在《飨宴篇》中，
但丁也曾用这一类比解释过上帝与其他存在者的关系。

---

① 在《太阳弟兄的颂歌》这首被看作意大利俗语文学史开端的诗歌中，圣方济将宇
宙秩序与家庭进行了类比。作为方济会的平信徒，但丁熟悉此诗。在《天国篇》
第 11 歌中，他让圣托马斯讲述了圣方济的故事，前者将后者比作太阳。

　　在感官可以觉察到的宇宙中，最值得被当作上帝象征的莫过于太阳，太阳首先用可见的光照亮了自己，而后又照亮了所有天体和最基本的物质；上帝也是这般，首先用理智之光照亮了他自己，而后，照亮了天上的以及其他有理智的造物。

　　太阳用自己的热量给万物赋予生命，如果某些事物被这热量摧毁，那也不是出于本原的意图，而是偶然的结果。类似的，上帝以善为万物赋予生命，如果某些事物是邪恶的，这也并不是出于神的意图，而是在神想要的结果展开的过程中出现的偶然。

> Nullo sensibile in tutto lo mondo è più degno di farsi essemplo di Dio che 'l sole. Lo quale di sensibile luce sé prima e poi tutte le corpora celestiali e [le] elementali allumina: così Dio prima sé con luce intellettuale allumina, e poi le [creature] celestiali e l'altre intelligibili.

> Lo sole tutte le cose col suo calore vivifica, e se alcuna [se] ne corrompe, non è della 'ntenzione della cagione, ma è accidentale effetto: così Iddio tutte le cose vivifica in bontade, e se alcuna n'è rea, non è della divina intenzione, ma conviene quello per accidente essere [nel]lo processo dello inteso effetto.（*Conv.* 3.12.7–8）

在这段向阿波罗的祈灵里，不难看到《天国篇》的开篇对《地狱篇》及《炼狱篇》开篇的回应与超越。在《地狱篇》第 1 歌中，但丁向维吉尔致敬（*Inf.* 1.82–84）；在《炼狱篇》第 1 歌中，但丁向缪斯特别是史诗女神卡利俄佩祈灵（*Purg.* 1.7–12）；在进入天国时，维吉尔已经离去，而《变形记》中卡利俄佩讲述的与后世伊甸园故事高度契合的冥王劫掠普洛塞皮娜的故事，也随着但丁离开炼狱山顶的"人间乐园"成为过去；到《天国篇》开篇，但丁的祈灵对象变成了阿波罗。从地狱到天国，但丁灵感来源的寄托也从异教的古典诗人、异教缪斯上升到了基督的象征，并将形容圣保罗的"器皿"与象征阿波罗荣耀的月桂联系在一起。

　　然而，但丁为何不采用教父们写作中经常使用的办法，直接向上帝祈祷呢？答案似乎在于阿波罗的诗神身份——借助异教诗篇的高贵言辞力量，可以弥补圣保罗式的无能为力。正如接下来的三韵句所说的：

迄今帕尔纳索斯山的一峰对我已经足够；但现在为了进入这尚未进入的竞技场，我需要这座山的双峰。

Infino a qui l'un giogo di Parnaso

assai mi fu, ma or con amendue

m'è uopo intrar ne l'aringo rimaso:（*Par.* 1.16−18）

帕尔纳索斯山的双峰分别是尼萨（Nissa）与契拉（Cyrrha）。卢坎在《法尔萨利亚》里分别将两座山峰赋予阿波罗与巴克科斯（*Pharsalia* 5.72−73）。依据但丁之子皮埃特罗（Pietro di Dante）的解释，在但丁的文本中，尼萨代表尘世的知识，而契拉代表永恒的知识。德·安吉利斯（De Angelis）则认为，尼萨代表的是巴克科斯的雄辩，而契拉则代表智慧。[①]虽然古今注释者的解释莫衷一是，但无论采取哪种解释都可以推知，但丁想要将古典诗歌的修辞与信仰相结合，完成其"诗人−神学家"（poeta-theologus）的使命。

问题在于，按照这样的标准，最适合运用的诗歌典故应该出自《埃涅阿斯纪》，唯有如此，《天国篇》才能与《地狱篇》第 2 歌中但丁所说的"我不是埃涅阿斯，我不是保罗"（*Inf.* 2.32）形成呼应——在经过漫长的心灵旅程后，罪人但丁同时成了保罗和埃涅阿斯；况且，在地狱与炼狱的漫长旅行中，维吉尔也都扮演着向导的角色；不仅如此，在维吉尔书写的埃涅阿斯的旅程中，起到引导作用的正是阿波罗：在《埃涅阿斯纪》第 3 卷中，特洛伊人的领袖从太阳神庙祭司赫勒努斯的口中得到去往"西土"的使命，在第 6 卷中，也正是阿波罗神庙的女先知西比尔引领他完成了"冥府之行"，看到了罗马的未来，听到了安奇塞斯关于政治技艺的告诫。在维吉尔的史诗中，阿波罗象征着智慧与知识，正如维吉尔在但丁前半段旅程中所起的作用。

然而但丁心中所想的显然不是维吉尔的史诗，而是奥维德的《变形记》：

你进入我的胸膛，如同你战胜马尔席亚（Marsyas），把他从他的肢体的鞘里抽出时那样，替我唱歌吧。啊，神的力量啊，如果你

---

① Dante Alighieri, *The Divine Comedy of Dante Alighieri, Vol. 3: Paradiso*, ed. and trans. Robert M. Durling, New York & Oxford: Oxford University Press, 2011, pp. 49-50.

给予我那样大的援助，使我能把这幸福的王国在我脑海中留下的影子表现出来，你将看到我来到你心爱的树下，把它的叶子戴在我头上，诗篇的题材和你的援助将使我配戴这些叶子。

> entra nel petto mio, e spira tue
>
> sì come quando Marsïa traesti
>
> de la vagina de le membra sue.
>
> O divina virtù, se mi ti presti
>
> tanto che l'ombra del beato regno
>
> segnata nel mio capo io manifesti,
>
> vedra'mi al piè del tuo diletto legno
>
> venire e coronarmi de le foglie
>
> che la materia e tu mi farai degno.（*Par.* 1.19—27）

这数个诗行中援引的故事分别是马尔席亚被活剥皮和达芙妮变月桂树。在但丁熟悉的文献中，叙述两个故事的文本或许并不唯一，但在灵泊现身过的古代诗人作品中，同时讲述二者的最著名诗篇显然是《变形记》。

二

在《变形记》中，阿波罗在追逐达芙妮的过程中并未展现出战无不胜的诗神技艺，相反，他还承认自己技不如人。

> "我的箭百发百中，但有一支箭比我的
>
> 更精准，是它射伤我原本空荡的心窝。
>
> 是我发明了医术，我被全世界称为
>
> 拯救者，植物的药性也都归我主宰。
>
> 可是，唉，爱情没有任何灵草能治愈，
>
> 帮助别人的技艺对主人却毫无帮助！"
>
> "certa quidem nostra est, nostra tamen una sagitta
>
> certior, in vacuo quae vulnera pectore fecit!
>
> inventum medicina meum est, opiferque per orbem
>
> dicor, et herbarum subjecta potentia nobis.
>
> ei mihi, quod nullis amor est sanabilis herbis

nec prosunt domino, quae prosunt omnibus, artes!"

（Met. 1.519—524）

在同样被但丁在《天国篇》开篇援引的马尔席亚的故事中，作为竞技胜者的阿波罗也未能摆脱激情引起的愤怒——竞赛的胜利并未给阿波罗带来快乐，他惩罚了傲慢的萨提尔（Satyr），将他活剥了皮。正如布朗利（Kevin Brownlee）[1]所指出的，在这个总共只有 19 个诗行的故事中，奥维德没有描述竞技双方演奏技巧的高超及音乐迷人的魅力，而仅仅是用血淋淋的剥皮情景表现了阿波罗的残酷。

> ……"你为何要将我剥开？"他大叫，
> "啊——我悔改！啊——笛子根本不重要！"
> 他不停嘶喊，皮却从肢体表面扯掉，
> 全身都变成巨大的伤口，血到处涌冒，
> 肌腱显露出来，血管失去皮肤的遮覆，
> 不停地颤动，你可以数清弹跃的脏腑
> 和挂在胸腔中的肺，在光里近乎透明。
> ... "quid me mihi detrahis?" inquit;
> "a! piget, a! non est" clamabat "tibia tanti."
> clamanti cutis est summos direpta per artus,
> nec quicquam nisi vulnus erat; cruor undique manat,
> detectique patent nervi, trepidaeque sine ulla
> pelle micant venae; salientia viscera possis
> et perlucentes numerare in pectore fibras.（Met. 6.385—391）

在这个悲惨的故事中，作为技艺的失败者，神与人都被迫面对赤裸裸的自我：阿波罗在冲冠一怒中撕碎了诗神优雅光辉的面具，酒神的信徒萨提尔则被迫与自己的皮分离——那是自我的表象，就像诗人努力缔造的面具，怒火的涌动与形体的破碎都印证着在这不断变易的世界背后绵绵不绝的原动力——那就是被恩培多克勒斯称为"恨"的力量，它与爱一起缔

---

[1] Kevin Brownlee, "Pauline Vision and Ovidian Speech in *Paradiso* 1," in *The Poetry of Allusion: Virgil and Ovid in Dante's* Commedia, pp. 202-213.

造了《变形记》第 15 卷中哲人毕达哥拉斯眼中永恒的流变世界。[①]

相比《埃涅阿斯纪》,《变形记》中的阿波罗诚然保留了其作为埃涅阿斯指引者的形象:作为预言之神与知识热爱者,他也确实显现出正面力量,他曾指引卡德摩斯追随母牛去往建城之所(*Met.* 3.10–13),也曾将未出生的医神阿斯克勒卜斯(Aesculapius)从母腹拽出,将其托付给聪明的喀戎(Chiron)学习知识(*Met.* 2.626–630)。然而,作为技艺之神的阿波罗却总是败给自然的力量:他用尽话语的力量却无法阻止心爱的库帕里索斯因悲伤而变成柏树(*Met.* 10.132–142);为了追随美少年许阿钦托斯,"齐塔拉的音乐和弓箭都被他抛下"(*Met.* 10.170),却又因卖弄技艺而误杀了爱人,他的琴声换不回爱人的生命,只能在化作花朵的爱人的花瓣上刻上自己"悲伤的符号"[②];他教授给儿子法厄同驾驶太阳车的技艺,却只能将儿子的性命交给机运(*Met.* 2.140–141)[③];他热爱西比尔,却满足了她不死的愿望,无法阻止其青春的流逝(*Met.* 14.130–153)。在所有这些故事中,诗神的失败都展现了技艺的无能以及大自然的桀骜不驯。

在《地狱篇》中,维吉尔曾经追忆过这种自然的可怕力量。他说自己在"基督劫掠地狱"的时刻感受到了这种力量,并将其称为"爱"。

> 这个又深又污秽的峡谷四面八方震动得那样厉害,我以为宇宙感觉到爱了,有人认为,由于爱,世界常常变成混沌;在那一瞬间,这古老的巉岩在这里和别处都出现了的这样的塌方。

> da tutte parti l'alta valle feda
>
> tremò sì ch'i' pensai che l'universo
>
> sentisse amor, per lo qual è chi creda
>
> più volte il mondo in caòsso converso;
>
> e in quel punto questa vecchia roccia,
>
> qui e altrove, tal fece riverso. (*Inf.* 12.40–45)

[①] 见本书第一章第二节分析。

[②] 阿波罗投掷铁饼误杀了许阿钦托斯,奥维德叙述其投出铁饼的动作时特意用了"artem(技艺,技能)"这个词——"展示出日神与力量结合的卓越技能"(*Met.* 10.181)。

[③] 见本书第一章第二节分析。

相应地，在惩罚贪财与吝啬罪的第四层，维吉尔将尘世财富变化的原因解释为机运的作用。

> 她的变化无尽无休，必然性迫使她行动迅速；因此，就常常轮到一些人经历命运变化。
>
> Le sue permutazion non hanno triegue;
>
> necessità la fa esser veloce,
>
> sì spesso vi en chi vicenda consegue.（*Inf.* 7.88—90）

将爱解释为造成混沌、毁坏秩序的自然力，将好运与厄运看作机运女神的分配，这样的举动标志着维吉尔作为异教圣贤的局限。但在《埃涅阿斯纪》中，埃涅阿斯却凭借自己的虔敬与坚韧克服了作为机运的磨难与爱情①，取得了成功。在地狱漫长的旅行中，维吉尔也处处体现出这种坚韧，并时时勉励但丁以同样的坚韧克服困难。

和埃涅阿斯一样，维吉尔的坚韧也可以归结为斯多亚主义的"无情"（apatheia）。按照这种信念，情感的动荡来自原子的无序运动，这种运动甚至能够毁灭世界。因此，智慧者应该依靠理性，克服不良的性情如愤怒、恐惧等的搅扰。虽然斯多亚主义并不拒绝如喜乐、怜悯这样的良好情感，但就其认定的坏的情感而言，"无情"才是真豪杰。奥古斯丁不同意斯多亚主义关于性情的看法。他认为，性情之所以能被激惹，本身就是原罪的后果。不过，虽然激情本身带有罪性，但作为亚当后裔的人却应该承担此生的虚弱，"无情"的完美状态是不能存在于此世的。

> 这样，如果把所谓的"无情"当成心灵不能沾染任何情感，谁不会认为这种麻木是最坏的罪过呢？……如果无惧存在、无悲所动就是无情，那么，如果我们要按照上帝正直地生活，在此生就要避免这无情；而在那所应许的永恒的真正幸福中，我们当然希望无情。（《上帝之城》14.9.4）

在奥古斯丁看来，正义的生活并不意味着消灭情感，而是正确地运

---

① 见本书绪论及第一章第一节分析。

用情感[1]：

> 好人和坏人都可以有意志、谨慎和喜悦；换言之，好人和坏人
> 也都可以欲、惧、乐。但好人以好的方式，坏人以坏的方式使用，正
> 如人的意志可以正直也可以下流。（《上帝之城》14.8.3）

在地狱中，作为罪人的但丁时时受到激情的纠缠，恐惧、（对罪人
的）悲悯、悲伤、绝望等伴随着坎坷的旅程，但无疑有几次他也表现
出正义或恰当的情感，比如在斯提克斯沼泽中他曾怒斥阿尔津蒂（*Inf.*
8.37—39）；在地狱第八层贪官污吏的恶囊中，也是恐惧令他正确察觉出
鬼卒们的恶意（*Inf.* 21.97—99, 127—132）。在炼狱山顶，懊悔之情带来的
痛苦令其支持不住（*Purg.* 31.88—89），但贝雅特丽齐对这种痛苦却表示
认可（*Purg.* 31.67—69）。也正是这样剧烈的痛苦才最终令但丁扭曲的爱
欲彻底倒转过来，"使得其他事物当中最令我入迷的变成了我所最憎恨
的"（*Purg.* 31.86—87）。罪恶带来的苦乐与皈依令其感到的痛苦与激情
相当——这是《埃涅阿斯纪》中的英雄不曾体会过的情感，也是向导维
吉尔无法传授给但丁的体验。正是在此意义上，在《天国篇》开篇呼唤
阿波罗的但丁转向了奥维德。

令人尴尬的是，《变形记》中的故事充满了暴力、罪恶与伤感：潘和
绪任克丝的故事（*Met.* 1.689—712）、那喀索斯与厄科的故事（*Met.* 3.351—
510）表现了一厢情愿的爱情带来的折磨，毕布利丝（Byblis）的故事（*Met.*
9.454—665）和穆拉的故事（*Met.* 10.298—502）裹挟着乱伦的丑恶，即使
在像刻宇克斯与哈尔库俄涅这样理想的爱情故事（*Met.* 11.410—748）中，
读者看到的也不是上天的嘉许，而是诸神的缺席。[2]奥维德笔下的爱情
就像皮格马利翁雕刻的石像（*Met.* 10.247—297），靠创造者的激情点燃
生命，也被创造者的自恋打上罪恶的烙印。[3]虽然这些感伤的故事能给
予但丁所需要的强烈激情，但却必须将《变形记》中罪恶的自恋颠倒过
来，并将爱欲从机运中解放，才可以作为"神圣诗篇"的素材。

---

[1] 奥古斯丁的看法来自保罗书信，可见《哥林多后书》。在《忏悔录》9.12 中，母
　亲莫妮卡（Monica）死后，已经皈依的奥古斯丁仍然流下了眼泪。
[2] 以上故事参见本书第一章第二节分析。
[3] 具体分析见本书第一章第二节。

但丁在《天国篇》开篇对阿波罗故事的重写中完成了爱欲的颠倒，"使我成为符合你授予你心爱的月桂的要求的、充满你的灵感的器皿吧"（*Par.* 1.14—15）。在这里，诗人采用了达芙妮的口吻，让这个奥维德笔下并未真正屈服过，也未曾有过话语权的女仙向阿波罗发出了祈祷。激起这行动的，不是促成自然界基本元素分分合合的爱与恨，而是对技艺与知识的热烈的爱，阿波罗成了爱欲的引导者。最后，爱与技艺成全了彼此，达芙妮与阿波罗的形象在诗人身上融为一体。

> 你将看到我来到你心爱的树下，把它的叶子戴在我头上，诗篇的题材和你的援助将使我配戴这些叶子。
>
> vedra'mi al piè del tuo diletto legno
>
> venire e coronarmi de le foglie
>
> che la materia e tu mi farai degno.（*Par.* 1.25—27）

对马尔席亚故事的重写充满了同样的渴望，"如同你战胜马尔席亚，把他从他的肢体的鞘里抽出"（*Par.* 1.19—20）。在但丁眼中，尘世的诗歌就像马尔席亚必将朽坏的皮囊，在天国之爱的猛烈冲击下废去。[①]

布朗利指出，马尔席亚的受难与基督徒肉身的受难存在一定程度的契合。依据《天国篇》开篇的语境，可以从这一典故中看到圣保罗自述的苦难经历。[②]在《哥林多后书》第 12 卷中，这段自述就发生在圣保罗在讲述神游第三层天的故事之前：

> 我比他们多受劳苦，多下监牢，受鞭打是过重的，冒死是屡次有的。被犹太人鞭打五次，每次四十，减去一下。……又屡次行远路，遭江河的危险，盗贼的危险，同族的危险，外邦人的危险，城里的危险，旷野的危险，海中的危险，假弟兄的危险。受劳碌，受困苦，多次不得睡，又饥又渴，多次不得食。受寒冷，赤身露体。除了这外面的事，还有为众教会挂心的事，天天压在我身上。有谁软弱，我不软弱呢？有谁跌倒，我不焦急呢？我若必须自夸，就夸

---

① 中世纪传统中，马尔席亚的故事与基督的殉难联系在一起。

② Kevin Brownlee, "Pauline Vision and Ovidian Speech in *Paradiso* 1," in *The Poetry of Allusion: Virgil and Ovid in Dante's* Commedia, pp. 202-213.

那关乎我软弱的事便了。(《哥林多后书》11∶23—30)

圣保罗的经历也是但丁曾经的经历。从佛罗伦萨被放逐开始,但丁历经苦难,"你将感到别人家的面包味道多么咸,走上、走下别人家的楼梯,路够多么艰难"(*Par.* 17.58—60)。然而,苦难成全了但丁书写《神曲》的愿望。在《天国篇》开篇,但丁用马尔席亚的故事补充了隐去的圣保罗受难经历,马尔席亚是傲慢的,圣保罗则以苦难为自己可能遭受的"夸口"恶名辩解;马尔席亚因他的荣耀(卓越的技艺)遭受了肉身的苦难,圣保罗却因他肉身的苦难而得荣耀。但丁将奥维德的故事放置在圣保罗文本的语境中,将马尔席亚的傲慢倒转下来,将其转变为基督式的"谦卑"。

在奥维德笔下,马尔席亚的悲惨境遇引起了强烈的悲悯和同情,哀悼者的眼泪汇成了溪流。

> 当地的农夫、各处森林的神灵、牧神、
> 萨提尔兄弟、他仍然挚爱的奥林波斯、
> 众宁芙(Nymph)都为他洒泪,所有在这些山里
> 放牧绵羊和长角公牛的人们也如此。
> 丰饶的大地因为溅落的泪水而变湿,
> 它将这些一滴滴吸入最深处的岩层,
> 变成泉水,然后送进空荡的风中,
> 佛里吉亚全境最清澈的马尔席亚河
> 从这里沿倾斜的堤岸汇入大海的涛波。

> illum ruricolae, silvarum numina, fauni
> et satyri fratres et tunc quoque carus Olympus
> et nymphae flerunt, et quisquis montibus illis
> lanigerosque greges armentaque bucera pavit.
> fertilis inmaduit madefactaque terra caducas
> concepit lacrimas ac venis perbibit imis;
> quas ubi fecit aquam, vacuas emisit in auras.
> inde petens rapidus ripis declivibus aequor
> Marsya nomen habet, Phrygiae liquidissimus amnis.(*Met.* 6.392—400)

　　奥维德笔下的故事虽然悲惨，但这个傲慢的萨提尔却得以用自己的名字为大自然的河流命名，从而成了《变形记》中自然起源故事的一部分，但天国中没有眼泪，也没有以酒神的信徒命名的河流。懊悔的痛苦犹如剥皮，但之后等待诗人的将是无可比拟的喜悦。

　　　　所以无论何时珀纽斯（Peneus）之女的叶子使人渴望它，都会在喜悦的德尔菲（Delphi）之神的心中产生喜悦情绪。

　　　　che parturir letizia in su la lieta

　　　　delfica deïtà dovria la fronda

　　　　peneia, quando alcun di sé asseta.（*Par.* 1.31—33）

这喜悦抹去了奥维德悲伤的痕迹，宣告了"神圣的喜剧"的正义。

三

　　在祈灵之后，但丁见证了"世界之灯"（la lucerna del mondo）（*Par.* 1.38）——太阳①的升起。此后，贝雅特丽齐凝望诸天，但丁则从太阳上撤回视线，转而凝望贝雅特丽齐。此时他感受到了内心的变化：

　　　　在注视她的同时，我的内心发生了那样的变化，好像格劳科斯尝了仙草变成海中其他诸神的同伴一样。超凡入圣的变化是不能用言语（*per verba*）说明的；因此就让将蒙受神恩得以体验这种变化者暂且满足于这个事例吧。

　　　　Nel suo aspetto tal dentro mi fei

　　　　qual si fé Glauco nel gustar de l'erba

　　　　che 'l fé consorto in mar de li altri dèi.

　　　　Trasumanar significar *per verba*

　　　　non si poria; però l'essemplo basti

　　　　a cui esperïenza grazia serba.（*Par.* 1.67—72）

---

①　牛津版《天国篇》注疏指出，对太阳的这个称呼出自 *Met.* 2.35，是法厄同对阿波罗的称呼；而前文诗人将阿波罗称为"父亲"（padre）（*Par.* 1.28），也正好与法厄同的身份契合。这是《天国篇》开篇以奥维德《变形记》作为源文本的又一证据。见：Dante Alighieri, *The Divine Comedy of Dante Alighieri, Vol. 3: Paradiso*, ed. and trans. Robert M. Durling, p. 733.

　　这个段落的隐文本是《变形记》中被称为"小《埃涅阿斯纪》"（第13—15卷）部分的一个插曲（*Met.* 13.898—968）。埃涅阿斯带领的特洛伊船队来到西西里，这里是斯库拉出没的海域，诗人借机讲述了与斯库拉相关的一系列故事：变形后的格劳科斯爱上了斯库拉，对她讲述了自己吃仙草变成海仙的过程，然而斯库拉不听他的话，离开了。恼怒的格劳科斯祈求日神索尔（Sol）①之女喀耳刻为他治疗情伤，然而喀耳刻也正忍受着对格劳科斯的相思之苦，就向格劳科斯求爱。但就像达芙妮无视阿波罗的追求一样，格劳科斯以冰冷的漠视回应爱者的疯狂，他拒绝了日神之女，说只要斯库拉活着，自己的爱就不会变，最后，善妒的女仙用毒草和咒语使斯库拉的下半身变成了野兽（*Met.* 14.1—74）。就像阿波罗的技艺无法捕捉爱情一样，这荒诞不经的爱情故事也与埃涅阿斯的旅程没有任何关联——当埃涅阿斯的船队经过时，斯库拉已经变成了石头。这类戏谑故事的插入令奥维德的"小《埃涅阿斯纪》"显得支离破碎，维吉尔笔下庄严的建国神话也因这些故事的穿插遭遇着解构。②

　　但丁却通过自己的重写将格劳科斯的故事紧密地嵌入了《天国篇》的语境：格劳科斯得以吃仙草是缘于一次偶然的机遇，但丁得以进入天国是由于恩典；格劳科斯在变形时体验到强烈的欲念，"脏腑里面就突然感觉到一阵悸动，对另一种元素的渴望顿然充满心胸"（*Met.* 13.945—946），而但丁则因对贝雅特丽齐怀着强烈的爱而最终经历了内心的超凡入圣；格劳科斯从凡人变成不死的海仙，"海神接纳我，赐给我与他们相当的荣耀"（*Met.* 13.949），但丁则被天国接纳，并在天国中领会了永恒；格劳科斯变形后记不得之前的事情：

> "到此为止我还能讲述发生的事情，
> 还记得细节，但后来我就失去了觉知。
> 等到我恢复意识，发现全身已不是
> 片刻前的样子，心灵的感受也剧烈改变。"
> "hactenus acta tibi possum memoranda referre,
> hactenus haec memini, nec mens mea cetera sensit.

---

① 此处的日神非阿波罗，而是一位提坦神（Titan）。
② 见本书第一章第二节分析。

quae postquam rediit, alium me corpore toto

ac fueram nuper, neque eundem mente recepi:"（*Met.* 13.956—959）

而但丁将格劳科斯的遗忘变成了疑惑，就像圣保罗回忆游天国时所说的"或在身内，或在身外，我都不知道"，但丁也怀疑自己是否肉身还在地球，只是灵魂在飞升（*Par.* 1.73—75），格劳科斯有限的记忆则被但丁用来反思人类记忆与语言的局限，讲述圣保罗所说的第三层天中"隐秘的言语"不可言喻的性质。

　　但丁对这个故事最大的改动在于对变形者过后感受的描述，格劳科斯的变形故事里没有喜悦，在回忆完变形的经历过后，他说：

> "但化作此形、取悦海神有什么用处，
>
> 做神有何益，若这一切不能打动你？"
>
> "quid tamen haec species, quid dis placuisse marinis,
>
> quid iuvat esse deum, si tu non tangeris istis?"（*Met.* 13.964—965）

格劳科斯虽然有幸不死，却未能体会到不死的意义，这个机运的玩偶并未因不死而摆脱情欲的困扰——他对斯库拉的爱是徒劳的；而但丁则被诸天运转发出的和声吸引（*Par.* 1.76—78），油然产生了求知的强烈渴望：

> 新奇的声音和浩大的光辉在我心中燃起了一种急于想知道其原因的欲望，这种欲望的强烈我先前从未感受过[1]。
>
> La novità del suono e 'l grande lume
>
> di lor cagion m'accesero un disio
>
> mai non sentito di cotanto acume.（*Par.* 1.82—84）

　　但丁疑惑的是自己是否肉身还在地球而只是灵魂在飞升（*Par.* 1.73—75），但他尚未开言，贝雅特丽齐便洞悉了他的想法。她并未直接回答但丁的问题，但告诉他此时已离开地球，并且"正在返回你本来的地方"（ch'ad esso riedi）（*Par.* 1.93）。这一回答又令但丁疑惑：自己的肉身如何得以超越轻的物体而上升（*Par.* 1.98—99）？但丁显然在以物理学的方式进行思考，他以自然物质的轻重衡量升降的合理性——那正是《变形

————————————

[1] 第 84 行的中文为笔者根据原文译出。

记》中毕达哥拉斯所说的必然性，然而贝雅特丽齐却纠正他说，万物"在宇宙万物的大海上（lo gran mar de l'essere）被它们天赋的本能（istinto）带往不同的港口"（*Par.* 1.112—114）。

> 人受本能这样向前推动，因为有转向别处的可能性，有时会离开这条正路；①
>
> così da questo corso si diparte
>
> talor la creatura ch'ha podere
>
> di piegar, sì pinta, in altra parte;（*Par.* 1.130—132）

这便是受虚妄的快乐（falso piacere）（*Par.* 1.135）吸引而转向尘世②，一旦心灵的障碍驱除，便可上升（*Par.* 1.137）。

贝雅特丽齐所说的"天赋的本能"是自由意志。③但丁与贝雅特丽齐的对话在某种程度上都构成对《忏悔录》第 13 卷一个片段的戏剧化的表达。在那里，奥古斯丁说：

> 物体靠本身的重量移向合适的地方。重量不一定向下，而是向合适的地方。火上炎，石下堕。二者各受本身重量的推动，各从其所。水中注油，油自会上浮，油上注水，水必然下沉；各为本身的重量推动而自得其所。任何事物不得其所，便不得安定，得其所便得安定。我的重量即是我的爱。爱带我到哪里，我便到哪里。你的恩宠燃烧我们，提掖我们上升，我们便发出热忱冉冉向上。（《忏悔录》13.9）

在这段文字中，奥古斯丁赋予了古典自然哲学以精神寓意，在类比中，他用爱取代了自然哲学机械的力，从而改写了自然哲学。但丁的话再现了这

---

① 此处显然与《地狱篇》开篇"迷失了正路"（ché la diritta via era smarrita）（*Inf.* 1.3）的意象相对应。但此处用的是"航道"（corso）而非"路"（via），显然与《天国篇》开篇乃至全书中的航海语境相关。

② 此处与《炼狱篇》第 31 歌中贝雅特丽齐对但丁的斥责彼此呼应。

③ 由此，《地狱篇》《炼狱篇》《天国篇》的开篇两歌都存在某种理解的谬误，也都有"纠正错误"的情节。《地狱篇》第 1 歌中，但丁认为维吉尔想要引领他走过三界的想法缺乏依据，第 2 歌中维吉尔为但丁指出了此行背后的天意；《炼狱篇》前两歌中，维吉尔想要凭借加图尘世妻子的名义请求加图放行，但丁试图和卡塞拉拥抱，均遭到了加图的纠正；《天国篇》前两歌中，贝雅特丽齐先后对但丁关于飞升的原因、月球斑点起因的错误理解进行了纠正。

一现象的字面意义，贝雅特丽齐则将但丁的注意力重新扭转到灵魂问题上，她纠正了但丁，也揭示了宇宙秩序的本原——这本原不是机运，而是神圣的正义，而这也正是《喜剧》在寓意上的主题。[①]

<h2 style="text-align:center">四</h2>

在《〈创世记〉字疏》第 12 卷中，奥古斯丁通过对异象的分类探讨了圣保罗笔下第三层天的寓意。他将异象分成三类：第一类通过肉眼可见，其对象是世间万物，包括文字；第二类要通过灵看，这是想象力的领域，所看到的事物即使不在眼前，也可以想到他们的样子；第三类是通过理智的直观，所看的对象没有物体的形象，但却可以理解（《〈创世记〉字疏》12.15）。[②]按照这一分类，圣保罗所看到的第三层天不是某种有形的符号，也不是物质实体的一个影像，而是真正的"天"，就像"公义、智慧和诸如此类的事物"（《〈创世记〉字疏》12.12）[③]。按照奥古斯丁在《三一论》（De Trinitate）中的解释，初人的心灵按其本性而安置，服从于上帝，居于它应控制的外物之上，但当意志发生扭曲时，心灵把由感官而来的外物吸收到记忆和想象中，爱就将自我与外物的影像胶着在一起，心灵沉迷于尘世事物。这就是贪爱的产生。[④]要想重新捕捉上帝的影像，就要修正扭曲的爱或意志，使之转向内心，将心灵之眼重新集中在人的心灵中上帝的影像上，让爱重新转向对真理的追求——这就是皈依。

在《天国篇》第 1 歌中，但丁通过对异教诗歌的修正再现了这种意志的倒转，古老的爱情经过净化，融入了圣保罗神游第三层天的故事。在这一过程中，奥维德笔下那涌动的自然为但丁的"圣诗"（Par. 25.1）提供了丰沛的激情，而但丁的贝雅特丽齐则用自由意志取代了毕达哥拉斯主义中作为世界本源的机械力，用神圣的正义取代了古代诗人眼中的机运。就像格劳科斯吃仙草发生的变形一样。在《埃涅阿斯纪》中，地府的旅程和安奇塞斯的教导也让埃涅阿斯的心灵产生了某种"变形"——虔敬的英雄在心里燃起了追求荣耀的爱（famae venientis amore）（Aen. 6.889），

---

① 见本书绪论分析。
② 奥古斯丁，《〈创世记〉字疏（下）》，第 225 页。
③ 奥古斯丁，《〈创世记〉字疏（下）》，第 222 页。
④ 奥古斯丁，《三一论》，周伟驰译，北京：商务印书馆，2018，第 309–314 页。

他也因此成为拉丁姆的征服者。在《天国篇》开篇，太阳升起的异象与贝雅特丽齐的形象在但丁心里唤起的是求真的渴望与诗学历险的雄心，于是，《地狱篇》开篇的沉船者再次扬帆起航，他仍然像维吉尔笔下的而非奥维德笔下的埃涅阿斯，在"自由、正直、健全"（*Purg.* 27.140）的爱的促动下去往天国，在天国最后的乐土里"庆祝恺撒或诗人的胜利"（trïunfare o cesare o poeta）（*Par.* 1.29）。这里既没有斯库拉，也没有喀耳刻，爱情洗涤掉了奥维德式的妒忌与冷漠，阿波罗作为预言者的形象与诗神的形象合二为一，成为但丁旅程的向导。

> 我所走的海路在我以前从未有人走过，弥涅尔瓦为我的船吹风，阿波罗为我掌舵，九位缪斯为我指出大小熊星。
>
> l'acqua ch' io prendo già mai non si corse;
>
> Minerva spira e conducemi Appollo,
>
> e nove Muse mi dimostran l'Orse.（*Par.* 2.7—9）

第二节　天命、恩典与自由意志

一

火星天是托勒密（Claudius Ptolemaeus）天文体系中的第五重天，处于九重天的正中。[①]由于火星的名字由战神玛尔斯得来，它在古代占星术中被看作不祥之星[②]，代表纷争、流血与死亡；由于其不确定性和危险，火星更能代表机运的力量。佛罗伦萨在异教时代以玛尔斯为保护神，基督教时代，施洗者约翰取代玛尔斯，成为保护佛罗伦萨的圣者。[③]但

---

① 但丁按照托勒密天文体系构想了九重天国，按照离地球距离由近到远依次为月球天、水星天、金星天、太阳天、火星天、木星天、土星天、恒星天、原动天。

② 在卢克莱修的《物性论》序诗中，只有维纳斯的安抚才能抚平玛尔斯的怒火并带来和平，在斯塔提乌斯的《忒拜战纪》中，作为战争使者的玛尔斯被一众恶神簇拥；西塞罗在《国家篇》（*De Re Publica*）第 6 卷中将火星看作会给人类带来威胁的星辰。

③ 《地狱篇》第 13 歌中的无名自杀者说，"我是那个城市的人，这个城市以施洗礼者代替了它最初的保护神；所以那个保护神为这件事将经常用他的法术使它悲哀"（*Inf.* 13.143—145）。

丁显然熟悉火星的不祥寓意。在《地狱篇》第 6 歌中，但丁借助恰科之口讲述党争时说："骄傲、忌妒、贪婪是使人心燃烧起来的三个火星。"（*Inf.* 6.74—75）《地狱篇》第 24 歌中，符契（Vanni Fucci）也曾预言，火星释放的气息将给佛罗伦萨带来战火。[①]

为了解决占星术与基督教信仰的矛盾，但丁将火星与流血、死亡及殉难联系在一起，将其描绘成了为圣战而牺牲的英魂们显圣的地方，并用一个十字架的意象象征这些英灵生前的美德（*Par.* 14.100—108）。除去死亡与纷争的意象，但丁在书写火星天时也运用了火星的其他性质。在《飨宴篇》中，但丁就曾从古代七艺的角度谈论了火星天与音乐学的关系。他归纳了火星天的两种特性：一是位居九重天的正中；二是灼热，因而具有炽烈的色彩，并能释放蒸汽。[②]这两种性质使得火星天具有音乐属性。

> 在音乐中有这两种性质，音乐包含着全部的关系，正如我们在和谐的言语和歌曲中看到的，关系越美妙，和声就越甜美，这种关系是这门科学中首要的美，因为那就是其主要的目的。

> 不仅如此，音乐将人的灵吸引到自己身边，而灵主要是心脏的蒸汽，它们几乎完全终止了行动；这同样发生在听到音乐的整个灵魂之中，在听到声音时，它们全部的能力都灌注到了感性的灵中。

> E queste due propietadi sono nella Musica: la quale è tutta relativa, sì come si vede nelle parole armonizzate e nelli canti, de' quali tanto più dolce armonia resulta quanto più la relazione è bella: la quale in essa

---

① *Inf.* 24.145—150："玛尔斯从玛格拉（Magra）河谷引来被乌云包围的火气；接着，将在皮切诺原野上猛烈的暴风雨中交战；结果，火气将用猛力撕破云层，使白党个个都被它击伤。"按照但丁时代的占星学，这里的火气产生于火星的活动，见 *Conv.* 2.13.21—22。

② *Conv.* 2.13.21—22："火星将物体烤干，并将它们烧成灰，因为火星的热量就像火一样，而这就是它看起来颜色炽烈的原因。根据与之相伴的常常自燃的蒸汽的浓与淡，其颜色的炽烈或多或少……因此，阿尔布马萨尔（Albumassar）说，这些蒸汽的燃烧意味着国君的死亡与王国的变化，这些事情都是火星引发的后果。这就是为什么塞涅卡（Seneca）在奥古斯都皇帝死亡时说，他看到天上有个火球。因此，在佛罗伦萨毁灭的开始，人们也在天上看到，有大量与火星相伴的这些气体形成了一个十字架。"

scienza massimamente è bella, perché massimamente in essa s'intende.

　　Ancora: la Musica trae a sé li spiriti umani, che quasi sono principalmente vapori del cuore, sì che quasi cessano da ogni operazione: sì e l'anima intera, quando l'ode, e la virtù di tutti quasi corre allo spirito sensibile che riceve lo suono.（*Conv.* 2.13.23−24）

　　从火星天处于天正中的位置来看，十字架意象的出现并不偶然——根据《创世记》的解释，亚当之树——善恶之树生长在伊甸园正中，而为亚当之树赎罪的基督之树——十字架也应该位于宇宙正中。与位置相关的音乐性则将火星天与另一古典传统联系在一起——按照这种传统，和谐的共同体被比喻为和谐的音乐，这种传统从柏拉图《蒂迈欧篇》《法律篇》（*Laws*）与亚里士多德《政治学》（*Politics*）一直延伸到罗马的西塞罗。在《国家篇》中，小斯基皮奥（Scipio Africanus the Younger）问父亲，耳中听到的是什么声音，父亲回答说那是天体的音乐，"这出自这些天体自身向前飞驰和运动；它们之间的距离虽然不同，但都是按准确比例精确安排的，通过高低音的协调混合，就产生了各种和谐"①。旋转速度快的星球发出尖锐的声音，而慢的星球发出低沉的声音。由于天体运转发出的声音力量极大，凡人的耳朵无法承受，但学识渊博的人们却可以用琴弦和歌唱对行星的音乐进行模仿，并期待借此打开重返天国的道路。②在同一卷中，西塞罗也讲述了与天体音乐类似的共同体的音乐：

　　　　正如同在竖琴和长笛的音乐中或者在一些歌手的歌声中，必须保证不同音的某种和谐，对于训练有素的耳朵来说，打破或违反和谐是不能容忍的，而且这种完美的一致与和谐出自不同音的恰当混合。因此，与此相似，一个国家是通过不同因素之间协调而获得和谐的，其方法是把上、中、下三层阶级（似乎他们就是音乐中的音调）公正且合乎情理地混合在一起。音乐家所说的歌曲和谐就是一个国家的一致，这是任何共和国中永久联盟的最强有力和最佳的纽

---

① 西塞罗，《国家篇、法律篇》，沈叔平、苏力译，北京：商务印书馆，2019，第133−134 页。
② 按照柏拉图主义的学说，人们的灵魂来自不同的星体，被不同星体赋予不同的天赋，为了在尘世的玷污之后返回天国。

带；而没有正义来帮助，这种一致是永远不会出现的。①

结合火星的上述所有性质，火星天不仅兼有机运与救赎双重含义，也将个人命运与共同体命运联系在一起。但丁对火星天故事的描写就是在这一基础上进行的：他书写了火星天上的灵魂们发出的音乐，在这音乐声中，但丁听到了作为人间共同体缩影的佛罗伦萨的故事，也听到了自己的命运和使命。

二

火星天上的对话发生在但丁及其高祖卡恰圭达之间，高祖的灵魂正显现为十字架中的一颗宝石，飞到十字架脚下。

> 如果我们最伟大的诗人的话可信，安奇塞斯的幽魂在乐土中看见自己的儿子时，就怀着同样的感情向他探身迎上前去。"啊，我的骨血呀，啊，上帝给予你的深厚的恩泽呀，天国的门对谁，像对你那样，开两次呢？"
>
> Sì pia l'ombra d'Anchise di porse,
> se fede merta nostra maggior musa,
> quando in Eliso del figlio s'accorse.
> "O sanguis meus! O superinfusa
> gratïa Dei! Sicut tibi cui
> bis unquam Celi ianüa reclusa?"（*Par.* 15.25−30）

这两个三韵句分别用俗语和拉丁语书写，第一个三韵句直接将读者引入《埃涅阿斯纪》中"冥府之行"的回忆里②：安奇塞斯看到埃涅阿斯穿过乐土的草地向他走来，高兴得伸出双手，流出热泪，"你到底来了！你的虔敬克服了道途的艰险了"（*Aen.* 6.686−687）。这是《埃涅阿斯纪》

---

① 西塞罗，《国家篇、法律篇》，第 91 页。奥古斯丁在《上帝之城》2.21 中也引用了这个段落。

② 关于火星天中所用《埃涅阿斯纪》中"冥府之行"典故的分析，见：Jeffrey T. Schnapp, "Bella, Horrida Bella: History in the Grip of Mars," in *The Transfiguration of History at the Center of Dante's* Paradise, Princeton: Princeton University Press, 1986, pp. 14-35.

"虔敬"主题的回声。①第二个三韵句则直接在安奇塞斯的话中插入了圣保罗游天国的典故:"天国的门对谁,像对你那样,开两次呢?"不仅如此,"上帝给予你的深厚的恩泽"也蕴含着《马太福音》中基督受洗和登山显圣时上帝在天上说出的话:"从天上有声音说,这是我的爱子,我所喜悦的。"(《马太福音》3:17, 17:5)与从古典史诗到《圣经》文本的转换相对应的是"父亲"到"高祖"的转变——卡恰圭达并非但丁的父亲,而是高祖,如果但丁象征着每个人,则卡恰圭达就是所有人的"高祖"——亚当;他所显现其中的十字架令人想起亚当之树,而这个十字架的隐喻以及上天的喜悦也正隐含在接下来高祖对但丁的话中。

> "啊,我的树叶呀,我仅仅在盼望你时,就对你感到喜悦,我就是你的树根!"
>
> "O fronda mia in che io mi compiacemmi
>
> pur aspettando, io fui la tua radice!"(*Par.* 15.88–89)

卡恰圭达而后开始了对古老佛罗伦萨的追忆。高祖记忆中的佛罗伦萨正如人类的伊甸园:

> 佛罗伦萨那时在她如今仍然从其中的修道院的钟声得知第三和第九祈祷时刻的古城圈内,一直过着和平、简朴、贞洁的生活。
>
> Fiorenza dentro de la cerchia antica
>
> ond' ella toglie ancora e terza e nona
>
> si stava in pace, sobria e pudica.(*Par.* 15.97–99)

在这里,修道院的意象暗示着信仰,它与人类"黄金时代"的记忆结合在一起,形成一幅宁静祥和的图景。接下来,但丁用四个以否定词"non"开始的三韵句对古老的佛罗伦萨进行了描述②,"那时,没有项链,没有宝冠,没有绣花裙子,没有腰带……"(*Par.* 15.100–101)。正如前文"古城圈"(*Par.* 15.97)的意象将佛罗伦萨分成城里和城外一样,四个三韵句中出现的八个"non"也将这座城市的历史分成过去和现在——一边是

---

① 《埃涅阿斯纪》中父子重逢的基调有几分悲怆,而火星天上,高祖与但丁的相会没有眼泪。

② 用否定的方式的描写逝去的往日也见于《变形记》1.97–100 对黄金时代的描述。

作为封闭社会的古老佛罗伦萨，它以节制为美德，在那里，人们的欲望适度；一边则是即将到来的开放的新社会，在那里，新来的人口将带来对物欲的过度渴望。①高祖出生在那个时代，他对出生时刻的追忆充满着"圣家族"的意味。

> 马利亚被我母亲在阵痛中高声呼叫，使我在这样安定、这样美好的市民生活中，这样忠实可靠的市民社会中，这样称心如意的住所中诞生；我在你们的古老的洗礼堂中同时成为基督教徒和卡恰圭达。
>
> A così riposato, a così bello
>
> viver di cittadini, a così fida
>
> cittadinanza, a così dolce ostello,
>
> Maria mi diè, chiamata in alte grida,
>
> e ne l'antico vostro Batisteo
>
> insieme fui cristiano e Cacciaguida.（*Par.* 15.130—135）

在上述片段的第一个三韵句中，"a così"（在如此/这样……中）出现了四次，"卡恰圭达"这个名字也伴随着"洗礼堂"和基督徒的意象首次出现在诗歌中。后来，高祖追随康拉德三世（Conrad III），受封骑士，在神圣的战斗中死去，"从蒙难殉教中来到这平和的福域"（venni dal martiro a questa pace）（*Par.* 15.148）。

在第 16 歌中，在但丁的追问下，卡恰圭达讲述了自己蒙难的过程与佛罗伦萨的堕落史，个人的历史与世界的历史在叙事中交织在一起②，

---

① 牛津版《天国篇》注释者注意到，第 15 歌第 97—135 行有关古老佛罗伦萨的描述可以从 112 行开始分为两部分，每一部分分别按照个人（女性形象）、家庭、邻里和城市的次序进行，这种次序正好对应 *Mon.* 1.5 中从小至大论证世界帝国正当性的次序。类似地，第 124—126 行中，描述妇女一面纺线，"一面给家人讲有关特洛伊人、菲埃佐勒（Fiesole）和罗马的故事"，在其中，特洛伊被看作欧洲文明的起源，菲埃佐勒被看作佛罗伦萨的起源，罗马则代表《帝制论》中描写过的过去和未来的理想世界。参见：Dante Alighieri, *The Divine Comedy of Dante Alighieri, Vol. 3: Paradiso*, ed. and trans. Robert M. Durling, pp. 356-359.

② 将卡恰圭达的叙述和《地狱篇》与《炼狱篇》中出现的佛罗伦萨历史事件一起读，可以将佛罗伦萨的分裂历史连成完整的一体。见：Jeffrey T. Schnapp, "Marte/Morte/Martirio: The Dilemma of Florentine History," in *The Transfiguration of History at the Center of Dante's* Paradise, pp. 36-69.

而历史事件的叙事逻辑也按照天体—火星—运转的节奏进行①。

> "从天使说'Ave'那天到我的如今已是圣徒的母亲分娩生下胎
> 中的我时，这火星回到它的狮子宫重新燃烧已有五百八十次。……
> 那时候，那里在玛尔斯神像和施洗者约翰洗礼堂之间能执兵器的
> 人，是现在的人数的五分之一。"

> "Da quel dì che fu detto 'Ave'
> al parto in che mia madre, ch' è or santa,
> s'alleviò di me, ond' era grave,
> al suo Leon cinquecento cinquanta
> e trenta fiate venne questo foco
> a rinfiammarsi sotto la sua pianta.
> ...
> Tutti color ch' a quel tempo eran ivi
> da poter arme tra Marte e 'l Batista
> erano il quinto di quei ch' or son vivi."（*Par*. 16.34-48）

在地心说背景下的中世纪天文学中，根据天文学家阿尔弗拉贾努斯
（Alfraganus）的计算，火星绕黄道一周大约需要 687 天，火星回到狮子
宫 580 次的天数除以一年的天数，得数约为 1091，因此卡恰圭达大约生
于这一年。1147 年，他在与异教徒的战争中牺牲，终年 56 岁。玛尔斯神
像和施洗者约翰洗礼堂分别位于穿过佛罗伦萨的河流——阿尔诺河上的
老桥南北两端，北端是佛罗伦萨老城，南端则处于城外。佛罗伦萨老城
在施洗者约翰的护佑下享有和平，却时时受到玛尔斯的威胁。外来人的
迁入是佛罗伦萨堕落的开端，来自阿科内（Acone）教区的暴发户切尔
契（Cerchi）家族与来自瓦尔迪格莱维（Valdigrieve）的波恩戴尔蒙提
（Buondelmonti）家族是罪魁祸首。1215 年，波恩戴尔蒙提家族的波恩戴
尔蒙特（Buondelmonte de 'Buondelmonti）与阿米黛（Amidei）家族订婚，

① 牛津版《天国篇》的注释者注意到，卡恰圭达陈述的个人生平是遵循占星术的体
　系进行论证的，这种叙事方法来自托勒密的《占星四书》（*Tetrabiblos*）。参见：
　Dante Alighieri, *The Divine Comedy of Dante Alighieri, Vol. 3: Paradiso*, ed. and
　trans. Robert M. Durling, p. 359.

后另娶窦纳提（Donati）家族的女儿。来自朗贝尔提（Lamberti）家族的莫斯卡（Mosca）怂恿阿米黛家族杀死了波恩戴尔蒙特，使本已存在的两党矛盾激化。而佛罗伦萨的党争像瘟疫一样迅速传染了意大利各邦。①

在卡恰圭达的追忆中，但丁听到了佛罗伦萨乃至意大利诸多大家族的兴衰。人事的更替就像潮汐一样涨落，在叙事中再次浮现出了"时运"的主题。

> 你们人世间的事物，正如你们人一样，都有其死之日；但有些事物持续很久，人的生命短促，看不到它们死亡。如同月天的运转使海水不断地涨落，把海岸覆盖又露出，时运之神对佛罗伦萨也这样做；

> Le vostre cose tutte hanno lor morte,

> sì come voi, ma celasi in alcuna

> che dura molto, e le vite son corte.

> E come 'l volger del ciel de la luna

> cuopre e discuopre i liti sanza posa,

> così fa di Fiorenza la Fortuna:（*Par.* 16.79—84）

这一段关于机运的感慨首先是对《地狱篇》中所有机运主题的回应，但正如在本章第一节中所指出的，在《地狱篇》中，多数谈到机运的灵魂都将其纯粹看作一种不可控的力量②，唯有拉蒂尼指引但丁追求"你的命运"（La tua fortuna）（*Inf.* 15.70）保留给但丁的光荣③。在但丁生前的这位

---

① 关于以上历史事件，见：Dante Alighieri, *The Divine Comedy of Dante Alighieri, Vol. 3: Paradiso*, ed. and trans. Robert M. Durling, pp. 373-381. 亦参见：但丁，《神曲：天国篇》，田德望译，北京：人民文学出版社，2001，第120—124页。

② 地狱中的灵魂们往往和维吉尔一样从 fortuna（机运，时运，运气）角度看待命运：第10歌中，卡瓦尔坎特（Cavalcante de' Cavalcanti）认为但丁能够前来是依靠机运；第13歌中，自杀者维涅认为自己的灵魂在自杀者丛林中落下生根的位置是机运的作用；等等。

③ 按照《神曲》写作的严谨结构，书写"所多玛（Sodom）之罪"的《地狱篇》第15、16歌与火星天存在着结构上的对应，在内容上也有很多对应之处，拉蒂尼是但丁尘世的导师，但丁深刻地记得他"亲切的、和善的、父亲般的形象"（la cara e buona imagine paterna）（*Inf.* 15.83），而卡恰圭达则是但丁的高祖，或换言之，是家族的父亲。二者都对佛罗伦萨的历史进行了追溯，也都对但丁将来的命运进行了预言。

导师看来，生于双子座的但丁天生就有成为不朽诗人的天赋，来自邪恶佛罗伦萨人的迫害也无法阻碍他，因此，"你要是追随着自己的星前进，不会达不到光荣的港口"（Se tu segui tua stella, / non puoi fallire a glorïoso porto）（*Inf*. 15.55–56）。作为 13 世纪古典文化复兴的代表，拉蒂尼所鼓励的坚毅隐忍颇有罗马风范[①]，但他的预言并未说清时运与个人意志的关系：如果命运注定但丁成为最伟大的诗人，那么但丁必将经受的磨难和个人的努力又与既定的命运有什么关系？或许正是因此，虽然但丁对拉蒂尼承诺"只要我的良心不责备我，无论时运女神怎样对待我，我都准备承受"（pur che mia conscïenza non mi garra, / ch'a la Fortuna, come vuol, son presto）（*Inf*. 15.92–93），"让时运女神爱怎样转动她的轮盘就怎样转动吧"（però giri Fortuna la sua rota）（*Inf*. 15.95），但走出地狱，当他在天国中听到佛罗伦萨诸家族的盛衰后，他仍然想要从高祖的口中听到关于命运的解释（*Par*. 17.19–27）。

三

　　《地狱篇》留给但丁的、在火星天中再次浮现的关于命运与自由意志的问题，以及受难与诗学成就的问题也是波埃修斯《哲学的安慰》的主题。这位被看作继奥古斯丁之后最伟大的拉丁教父的哲人与但丁有相似的命运，他在年轻时成为政坛翘楚，是东哥特人（Ostrogoths）统治下罗马的执政官，却在中年时被诬入狱，并于次年被秘密处死。他在狱中所写的《哲学的安慰》成了哲人的绝响。在太阳天显现的灵魂中，波埃修斯赫然在列，圣托马斯称他"使好好聆听他的人洞明这个虚妄的世界"（*Par*. 10.125–126），并称他"由殉道和流放中来到这平和境界"（da martiro / e da essilio venne a questa pace）（*Par*. 10.128–129）。

　　《哲学的安慰》始于哲学女神对诗歌女神的斥逐，因为这些塞壬般的缪斯并未给绝境中的波埃修斯带来真正的慰藉。波埃修斯开始向哲学女神控诉自己的冤屈和命运的无常，但哲学女神告诫他，他之所以认为无法掌控命运的起伏，是因为不知道世间万物的目的和归宿。[②]她告诉

---

① 关于拉蒂尼的生平，见：Ronald G. Witt, "Latini, Lovato and the Revival of Antiquity," *Dante Studies* 112 (1994): 53-62.

② 波埃修斯，《哲学的安慰》，陈越骅译，上海：东方出版中心，2021，第 30 页。

波埃修斯，不要妄想用自己的力量去阻止命运之轮的旋转：

　　　　她用专横之手，转动无常之轮，辗转来回，好似潮汐涨落。[①]

接着，哲学女神开始用机运女神的口吻对波埃修斯讲话。她说，自己能夺去的东西——财富、权力与荣耀等等——没有一件真正属于凡人，因为这些身外之物就其本性而言便会为他人所有。与其向外求索，不如在心灵中寻找真正的幸福。当波埃修斯提出，自己执政并非出于贪恋世俗利益，而是想要为善服务时，哲学女神回答说，通过参与政事获得的世俗荣耀本质是虚无的，因为人类生存的大地与宇宙相比微不足道；即使在大地上，人类力量能够触及的领域也非常狭小；不仅如此，不同的民族由于不同的风俗对相同的行动会有不同的评价，所谓的不朽盛名只能在一个国家内存在；并且，随着年深日久，前人的丰功伟业也会随着岁月流逝被人淡忘。[②]哲学女神进一步说，对于人类而言，噩运优于好运，因为后者看起来让人快乐，却具有欺骗性，而前者却能够让人认识尘世幸福的脆弱，因此，噩运可以解放心灵，并将人拉回到追求真善的正轨上。[③]在第3卷中，哲学女神援引《蒂迈欧篇》以及新柏拉图主义传统指出，作为宇宙的起源，上帝拥有完满的善也即真正的幸福。由于完满的善一旦分割就不再完满[④]，因此，保持完满就要保持至善的同一；作为由至善流溢而出的万物，它们无不渴望回归至善，因此万物都渴望统一，也就是追求最适合其本质的东西。作为至善的上帝不能作恶，因而恶就是虚无[⑤]。将恶归结于虚无令波埃修斯感到困惑，因为他不明白，为何由至善统治的宇宙邪恶横行，为何有美德的人得不到奖赏，奸邪之徒得不到惩罚。哲学女神指出，这是因为他还没有认识事物背后的伟大法则。接下来，哲学女神区分了天意、天命与时运。她指出，作为万物生成与变化的起源，神圣的心灵建立了万物的行为方式，

---

① 波埃修斯，《哲学的安慰》，第 38 页。
② 波埃修斯，《哲学的安慰》，第 62—64 页。
③ 波埃修斯，《哲学的安慰》，第 67—68 页。
④ 哲学女神的论证理由是，如果善分裂为两个，那么分裂后的两个善必然缺失某一部分的善，因此必然不完满。
⑤ 波埃修斯，《哲学的安慰》，第 112 页。

> 这个方式，当它在绝对纯粹的神圣的理智中被沉思的时候，就叫作天意（providentia）；而当我们提到它驱动和安排的事情时，古人把它称作天命（fatum）。……天意是神的理性本身……而天命是流变的万物内在的一种配置，天意通过天命将万物聚集在一起……所以万物在时间序列中展开，并在神圣心灵的预见中统一，这个统一就是天意，而这个统一体在时间中的分配和展开就叫作天命。①

哲学女神接下来说，万物之中凡受天命或时运掌控的也都受天意掌控，作为身外之物的财富、地位和名誉都可归于此类。但还有一些事物虽然同样从属于天意，却在天命之上，不受时运支配，对此，哲学女神举了一个许多圆球围绕同一中心旋转的例子，最里面的圆球"朝着中心不断逼近，成为其他圆球的轴心"。不受天命操控的事物朝着万物的中心靠近，那就是信仰与美德，"如果它能紧紧跟随稳定不变的最高的心灵，那么它也将不再变动，超越于必然的天命之上"。②为了让某些人心灵中的美德变得强壮，天意有时故意以磨难激励他们，但对某些恶人，天意有时却欲擒故纵，用他们不配得到的幸运激起他们的贪欲，最终让他们堕入纷争与灾祸。人类有限的理解力无法了解上帝的全部安排，因此，就会产生疑惑。

解除了初步疑惑的波埃修斯又进一步提出问题：在被创造的宇宙秩序中，偶然性是否有地位？此外，可预知性与自由意志二者之间存在着矛盾，如果一切都能被预知，则所有被预知的就必然发生，因而就不存在自由意志，那么，人无论行善还是作恶都不能因此获得报偿或惩罚。③哲学女神从亚里士多德《物理学》中对偶然性的定义——"在出于某种目的做某事的时候，在许多原因共同作用下发生了未曾预料到的事件"④——开始解释，事物的发生并不取决于被预知，因此，从将要发生的事物角度看，其发生仍是自由的；但事物被认知，并非取决于其自身

---

① 波埃修斯，《哲学的安慰》，第157-158页。
② 波埃修斯，《哲学的安慰》，第159页。
③ 波埃修斯，《哲学的安慰》，第184页。
④ 见：波埃修斯，《哲学的安慰》，第179页。

的力量，而是取决于认知者的能力①，所有时间中的事物无法拥抱其存在的每一个时刻，但永恒的上帝却拥有超越所有时间性运动的知识，他就是"永远的现在"②。同样的未来事件就自身而言可以是偶然的和绝对自由的，但当它与神的知识关联，便具有了必然性，虽然人可以凭借意愿改变决定，但无论怎样改变，都无法逃脱天意的惩恶扬善。在此意义上，"当你在一位洞察一切的法官面前行事时，他已经庄严地为你规定了一条伟大的必然性"③。

在火星天上，卡恰圭达自述身世时所用的词语"从蒙难殉教中来到这平和的福域"（*Par.* 15.148）与圣托马斯形容波埃修斯的措辞几乎相同，这在某种程度上能够佐证，火星天的对话包含着波埃修斯式的主题。而在卡恰圭达描述佛罗伦萨众家族随时运起伏而兴衰变迁时，其波埃修斯式的叙述方式也十分明显。

> "超不出你们的物质世界这卷书之外的偶然事件都一一显现在那永恒的心目中；但并不从那里获得必然性，正如顺急流而下的船不从它映入的眼帘获得动力一样。那等待着你的未来的生活遭遇从那里映现在我眼前，犹如美好的和声从管风琴传入我耳中一般。"
>
> "La contingenza, che fuor del quaderno
>
> de la vostra matera non si stende,
>
> tutta è dipinta nel cospetto etterno;
>
> necessità però quindi non prende
>
> se non come dal viso in che si specchia
>
> nave che per corrente giù discende.
>
> Da indi, sì come viene ad orecchia

---

① 哲学女神以人本身的感觉、想象、理性和理智把握事物方式的差别来说明这个问题，感觉通过质料之中的形式了解事物，而想象则脱离质料去把握形式；理性考察具体形式背后的一般性；理智的位置最高，"它超越了围绕着一个整体打转的过程，以心灵纯粹的视力窥见单纯的形式本身"。较低的认识力量无法超越自身，因而无法理解较高的认识力量。见：波埃修斯，《哲学的安慰》，第193—194页。

② 奥古斯丁通过对时间的分析也得出上帝是"永远的现在"的看法，参见《忏悔录》11.11。

③ 波埃修斯，《哲学的安慰》，第206页。

dolce armonia da organo, mi viene

a vista il tempo che ti s'apparecchia." (*Par*. 17.37—45)

接下来,卡恰圭达用一个在维吉尔与奥维德的诗歌中都出现过的典故开始了对但丁放逐生涯的预言:

> "像希波吕图斯由于残酷、奸诈的继母的诬陷离开雅典那样,你将被迫离开佛罗伦萨。"

> "Qual si partio Ipolito d'Atene

> per la spietata e perfida noverca:

> tal di Fiorenza partir ti convene." (*Par*. 17.46—48)

在维吉尔和奥维德等古典诗人笔下都有关于希波吕图斯故事的叙述①:雅典王忒修斯的儿子希波吕图斯无辜遭到继母诬陷,被父王逐出雅典。他来到特洛曾(Troezen)城时,一只从海里冒出来的怪兽惊吓了驾车的马,他从车上摔下来,被马车活活拖着走,撕碎了身体,而后悲惨死去。后来,阿波罗之子阿斯克勒卜斯用灵药救了他。为了避免天父震怒,狄安娜(Diana)把他安排到意大利森林中一个隐秘的地方。《变形记》中还说,狄安娜为了让他不叫人认出来报复他,把他变成了老人的模样。就这样,他成了森林中的一个神,新的名字叫维尔比乌斯(Virbius)。

高祖告诉但丁,他将像希波吕图斯一样无辜获罪,不仅被迫离开佛罗伦萨,忍受放逐与寄人篱下之苦,还不得不与同样被放逐的不义的白党分子相伴;此后,但丁也像希波吕图斯获得阿波罗之子和狄安娜的帮助一样,获得斯卡拉大亲王的收留,而迫害他的人将受到惩罚(*Par*. 17.49—99)。

卡恰圭达的预言大体是按照波埃修斯的方式进行的,简言之,所谓"哲学的安慰",是指看到变化无常的机运背后的天意;时运无常而天道有常,人应克服认知上的缺陷,正确对待好运与噩运。但这种做法并未告诉人坚守善行如何可能,以及人应该如何行善。正因为如此,他的话并未消除但丁的疑虑。诗人指出,自己如果离开心爱的故土,便不想因

---

① 分别见 *Aen*. 7.761—782; *Met*. 15.492—546。

为自己的诗歌再失去其他的地方（*Par.* 17.111），并且害怕自己"不能在将把此时称为古代的人们中间永生"（*Par.* 17.119—120）。换言之，面对卡恰圭达的波埃修斯式的解答，但丁仍然怀有埃涅阿斯式的困惑：除了服从上天的训诫，人应何为？

奥古斯丁曾在另一语境中面临但丁的这一问题。在《论基督的恩典和原罪》（*De gratia Christi et de peccato originali*）中，奥古斯丁就恩典与自由意志的关系和贝拉基（Pelagius）展开了争论。贝拉基给心灵划分了三种职能：能力（possibilitas）、意愿（voluntas）和行为（actio）。在三者之中，上帝的恩典只存在于能力中，使人成义，而后两种则与上帝无关。①贝拉基据此认为，人都有得救的能力，但是否践行，完全取决于人如何运用自己的自由意志，能力就像树根，依据人的自由意志结出或善或恶的果实。②而至于具体何为恩典，贝拉基将之归诸律法和教训。③换言之，上帝的恩典只是一种实现善的可能性，虽然它已经潜在于人的能力中，人却不一定对其有所感知，就像人虽然受制于律法与训诫，却不一定为其触动。

奥古斯丁指出，贝拉基关于根和果子的譬喻是不对的，因为它隐含着一个错误的推论，那就是，好的根既能结好果子也能结坏果子，这样就等于把坏的结果归因于好。④奥古斯丁不认可贝拉基关于灵魂功能的三重划分。他指出，恩典并不存在于能力中，而是存在于自由意志与行动的力量中；恩典也不通过律法和教训存在，它就在人的心灵里。

奥古斯丁解释说：

> 主在仁慈里悄悄地、秘密地走近他，触到他的心，唤起他对过去的回忆，用他自己内在的恩典造访彼得，在他内在的人那里激发出、迸发出外在的眼泪。⑤

---

① 奥古斯丁，《论原罪与恩典》，周伟驰译，北京：商务印书馆，2012，第250页。《论原罪与恩典》是奥古斯丁反贝拉基著作的中文结集，并非单一的作品，其中包括《论基督的恩典和原罪》。
② 奥古斯丁，《论原罪与恩典》，第266页。
③ 奥古斯丁，《论原罪与恩典》，第254页。
④ 奥古斯丁，《论原罪与恩典》，第254页。
⑤ 奥古斯丁，《论原罪与恩典》，第292页。

　　《神曲》的诸多细节可以证明但丁在恩典这一问题上的奥古斯丁主义立场。《炼狱篇》第16歌中，伦巴第的马可在论述自由意志时说：

> 你们受一种更大的力量和更善的本性支配，因而自由[①]；这种
> 力量和本性创造你们的心灵，心灵是诸天不能影响的；
>
> A maggior forza e a miglior natura
>
> liberi soggiacete, e quella cria
>
> la mente in voi, che 'l ciel non ha in sua cura.（*Purg.* 16.79—81）

人之所以能靠自由意志克服命运，是因为意志的强大后盾[②]，也正因为人能够确实感知和把握到恩典，才不能将一切归诸命运——而那正是维吉尔笔下的英雄感受不到、拉蒂尼不愿承认的力量。

　　在但丁的精神旅途中，贝雅特丽齐就是恩典的力量，她不是《埃涅阿斯纪》中不可捉摸的神灵，令虔敬的英雄屡屡陷入迷茫；就像耶稣转身看着圣彼得一样，她甚至在早年就曾用自己的眼睛注视着但丁："有一段时间，我以我的容颜支持着他：让她看到我的青春的眼睛，指引他跟我去走正路。"（*Purg.* 30.121—123）当但丁抛弃她时，她甚至来到地狱，亲自恳请维吉尔前来对其进行引导；在炼狱山顶，她也通过自己的目光和言语给予但丁教训——这一系列过程都是在没有外人旁观的情境下发生的，就像奥古斯丁所说的，"悄悄地、秘密地走近他，触到他的心，唤起他对过去的回忆"。在火星天上，贝雅特丽齐同样再现了恩典对于行动的作用——每当但丁内心产生疑虑时，他都是回看贝雅特丽齐的眼睛才鼓起发问的勇气。[③]

　　但同时，但丁也必须背负起基督的十字架，亲自走过从地狱到天国的路，他不能像卡隆劝诱的那样，越过死亡的国度直接登上炼狱之舟；他必须进入埃涅阿斯不曾进入的地府深处，穷尽罪恶的奥秘；但他也得到回报，在伊甸园的河流中洗去罪恶，恢复善的记忆；进入天国，看到

---

① 这一句笔者根据原文自行翻译。

② 伦巴第的马可所说的话中除了奥古斯丁思想，其对理性的强调具有圣托马斯哲学的色彩，但就自由意志为上天的恩典而言，圣托马斯延续了奥古斯丁的思想。

③ 在与卡恰圭达的对话中，但丁一共看了贝雅特丽齐四次，具体分析见本章第三节。

圣保罗口中不可言喻的异象；最终回到人间，经历奥维德式的放逐与苦难，取得甚至超过维吉尔的不朽的荣耀。

在这样的语境中，波埃修斯的受难主题与奥古斯丁的自由意志学说得以结合在一起[①]，将罗马诗人笔下的"机运—天命—虔敬"架构置换成了"天命—恩典—自由意志"架构，卡恰圭达接下来对但丁使命的预言就建立在这种视野中，他鼓励自己的子孙，去做一个传达上帝福音的诗人，"自己独自成为一派"（fatta parte per te）（*Par.* 17.69）也能给他带来光荣。

> "但是，尽管如此，你要抛弃一切谎言，把你所见到的全部揭露出来，就让有疥疮的人自搔痒处吧。……你这声讨的威力将如同风一样，对最高的山峰的打击最为猛烈；这将成为你获得荣誉的不小的理由。"
>
> "Ma nondimen, rimossa ogne menzogna,
>
> tutta tua visïon fa manifesta,
>
> e lascia pur grattar dov' è la rogna.
>
> ...
>
> Questo tuo grido farà come vento
>
> che le più alte cime più percuote,
>
> e ciò non fa d'onor poco argomento."（*Par.* 17.127—135）

至此，在希波吕图斯的重生与但丁即将到来的命运和使命之间也形成了完满的契合：无辜受难与放逐[②]，还有死亡与复活，以及来自神的慰藉与新生后的变形。就这样，希波吕图斯式的古代悲剧被赋予了新的救赎意义：但丁在经历了放逐与苦难，在走过了死亡世界的地狱之后，由于神的恩典而得到帮助与庇护，从而得以进入天国，最后承担了"诗

---

① 关于波埃修斯主题与奥古斯丁主题的结合，第三章第三节在分析贝雅特丽齐呼唤但丁名字这一情景时已经提到过，此处可以看作文本不同篇章的彼此呼应。

② 在中世纪语境中，希波吕图斯的形象固然具有强烈的"殉难"意味，可但丁并非传统意义上的殉难者。中世纪教父圣伊西多尔（St. Isidore）区分了真实意义上的殉难和象征意义上的殉难，他认为，前一种是实际的遭受身体折磨的殉难，后一种是在灵魂和德性上受考验的殉难。后者能够挺过敌人的阴谋和抵制住肉身的诱惑，就相当于将自己的心灵献祭给上帝，他们是和平年代的殉难者，因为凭借他们的美德，在基督徒受迫害的时代一定会成为实际的殉难者。但丁属于第二种。

人–神学家"的使命，就像希波吕图斯变成的维尔比乌斯的名字象征的那样：成了一位"新人"。①个人命运实现的过程中，来自天国的预知并不赋予其必然性，个人意志仍然是实现使命的决定力量，但这并不与天意冲突；相反，由于恩典的作用，自由抉择证成了天意，正如后来在木星天中组成鹰眼的正义的灵魂告诉但丁的：

> 天国受到热烈的爱和强烈的希望的猛烈进攻，二者战胜神的意志：并非以人征服人的方式，而是因为它愿被战胜，才战胜它，被战胜了，它又以其爱战胜。
>
> *Regnum celorum* vïolenza pate
>
> da caldo amore e da viva speranza
>
> che vince la divina volontate:
>
> non a guisa che l'omo a l'om sobranza,
>
> ma vince lei perché vuole esser vinta,
>
> e, vinta, vince con sua beninanza.（*Par.* 20.94—99）

四

在《埃涅阿斯纪》"冥府之行"片段前，埃涅阿斯也从女先知西比尔那里听到过有关即将到来的个人苦难和拉丁战争的不祥预言，那是西比尔在被阿波罗驯服后说出的。维吉尔将这段预言描述为"可怕的隐隐约约的话""晦涩难明"（*Aen.* 6.99—100）。而在《天国篇》第 17 歌中，但丁谈道：

> 那位……慈爱的父亲，不以那种在消除罪孽的上帝的羔羊被杀以前曾使古代的愚民受其迷惑的模棱两可的隐语，而以明确的话和贴切的言辞回答说：
>
> Né per ambage, in che la gente folle

---

① 把维尔比乌斯名字 Virbius 拆开，大体上可以得到 vir（人）和 bis（两次）两个词（忽略字母"u"），因而这个名字大致可以理解为"两次成人"。但丁与奥维德关于希波利图斯故事的不同叙述在细节上的对比，见：Jeffrey T. Schnapp, "Dante's Ovidian Self-Correction in *Paradiso* 17," in *The Poetry of Allusion: Virgil and Ovid in Dante's* Commedia, pp. 214-223.

già s'inviscava pria che fosse anciso

l'Agnel di Dio che le peccata tolle,

ma per chiare parole e con preciso

latin rispuose quello amor paterno,（*Par.* 17.31—35）

模棱两可的隐语与明晰准确的言辞，是古典命运观与中世纪命运观之间最大的区别。预言是模糊而令人迷惑的——那就是《埃涅阿斯纪》中西比尔预言的方式，而在基督殉难之后，却是明晰准确的。之所以有这样的转变，恰恰是因为在古代诗人的视野中，天命不受人的意志左右，而在但丁眼中，天命本身就在人的自由意志及其行动中。

在《地狱篇》中，除了这一节中提到的拉蒂尼，一众恶灵也具有相当准确的预知能力：第 6 歌中的恰科预言了窦纳提家族和切尔契家族的流血冲突；第 10 歌中的法利纳塔预言但丁在放逐后很难返回故乡佛罗伦萨；第 24 歌中的符契预言了佛罗伦萨的政变。但他们和拉蒂尼一样，既缺乏对天命完整的认知，也无法理解恩典与自由意志的意义，只能凭借片段的人类知识进行预知，他们的预言虽然不无准确之处，但他们无法把握历史流变的全过程：法利纳塔不知道吉伯林党遭遇的永久流放，拉蒂尼辨认不出随但丁一起到来的维吉尔，等等。由于他们拒绝信仰，他们不能看到自由意志背后的"永远的现在"，所以，也无法在时间的流逝中把握到"在"，而那正是上帝预知的奥秘——正是在上帝那里，"一切时间对它来说都是现在的那一点"（mirando il punto / a cui tutti li tempi son presenti）（*Par.* 17.17—18）。由于紧紧地依靠这"永远的现在"，天国的灵魂"预见一切尚未成为事实的偶然事件，如同凡人的心智知道一个三角形不能包含两个钝角一样"（*Par.* 17.14—17）。而贝雅特丽齐也正是在此意义上指出了灵泊中灵魂的局限：

　　"现在已经向你足够明确地指出，你经常提的关于神的正义问题的隐蔽处在哪里；因为你说：'一个人生在印度河畔，在那里，没有人宣讲基督的教义，也没有人传授，也没有人写这方面的书；就人的理性所见，他的一切意向和行为是善良的，行事或说话方面也无罪。他没受洗、没信仰而死：判他罪的这正义在哪里呢？如果他没信仰，他的罪在哪里呢？'咦，你是什么人，你竟想坐在法官椅子上，用一拃视距的目光判断千里之外的事物？"

"Assai t'è mo aperta la latebra

che t'ascondeva la Giustizia viva

di che facei question cotanto crebra,

ché tu dicevi: 'Un uom nasce a la riva

de l'Indo, e quivi non è chi ragioni

di Cristo né chi legga né chi scriva,

e tutti suoi voleri e atti buoni

sono, quanto ragione umana vede,

sanza peccato in vita o in sermoni.

Muore non battezzato e sanza fede:

ov' è questa giustizia che 'l condanna?

ov' è la colpa sua se ei non crede?'

Or tu chi se', che vuo' sedere a scranna

per giudicar di lungi mille miglia

con la veduta corta d'una spanna?" (*Par.* 19.67−81)

认为生于基督之前、没有信仰的灵魂"无罪"（sanza peccato）——这正是维吉尔在对但丁解释灵泊中灵魂的状况时所讲的（*Inf.* 4.34−42）。按照这样的解释，一切生活在基督出生前的人都无缘得救。但《神曲》展现的世界却对维吉尔的信念屡屡提出疑问——在但丁朝圣旅途中遇到的人物里，不仅加图成了炼狱的守门人，在木星天，在组成鹰眼的六个正义的灵魂中，他甚至看到了《埃涅阿斯纪》中的人物里佩乌斯（Rhipeus）。在罗马史诗中，里佩乌斯被称作"特洛伊最公正的人，从来是走正路的"（*Aen.* 2.426−427），却战死于特洛伊灭亡之际。维吉尔从他的死里看到了无辜，"但是天神们的看法和我们不一样"（dis aliter visum）（*Aen.* 2.428）。然而，在但丁笔下，生于基督之前的里佩乌斯却得以进入天国。使其得享天福的，除了特洛伊英雄卓越的品质——正义，还有古典诗人无法理解的恩典。

　　"那另一个灵魂由于任何创造物用尽目力下视都不见其底的深泉涌出的神的恩泽，在世上时把他全部的爱放到正义上，因此，上帝恩上加恩，使他睁眼看到我们未来的得救；"

> "L'altra, per grazia che da sì profonda
>
> fontana stilla che mai creatura
>
> non pinse l'occhio infino a la prima onda,
>
> tutto suo amor là giù pose a drittura,
>
> per che, di grazia in grazia, Dio li aperse
>
> l'occhio a la nostra redenzion futura," (*Par.* 20.118—123)

就这样，但丁将里佩乌斯的悲剧命运变成了喜剧，从另一个角度诠释了"但是天神们的看法和我们不一样"。

第三节　贝雅特丽齐与天国花园中的"罗马"异象

一

天国中的贝雅特丽齐仍然保持着但丁爱人的美丽形象，但她更是天国至福的表记，她用神圣的智慧引导但丁，一如波埃修斯笔下的哲学女神[1]；每当但丁向天国中的灵魂提问时，她就与各位享天福者彼此配合，激发并鼓励但丁向正义的灵魂发问。在许多场景中，若隐若现的古典诗歌中的片段，与她讲述的天国知识一起，使诗人的理智与意志都得到了满足。

在月亮天中，贝雅特丽齐先后纠正了但丁的五种疑惑与误解：第一，人是否能够，以及如何能够违反物理规律，以沉重的肉身升入天国（*Par.* 1.103—141）？[2]第二，地球上看到的月球的斑点是不是由月球表面物质的疏密不均造成的（*Par.* 2.61—105）？第三，作为生命基础的能力是否取

---

[1] 波埃修斯笔下的哲学女神与《神曲》中的贝雅特丽齐一样，其所代表的知识都以信仰为基础，她们与《飨宴篇》第3卷中的"哲学的理智淑女"（*Conv.* 3.11.1）不同。在后者所代表的尘世智慧看来，哲学是不以其他存在者为依据的存在，就像《新生》中的"爱神"。参见本书绪论及第三章第一节分析。

[2] 对于第一个问题，贝雅特丽齐指出，人的走向并不取决于物理意义上的轻重，而是取决于自由意志，见本章第一节分析。

决于星辰（*Par.* 2.112—148）？①第四，心怀良好意愿的灵魂是否会因为外来的打击而丧失一定的功德（*Par.* 4.73—114）？②第五，人能否用其他善行来补偿未履行的誓约（*Par.* 5.19—84）？③在恒星天中，贝雅特丽齐指引但丁完成了三位圣哲对但丁进行的有关信、望、爱的考试。在原动天中，贝雅特丽齐对但丁解释了九重天及天使的等级，让但丁看到了天国玫瑰完美的秩序。……在所有这些段落中，贝雅特丽齐都扮演着知识给予者的角色。④

在位于天国中间的诸天中，贝雅特丽齐则更多地与古典神话和诗歌中的形象联系在一起。太阳天中，基督教思想史中的圣哲们围成圆环，将但丁与贝雅特丽齐围在中间，发出美妙的合唱（*Par.* 10.64—66），而在这一刻，贝雅特丽齐也被比作了神话中的月亮：

> 有时，当空气所含的水蒸气已经饱和，拉托娜的女儿的光线被它留住而形成一个光环时，我们看到她就像这样被这个光环围绕着。
>
> così cinger la figlia di Latona
>
> vedem talvolta quando l'aere è pregno,
>
> che ritenga il fil che fa la zona. （*Par.* 10.67—69）

在中世纪基督教传统中，太阳被比作上帝，而月亮则被比喻为教会，正

---

① 对于第二个和第三个问题，贝雅特丽齐指出了《飨宴篇》中的错误。她将月球斑点的问题与恒星天中不同恒星发光各不相同的问题归为一类，指出，九重天的最外层——原动天从净火天均衡地接受上帝的能力作为万物生长的基础，而次外层的恒星天对这能力进行不同的区分，并将这能力分配给其下的七重行星天。这些被分化的能力尽管由于诸星体的作用而表现不同，在本质上却具有同一性，月球斑点的问题也应这样去理解。

② 对于第四个问题，贝雅特丽齐指出，良好的意愿是上天的礼物，人依照这种良好的意愿，应该做出一定的牺牲，这种牺牲的内容是不能随意变更的，因此，像显现于月球天中的灵魂生前那样，由于种种外力而无法执行良好的意愿，必然造成其福德的减损。

③ 对于第五个问题，贝雅特丽齐的回答是，誓约本身不可以废除，誓约的内容在一定条件下可以替换，但被替换的事物应被包括在替代物之中。

④ 贝雅特丽齐在前三重天给予了很多教训，这或许在某种程度上与前三重天显现的灵魂德性的欠缺有关。关于天国的伦理体系，见：Robert Hollander, "Appendix IV: The Moral System of the *Commedia* and the Seven Capital Sins," in *Allegory in Dante's Commedia*, pp. 308-320.

如月亮的光来自太阳光的折射，教会的权威也来自上帝的指引；教会的教导令灵魂得到重生，正如水是生命的源泉。在但丁笔下，贝雅特丽齐被围绕的形象令人想到天国的智慧对诸圣徒的指引，而月亮被水蒸气包围，就像教会担负着施洗的职责。

如果说月亮与教会的联系更多地为贝雅特丽齐赋予"上帝的新娘"的形象，火星天中的贝雅特丽齐则更接近长者。在但丁与卡恰圭达对话的过程中，但丁一共回顾了贝雅特丽齐四次，四次都令读者回想起诗歌的语境。第一次是卡恰圭达向但丁发出安奇塞斯式的问候（*Par.* 15.28–30）之后，但丁回过头看到贝雅特丽齐（*Par.* 15.32）。这一情境对炼狱山顶贝雅特丽齐重临的情境进行了微妙的倒转：当但丁转身对维吉尔说出"我知道这是旧时的火焰的征象"（*Purg.* 30.48）时，维吉尔消失了，但丁因此流下了伤感的眼泪。而此时，贝雅特丽齐取代了维吉尔的角色，并用眼中的微笑回应诗人（*Par.* 15.34–36）。在此情境中，诗人的感受是"惊奇/惊异"（stupefatto）（*Par.* 15.33）——那是古希腊以来的哲学传统中"求知"的标志。①第二次（*Par.* 15.70–72）与第四次（*Par.* 17.1–6）回顾均与飞翔的譬喻有关。在第二次回望贝雅特丽齐之前，卡恰圭达对但丁称赞了贝雅特丽齐。

> 他继续说："儿子啊，阅读那本白纸黑字永不改变的大部头的书，使我产生了一种幸福的、长期的渴望，多亏那位给你披上羽毛使你得以高飞的圣女，你已经满足了蕴藏于我在其中对你说话的发光体中的这种渴望。"

> E seguì: "Grato e lontano digiuno,
> tratto leggendo del magno volume
> du' non si muta mai bianco né bruno,
> solvuto hai, figlio, dentro a questo lume
> in ch' io ti parlo, mercé di colei
> ch' a l'alto volo ti vestì le piume." (*Par.* 15.49–54)

---

① 《形而上学》I.ii："古今来人们开始哲理探索，都应起于对自然万物的惊异。"见：亚里士多德，《形而上学》，第5页。可见，贝雅特丽齐身上有波埃修斯笔下哲学女神的影子。关于这一段的解读，见：Amilcare A. Iannucci, "*Paradiso* XXXI," *Lectura Dantis* 16/17 (1995): 470-485.

而当但丁看到贝雅特丽齐微笑时，诗人也说，"这使得我的愿望的翅膀增强了"（che fece crescer l'ali al voler mio）（*Par.* 15.72）。羽毛与飞翔的意象令人想起伊卡洛斯坠亡的故事。第四次回顾发生在但丁听到佛罗伦萨的历史，并想要开口询问自己的命运之前，诗人将贝雅特丽齐的劝勉放入了《变形记》法厄同故事的语境中：

> 如同那个仍使父亲不轻易答应儿子的要求的人来问克吕墨涅（Clymene），他所听到的那些对他不利的话是否属实；我就是那样，贝雅特丽齐和那盏为了我的缘故先前已经改换了位置的神圣的明灯也看出了我是那样。
>
> Qual venne a Climenè, per accertarsi
>
> di ciò ch' avëa incontro a sé udito,
>
> quei ch' ancor fa li padri ai figli scarsi:
>
> tal era io, e tal era sentito
>
> e da Beatrice e da la santa lampa
>
> che pria per me avea mutato sito.（*Par.* 17.1—6）

克吕墨涅是法厄同的母亲。按照《变形记》第 1 卷末尾的记述，法厄同听说自己是日神的私生子，在和母亲核实之后，找到了太阳神，请太阳神允许他驾驶日神的车——对身份的追问最终导致了灾难。但在火星天上，坠落而死亡的故事被转变成了受难而重生的预言。[1]

第三次回顾发生在但丁询问卡恰圭达身世之前，即当但丁转用起源于罗马的带有尊敬含义的"您"（voi）（*Par.* 16.10）称呼高祖之时。

> 对此那站得离我们远些的贝雅特丽齐微微一笑，如同那位夫人对书中所说的圭尼维尔（Guinivere）的第一次过错咳嗽一声一样。
>
> onde Beatrice, ch'era un poco scevra,
>
> ridendo, parve quella che tossio
>
> al primo fallo scritto di Ginevra.（*Par.* 16.13—15）

---

[1] 关于法厄同故事在火星天语境中的作用，见：Jeffrey T. Schnapp, "Dante's Ovidian Self-Correction in *Paradiso* 17," in *The Poetry of Allusion: Virgil and Ovid in Dante's Commedia*, pp. 214-223.

在这里，贝雅特丽齐被比喻为玛勒霍尔特（Malehault）夫人。这位夫人是中世纪骑士传奇《湖上的朗斯洛》（*Lancelot of the Lake*）中的人物，是王后圭尼维尔的管家。她发现了圭尼维尔与骑士朗斯洛（Lancelot）偷情，就用咳嗽声提醒二人节制自己的行为。这部骑士传奇曾是《地狱篇》第 5 歌中弗兰奇斯嘉犯通奸罪的淫媒。①在天国中，这不恰当的比喻让人看到的恰恰是地狱与天国的对立：地狱中的爱需要规诫，而天国中正当的求知之爱需要激励。

在土星天上，贝雅特丽齐收起了微笑，并对但丁解释说：

> "倘若我现出微笑，你就会像塞默勒（Semele）一样化为灰烬；因为如你所看到的那样，顺着这永恒的宫殿的台阶拾级而上，上得越高，我的美就点燃得越旺，如果它不被减弱，它就会发出那样强烈的光芒，你们凡人的视力被它一照，会像被雷击断的树枝似的。"

> "S' io ridessi,"
>
> ... "tu ti faresti quale
>
> fu Semelè quando di cener fessi,
>
> ché la bellezza mia, che per le scale
>
> de l'etterno palazzo più s'accende,
>
> com' hai veduto, quanto più si sale,
>
> se non si temperasse, tanto splende
>
> che 'l tuo mortal podere al suo fulgore
>
> sarebbe fronda che trono scoscende.（*Par.* 21.4—12）

这段文字典出《变形记》第 3 卷。塞默勒是朱庇特的情人，由于害怕自己所带的霹雳伤害爱人，朱庇特在幽会时总不以真身相见，朱诺乔装改扮造访塞默勒，成功激发了她的好奇心，让神王显出真容。朱庇特最终因为对塞默勒的承诺招致了痛苦：虽然他尽力降低自己的威力，但他所招来的风云雷电让塞默勒化为了灰烬。伤心的神王只能从情人体内取出胎儿缝进自己的大腿——那就是日后的酒神巴克科斯（*Met.* 3.253—315）。

---

① 《湖上的朗斯洛》这一故事是《地狱篇》第 5 歌中弗兰奇斯嘉偷情故事的背景，她看了圭尼维尔与朗斯洛的故事而变成了通奸者。见 *Inf.* 5.127—138。

　　布朗利指出，在奥维德的诗歌中，贵为神王的朱庇特也不能控制自然的力量，而在土星天上，贝雅特丽齐却能够控制自己的能力，俯就塞默勒一样的凡人但丁。①而但丁虽然心怀塞默勒式的好奇，却保持了某种节制——他的塞默勒式问题是对圣本笃（St. Benedict）的灵魂提出的。在这位圣徒以火光的形象向他靠近时，他说：

　　　　"……我请求你，父亲哪，让我确切知道，我能否受到那样大的恩惠，使我可以看到你的不被光遮住的形象。"

　　　　"... ti priego, e tu, padre, m'accerta

　　　　s'io posso prender tanta grazia ch' io

　　　　ti veggia con imagine scoverta."（*Par.* 22.58–60）

而圣本笃则告诉他，他的意愿将在最高的那重天得到满足（*Par.* 22.61–63）。在天国最后的花园里，圣本笃果真兑现了他的承诺（*Par.* 32.35）。

　　正如布朗利所看到的，在奥维德笔下，僭越的情人想要超越朱庇特人的形象，去看神圣的天火，而在但丁笔下，但丁的"塞默勒式提问"是反向的，他请求以火光形象显现的灵魂俯就他，显现人的形象，而圣本笃则与贝雅特丽齐一起，一步步提升但丁的认知，直到他能承受更强大的幸福。天国的故事里没有酒神的诞生，但在第 23 歌开篇，基督却以其"辉煌的本体"（la lucente sustanza）（*Par.* 23.32）下降到恒星天，在刚刚登上这一重天的但丁面前演绎了"道成肉身"（*Par.* 23.25–33）。②

　　从《新生》到《神曲》，贝雅特丽齐的形象发生了转变。《新生》中的贝雅特丽齐主要是尘世爱情诗歌中的偶像女郎，在某些时刻，诗人的心灵捕捉到了贝雅特丽齐形象背后神圣的光辉，但心灵仍承受着情欲的震荡，乃至援引古代诗人为自己辩护。在心爱的女郎仙逝之后，诗人在象征哲学的"温柔女子"的目光中寻找怜悯与安慰，伤感的对视就像诗人揽镜自照，镜中的影像无不是尘世之爱的自恋与局限。《神曲》中，贝雅特丽齐被洗去了尘世之爱的尘垢，她以母亲的形象，用"神圣的俗语"

---

① Kevin Brownlee, "Ovid's Semele and Dante's Metamorphosis: *Paradiso* 21–22," in *The Poetry of Allusion: Virgil and Ovid in Dante's* Commedia, pp. 224-232.

② Kevin Brownlee, "Ovid's Semele and Dante's Metamorphosis: *Paradiso* 21–22," in *The Poetry of Allusion: Virgil and Ovid in Dante's* Commedia, pp. 224-232.

介入了但丁陷入的迷途。她先在古代诗人维吉尔的言辞之中出现，又在炼狱山顶的启示录般的异象中出现；她修正了《新生》中的爱情过错，也将古代诗人的"旧日火焰"转化为走向天国的动力；在"地上天国"中，她令但丁在忏悔中抬起头颅，和自己一起，成为朝圣途中的"观星者"；天国之旅中，她又以自己的眼睛和声音引导着他，让他看到了天国不可言喻的奥秘。

二

在《天国篇》末尾，但丁在贝雅特丽齐的引导下见到了由享天福的灵魂们组成的天国的玫瑰。当玫瑰的全景呈现在诗人眼前时，诗人清晰地看到了"天国的两支军队"。

> 基督用自己的血使它成为他的新娘的那支神圣的军队，以纯白的玫瑰花形显现在我眼前；但那另一支军队——它在飞行的同时，观照并歌颂那珍爱它的他的荣耀，歌颂那使得它如此光荣的至善——好像一群时而进入花丛，时而回到它们的劳动成果变的味道甘甜的蜜之处的蜜蜂似的，正降落到那朵由那么多的花瓣装饰起来的巨大的花中，又从那里重新向上飞回它的永久停留之处。[①]

> In forma dunque di candida rosa
>
> mi si mostrava la milizia santa
>
> che nel suo sangue Cristo fece sposa,
>
> ma l'altra, che volando vede e canta
>
> la gloria di colui che la 'nnamora
>
> e la Bontà che la fece cotanta,
>
> sì come schiera d'ape che s'infiora
>
> una fïata e una si ritorna
>
> là dove suo laboro s'insapora,
>
> nel gran fior discendeva che s'addorna
>
> di tante foglie, e quindi risaliva

---

① 此处的中文译文省去了田译的第一句"如同前面所说的那样"，省去之后，并不影响对意大利文原文的理解，且读起来更为简洁。

　　　　　là dove 'l süo amor sempre soggiorna.（*Par.* 31.1-12）

组成玫瑰花的是义人的灵魂，飞行的则是天使，天使在义人的灵魂之间上下穿梭。《天国篇》最后的图景与奥古斯丁《上帝之城》第 22 卷中最后的异象存在暗合：在那里，义人的灵魂占据了"上帝之城"中堕落天使们留下的座位。[1]但在此处，蜜蜂飞舞劳作的意象同样令人想起《埃涅阿斯纪》中的两个片段：一个是埃涅阿斯看到迦太基人筑城时的景象，人们被比喻为田野上劳动的蜜蜂，"有的把羽翼丰满的幼蜂领出巢来，有的⋯⋯真是一番炽热的劳动景象，芳甜的蜜**散发出**香飘百里的气息（**redolentque** thymo fragrantia mella）"（*Aen.* 1.430-436）[2]；另一个是乐土中各氏族游荡的情形：

> 就像晴朗的夏天，在一片草地上，成群的蜜蜂飞落在万花丛中，
> 或围绕着雪白的百合花川流一般地飞着，田野上一片喧闹景象。
>
> ac veluti in pratis ubi apes aestate serena
> floribus insidunt variis et candida circum
> lilia funduntur, strepit omnis murmure campus.（*Aen.* 6.707-709）

前一个片段呈现的是劳动的人有序的分工，后一个片段呈现的是乐土如夏日的田野般的喧闹，而但丁这里着重呈现的却是天使上下飞行的意象，上与下，行进与回转，模仿着上帝创世的进程，也再现了神如何将能量赋予宇宙。

　　在但丁笔下，宇宙的最后景象被明确地比喻为罗马。[3]

---

① 《上帝之城》22.1.2："天使们因为自己的意志堕落了，所以上帝施加最正义的惩罚，即永恒的不幸。而对于另外那些永远亲近至善的天使，则让他们永远确定地在那里，没有终结，这是对他们的永恒奖赏；⋯⋯从人的必朽的后代中，上帝凭他的恩典聚集起了一个伟大的人民，让他们填充堕落天使在上界之城里留下的空位，因此，这个城里的公民不会数目太多，反而会因人口更多而喜悦。"

② 牛津版《天国篇》指出，*Par.* 30.125 中出现的"redole"一词说明但丁在构思天国玫瑰场景时想到过《埃涅阿斯纪》第 1 卷中的这段描写。Dante Alighieri, *The Divine Comedy of Dante Alighieri, Vol. 3: Paradiso*, ed. and trans. Robert M. Durling, p. 697.

③ 有关《天国篇》第 31 歌在《神曲》中的作用，见：Amilcare A. Iannucci, "*Paradiso* XXXI," *Lectura Dantis* 16/17 (1995): 470-485.

如果那些来自每天都被她和她心爱的儿子一起运转的艾丽绮（Helice）的光照射的地带的野蛮人，在拉泰兰宫（Lateran）凌驾一切人间的事物的年代，看到罗马及其高大的建筑时，不禁目瞪口呆；何况我，从人间来到天国，从时间来到永恒，从佛罗伦萨来到正直的健全的人民中间，心中该充满何等惊奇呀！

> Se i barbari, venendo da tal plaga
>
> che ciascun giorno d'Elice si cuopra,
>
> rotante col suo figlio, ond' ella è vaga,
>
> veggendo Roma e l'ardüa sua opra,
>
> stupefaciensi quando Laterano
>
> a le cose mortali andò di sopra:
>
> ïo, che al divino da l'umano,
>
> a l'etterno dal tempo era venuto,
>
> e di Fiorenza in popol giusto e sano,
>
> di che stupor dovea esser compiuto?（Par. 31.31−40）

　　在这个段落中，艾丽绮与其儿子的形象隐含着《变形记》第 2 卷中的爱情故事（Met. 2.401−530）：艾丽绮又称卡利斯托（Callisto），她本是狄安娜手下的女仙，朱庇特爱上了她，让她怀孕生子，狄安娜嫌恶她玷污了圣洁，驱赶了她；妒忌的朱诺将她变成熊，让她无法与儿子相认，后来朱庇特将儿子也变成小熊，并将母子变成星座；朱诺施加诅咒，让大熊星座无法降落在海平面，大地上能在全年夜晚看到这个星座的地带被定义为野蛮人的居所。在奥维德笔下，卡利斯托遭到了三位神灵（朱庇特、狄安娜、朱诺）的侮辱和虐待。但在《天国篇》第 31 歌中，这个被神抛弃的形象洗去了悲伤，转变为圣母的形象——她所照耀地域的野蛮人，因恩典得以进入天国，成了令她喜悦的儿子（suo figlio, onde'ella è vaga）（Par. 31.33）。①

　　韦托里（Alessandro Vettori）注意到，在这个艾丽绮与拉泰兰宫的意

---

① 关于但丁与奥维德对这一故事写法的异同，见：Rachel Jacoff, "The Rape/Rapture of Europa: *Paradiso* 27," in *The Poetry of Allusion: Virgil and Ovid in Dante's* Commedia, pp. 233-246.

象出现的段落中，在三个结构类似的诗行里，存在着某种方向的逆转，在用"a"与"da"连接的第 37、38 诗行中，"天国"（divino）在词序上先于"人间（umano）"，"永恒（l'etterno）"先于"时间（il tempo）"，词序反映的是一个与句意相反的下降过程；而在第 39 行，"从佛罗伦萨来到正直的健全的人民中间"的行进却是上行的历程。前二者是抽象的，最后一个却是具体的、与但丁息息相关的进程。①它与艾丽绮的典故一起，成就了神的俯就与人的上升这一人与神的最终和解。

在天国玫瑰的异象呈现时，贝雅特丽齐指向玫瑰中剩余不多的位置中的一个告诉但丁：

> 由于上面已经放着那顶皇冠而令你注目的那把大椅子上，将在你来赴这喜筵之前，坐着那位在下界将居皇帝之尊的亨利（Henry VII）的崇高的灵魂，他将在意大利尚未准备接受整顿时前来整顿她。

> E 'n quel gran seggio a che tu li occhi tiene
>
> per la corona che già v'è sù posta,
>
> prima che tu a queste nozze ceni,
>
> sederà l'alma, che fia giù agosta,
>
> de l'alto Arrigo ch' a drizzare Italia
>
> verrà in prima ch'ella sia disposta. （*Par*. 30.133-138）

这个段落中提到的亨利七世是神圣罗马帝国的皇帝，曾南下意大利加冕，企图用自己的力量调和帝国和教会的权力。放逐生涯中的但丁曾在亨利七世穿越意大利时给他写信，将其赞美为"我们的太阳"，希望这位"恺撒和奥古斯都的继承者"能统一意大利，实现"世界帝国"的梦想。②在《天国篇》第 32 歌中，但丁看到，天国玫瑰以被称为"Augusta"（罗马皇后的称呼）的马利亚为根系，衍生出"两个根子"，一条起自亚当，一

---

① Alessandro Vettori, "Veronica: Dante's Pilgrimage from Image to Vision," *Dante Studies* 121 (2003): 43-65.

② 参见但丁 *Epist*. VI.3："当奥古斯都的王位空缺时，整个世界都偏离了轨道，舵手与桨手都在圣彼得的船上睡着了，不幸的意大利遭到了抛弃，被私人掌控，失去了一切公共的向导，在无法用言语描述的风浪的颠簸下摇摆。"但在写作《天国篇》时，亨利七世已死去，而诗人仍然为亨利七世预留了天国里的座位，意味着但丁的"世界帝国"理念充满"末世论"的意味。

条起自圣保罗。其中前者意味着世俗历史的血脉延伸，后者则意味着神圣历史的谱系。就这样，罗马异象、世界历史与救赎历史融为一体，成了"被爱装订成一卷"（legato con amore in un volume）（*Par.* 33.86）的宇宙，而诗人则成了天国最后奥秘的凝望者（*Par.* 33.85—93, 115—120）。

如果说《地狱篇》是一部"死亡之诗"，《炼狱篇》是一部"重生之诗"，《天国篇》就是一部"光明之诗"，其起始的篇章出现的密集的阿波罗典故印证了这一点。贯穿天国的旅程中，可以看到古代诗歌中的"酒神精神"如何被"日神精神"所取代，维吉尔与奥维德笔下的故事也像达芙妮那样发生了变形，融入了但丁的"宇宙之书"。在这一过程中，古代关于命运的含混预言也被天国明晰的嘱托所取代。在波埃修斯、奥古斯丁确立的中世纪精神传统中，无论天命还是自由意志，都归于上帝统一的宇宙秩序。恩典并不外在于自由意志，人可以凭借行动追随基督，证成上天的意志。回顾从《新生》到《神曲》的写作历程，贝雅特丽齐就是始终未离去的"恩典"，她用自己的目光、微笑和话语伴随着但丁皈依的历程。在天国最后的玫瑰中，仍然能见到罗马诗人笔下的自然世界——那是乐土的意象，也是但丁喜剧的最后图景。这最后的异象表明，恩典并不废弃自然，而是成全了自然。

结　语

一

在但丁学术史中，关于《神曲》中维吉尔的象征意义，存在着两种有影响力的说法。第一种说法可以追溯到 14 世纪早期但丁评注者布蒂①，在 20 世纪为辛格尔顿②、费兰特（Joan Ferrante）③等学者所主张。这种说法认为，《神曲》中的维吉尔代表的是理性，他引导了但丁在地狱和炼狱中的旅程，而贝雅特丽齐代表的是信仰，她是但丁天国之旅的向导。第二种说法起源于 20 世纪初的批评家奥尔巴赫（Erich Auerbach）④，在当代为霍兰德⑤、巴罗利尼⑥等学者所发挥。他们对"维吉尔代表理性"的观点进行了反思，并指出，如果《神曲》中的维吉尔代表理性，则但丁早年作品中更加频繁引用的亚里士多德比维吉尔更有资格代表理性，毕竟，哲学家比诗人、古希腊人比罗马人更能代表人的智慧。持这一类说法的学者从维吉尔和但丁作品之间的关联出发，强调但丁笔下的维吉尔主要是书写《埃涅阿斯纪》等作品的诗人。

---

① 见：Michael Caesar, ed., *Dante, the Critical Heritage*, pp. 179-182.
② Charles S. Singleton, *Journey to Beatrice*, pp. 3-14.
③ Joan Ferrante, *The Political Vision of the* Divine Comedy, Princeton: Princeton University Press, 1984, pp. 144-147, 168-171.
④ 奥尔巴赫一度认可但丁的维吉尔代表理性的观点，见：Erich Auerbach, *Dante, Poet of the Secular World*, trans. Ralph Manheim, Chicago: University of Chicago Press, 1961, p. 94. 但在 1938 年写 "Figura" 一文时观点则有所转变，认为维吉尔代表他自己，见：Erich Auerbach, "Figura," trans. Ralph Manheim, in *Scenes from the Drama of European Literature*, Minneapolis: University of Minnesota Press, 1959, p. 70.
⑤ Robert Hollander, "Introduction," in Dante Alighieri, *Inferno*, trans. Robert Hollander and Jean Hollander, p. xxxv.
⑥ Teodolinda Barolini, *Dante's Poets: Textuality and Truth in the Comedy*, pp. 201-255.

第一种说法的问题是显而易见的，除了"哲学家比诗人更能代表理性"的反驳，这种以维吉尔为理性、贝雅特丽齐为信仰的说法隐含着一个必然的推论，那就是：维吉尔既然代表"理性"，就必然也代表但丁眼中"人性"的理想，因此，一旦宗教时代成为"过去时"，维吉尔就代表但丁以及继承但丁写作的文艺复兴作家所推崇的"人性"，然而彼特拉克的《歌集》(*Il Canzoniere*)、薄伽丘的《十日谈》(*Decameron*)等作品中欲望与恶的张扬和但丁的维吉尔大相径庭。将维吉尔代表的"人性"等同于文艺复兴张扬的"人性"，显然混淆了古今。

但第二种说法同样也存在问题，它虽然立足于《埃涅阿斯纪》等文本，却未能指出：书写《埃涅阿斯纪》的诗人维吉尔具有什么样的精神品质？这种品质为何不应该被归结为"理性"？很快，当学者们发现《地狱篇》第 11 歌，《炼狱篇》第 17、18 歌中维吉尔经院哲学家式的论证不可能属于历史上的诗人维吉尔本人时，这种说法就更显得捉襟见肘了。①

正如本书绪论的分析表明的，要想理解《神曲》/《喜剧》之中的维吉尔象征着什么，应该尊重但丁的意见，而但丁对维吉尔形象的刻画是从悲剧与喜剧的对比中展开的，在但丁看来，喜剧的主题是"人，通过运用自由意志去行善或作恶，而相应地受到正义的报偿或惩罚"(*Epist.* XIII.25)。在奥古斯丁确立的精神传统中，自由意志就是或正直或扭曲的爱，因而《神曲》再现的，乃是完整的爱的秩序。在这样再现爱的秩序的诗篇中，作为《神曲》中的一个角色，维吉尔代表的应该是一种关于爱欲的态度，这种态度作为《埃涅阿斯纪》基本精神的"虔敬"，具体表现为：以节制的态度对待凡人的欲望，以迷惘的恭敬对待神圣世界的秘密。这样的态度能够对人类的意志之恶进行有力的节制，却既无法发现恶的来源，也无法识别更高的爱。在《神曲》中，维吉尔是一个被动的角色，他只是因为受到了贝雅特丽齐的嘱托才得以暂时离开灵泊；他忠诚地执行着向导的使命，却只能依仗贝雅特丽齐之名推动但丁前行，最后在天国的大门前被迫离去。在漫长的旅程中，他像《埃涅阿斯纪》中的

---

① 这种尴尬在牛津版《地狱篇》注疏中有明显体现。在针对这个问题写注释时，编者虽承认将维吉尔看作理性代表的观念"太过狭隘"，却也无法更加明确地指出维吉尔的象征意义，见：Dante Alighieri, *The Divine Comedy of Dante Alighieri, Vol. 1: Inferno*, ed. and trans. Robert M. Durling, pp. 36-37.

英雄一样展示出了正义的情感和坚强的意志，但天国的命令对他来说就像《埃涅阿斯纪》中的命运，从未内化为意志的自由。

维吉尔在从地狱到天国的漫长旅行中所体现出来的那些缺陷，已经隐含在《地狱篇》第 4 歌中他对灵泊居民之罪的解释里：

> "他们并没有犯罪；如果他们是有功德的，那也不够，因为他们没有领受洗礼，而洗礼是你所信奉的宗教之门；如果他们是生在基督教以前的，他们未曾以应该采取的方式崇拜上帝：我自己就在这种人之列。由于这两种缺陷，并非由于其他罪过，我们就不能得救，我们所受的惩罚只是在向往中生活而没有希望。"

> "ch'ei non peccaro; e s'elli hanno mercedi
>
> non basta, perché non ebber battesmo,
>
> ch'è porta de la fede che tu credi;
>
> e s'e' furon dinanzi al cristianesmo,
>
> non adorar debitamente a Dio:
>
> e di questi cotai son io medesmo.
>
> Per tai difetti, non per altro rio,
>
> semo perduti, e sol di tanto offesi
>
> che sanza speme vivemo in disio." （*Inf.* 4.34–42）

按照这段陈述，灵泊居民的过失无非是两点：第一，未受洗；第二，未以应当采取的方式崇拜上帝。维吉尔眼中的灵泊居民，所犯的不过是仪式方面的错误。但他从未理解，在基督教的语境中，灵泊的罪过在于内心：不认罪，不认主——这两种过失都是关于爱的过错，因为所谓的"原罪"是爱/自由意志的堕落，而所谓的主是最高的爱。由此看来，维吉尔斯多亚主义的"无情"恰恰是罪的表现，正如奥古斯丁所言：

> 只有人没有罪时，才能这样无情。如果没有罪，现在就能足够好好活着；谁要认为自己无罪地活着，他并不是无罪，而是无法接受恩宠。（《上帝之城》14.9.4）

而这恰恰是但丁看到的《埃涅阿斯纪》的"悲剧性"。

喜剧对悲剧的超越也是从"爱/自由意志"的某种状态开始的。在《神曲》开篇，诗人将自我刻画为一个罪人，而不是《埃涅阿斯纪》中的"心地纯洁的人"（*Aen.* 6.563），并且，诗人用"人生（nostra vita）的中途"（*Inf.* 1.1）将心灵之罪共情到了所有亚当子孙即我们每一个人身上。喜剧的精神历程，就是每个人从自由意志堕落后的惨境重新皈依的过程。

回溯到《理想国》确立的传统，在关于卫士的教育问题上，苏格拉底（Socrates）指出，若想培养卫士健全的灵魂，就需要去除古典诗歌中不道德的部分。这也是《理想国》中将诗人驱逐出城邦这一说法的由来。①在某种程度上，《埃涅阿斯纪》也延续了这个传统——"任何心地纯洁的人都是不准迈进这罪孽的门槛的"（*Aen.* 6.563）。这是女先知西比尔对想要窥探塔尔塔鲁斯的埃涅阿斯的告诫，而但丁则借助奥维德想象的力量和中世纪精神的指引，走进了埃涅阿斯从未进入的地府深处，也抵达了维吉尔不曾去过的天国圣境。在此意义上，《神曲》颠覆了古典教育的理想。

从现代的角度来看，但丁笔下的维吉尔对待人欲的节制和对待天命的虔敬也可以被称作"理性"②。在《神曲》书写的皈依过程中，这种精神作为但丁心中的"罗马典范"，起到了不可或缺的作用。但必须看到，这种以"虔敬"为核心的罗马精神中的"理性"根本不同于古希腊哲学的"理性"——求知的精神。维吉尔的精神中有坚韧与虔敬，却无法靠更为完满的爱来坦然克服人生苦难，达到随心所欲的自由，它象征着严厉的道德律令，而不是爱欲饱满的快乐的知识——那才是为但丁所追寻的、贝雅特丽齐所象征的精神。在此意义上，贝雅特丽齐才是但丁的狄奥提玛（Diotima）。由此大致可以说，但丁的喜剧，是一个以中世纪精神为指引，对罗马诗学传统进行重构的心灵历程，而这一过程也是他对古今诗人"最后的审判"。

二

自清末民初以来，相对于莎士比亚、歌德、托尔斯泰，但丁在中国的接受与传播相对冷寂。在形成这种"不接受"现象的诸多原因（语言的、文体的、思想史的等等）之中，与本书最为相关的是对维吉尔形象

---

① 参见《理想国》第 2、3 卷。
② 在清教精神、康德（Immanuel Kant）的"道德律令"等理想中，存在这种对"理性"的理解。

的理解："他们并没有犯罪"——这是维吉尔自己乃至对灵泊精神的总结——在很大程度上，我们正是以维吉尔为"正确答案"看待《神曲》中的"古典因素"的。在维吉尔代表的"古典精神"与贝雅特丽齐代表的基督教精神之中，显然前者更容易为中国传统所接受。因此，似乎忽视作品的宗教背景，就可以从但丁对罗马诗人的尊敬中得出其人文主义精神——于是地狱中的一众恶灵也跟着复活，成了鲜活的现代"人性"的代表。同时，也因为但丁的"现代精神"不够彻底，新文化运动者们的视线很快离开了但丁。

细读文本，不难发现上述解读的草率之处。维吉尔的看法并不符合《神曲》的托马斯主义伦理体系，但维吉尔却在按照这个体系构架的宇宙中拥有一席之地，可见维吉尔对自己的看法未必符合但丁对他的看法；作为一部完整的"宇宙之诗"，《神曲》也不容许有第二套伦理系统。因此，我们应该认识到，维吉尔只是《神曲》这部戏剧中的一个角色，并不具有作为"标准答案"的权威。

不仅如此，《神曲》三部曲的递进结构也暗示了这一点。在《地狱篇》开篇初见维吉尔时，但丁称维吉尔为"啊，其他诗人的光荣和明灯啊"（*Inf.* 1.82）。这可以看作向罗马诗人的"祈灵"。在灵泊中，他见到了古代的伟大诗人，并追随其后，不无自豪地宣称"我就是这样赫赫有名的智者中的第六位"（*Inf.* 4.102）。但在《炼狱篇》中，祈灵的对象变成了史诗女神卡利俄佩；进入人间乐园时，但丁超越了维吉尔。在《天国篇》中，祈灵的对象变成了阿波罗，维吉尔则在炼狱山顶消失了。可见，但丁相对于维吉尔乃至古典诗歌，始于模仿，终于超越。

综上可以理解，仅仅抽取《地狱篇》中的某些片段判断但丁对维吉尔的态度，是断章取义。但丁并非维吉尔的简单崇拜者，而是将维吉尔及其诗歌纳入了自己充满中世纪精神的宇宙之中。因此，即使可以将但丁看作"文艺复兴先驱"的代表，也要认真对待但丁创造的伦理体系。这就必须谈及国人读但丁的背景性误解：在判定古今的问题上，近现代中国读者多认为基督教是"非现代的"，而只要是"人性的"，就是"现代的"。但这种看法却极大地忽视了基督教在西方现代性进程中起到的重要作用，这一作用在《神曲》中至少体现在下述几个方面。

首先，保罗、奥古斯丁等确立的"原罪—救赎"思想使史诗的主人公由古代的"英雄"变成了每个读者都可以代入自我的"小人物"——那就是每一个作为亚当子孙的有罪的普通人;其次,奥古斯丁确立了"原罪－自由意志－恩典"的架构,使得有罪的小人物不需要古代英雄的德性或伟大功绩,也能进入古代英雄进不去的深层地狱与天国,并且由于恩典就在自由意志中,"我"可以清晰地把握天命,而不是像古代英雄那样迷惘地对待命运;最后,特别是在地狱中,基督教精神体现出的是对"人性"(如尘世的爱情、荣耀、友谊、智慧等)的重新审视,它以天国为参照探索这些古典文学经常歌颂的事物中隐含的罪性,其对人性"恶"的探索与古典的价值取向构成了极大的张力。以上三者——主人公的平凡化、天命的内倾化,以及对日常伦理的重审,在很大程度上都是现代精神的萌芽。因此,想要理解但丁的"现代性",恰恰需要从其宗教背景入手,而非将其忽视。

在本书中,笔者已经论证,但丁的喜剧是对悲剧的超越。与此相关,《神曲》对待古代诗歌以及本书中只是稍微提及的同时代诗歌(如"温柔新体诗")时,所持的也是一种审判的态度。在《神曲》中,我们处处可以发现,但丁用诗歌与古今诗人进行着竞逐。这种柏拉图式的做法可能尤其难以为国人所接受,毕竟,"吾从周""述而不作"似乎更符合我们对"先驱"的做法,而中国诗人和同龄人之间的交流,一般也以享受"唱和"之乐为美,违反这些,似乎就有点"无父无君""不友不悌"的意味。但也必须看到,但丁对维吉尔是有深厚感情的:不仅在灵泊众多古代圣贤中独独选择他作为向导,当维吉尔在炼狱山顶离去时,但丁还流出了悲痛的泪水,甚至在《天国篇》最后的篇章中,他也要把乐土的意象写进天国。其实,相对于死后享尽哀荣、诗风典雅节制的维吉尔,但丁无论是遭际还是奔放的写作才华都更像奥维德,可但丁对奥维德的态度却非常清晰,"我并不忌妒他"(*Inf.* 25.99)。用奥古斯丁的话来说,对于奥维德的素材与写作技巧,但丁是"利用"而非"安享",而对于维吉尔,则是虔敬(pietas)与怜悯(pietà)。但丁对故土佛罗伦萨的态度也与此类似,一方面,他借助三界中的灵魂怒骂佛罗伦萨的堕落;另一方面,他又将故乡称作"美好的羊圈"(*Par.* 25.5),期待着有一天,"作为一位诗人回去,在我领礼的洗礼盆边戴上桂冠"(*Par.* 25.8—9),去国怀乡之情,历历在目。

　　笔者认为，但丁对维吉尔的态度才应该成为我们当下对待传统的楷模。思想史表明，在每一个世界大变局时代，能够流传久远的思想都是"与古为新"的，甚至，伟大如但丁这样的诗人能凭借自己的力量改变对"古典"的解释史。在这方面，笔者认为当今维吉尔学界的"哈佛学派"与"传统学派"之争就是一个挺好的例子。从后者角度来看，前者不重视文本所处的历史语境，喜欢对文本细节进行过度解读，对罗马的英雄伦理进行了过多的负面评价。这些批评固然合理，但也应注意到，前者对文本统一性的高度重视、对文本寓意的探索，以及不时表现出来的对尘世荣耀的质疑，和中世纪宗教精神不谋而合，而这样的解读角度在很大程度上可以追溯到《神曲》以诗歌写作方式对古典文本进行的注释。同时，传统学派的质疑及其强调的实证精神也意味着对基督教传统的解构。在此意义上，解释本身就是诗人之间的一场较量。

　　岁月如流，不舍昼夜。如果把人类历史看作一部"宇宙之书"，那么历史就是真理不断展开的过程，伟大的思想家立足时代，对古典进行再造，激发出时代的最强音；而泥古者（就像文艺复兴时期的很多文人最终归于庸碌一样）从未通过单纯的模仿再造出一个伟大时代，他们最多只是一个伟大时代的回声。或许他们忘记了，思想者是真理的助产士，不是某个人的助产士。

　　其实在中国，早就有学者将但丁比作屈原。这说明，但丁并非不能与中国思想相容。国有诤臣，社稷不危；父有诤子，不行无礼；士有诤友，不为不义——对于故乡佛罗伦萨，对于维吉尔代表的古典传统，乃至对于同时代和后代的诗人，但丁就是这样的诤臣、诤子和诤友。但丁终身未能再回到佛罗伦萨，在他身后，佛罗伦萨经历了风云变幻，但这个美丽的城市却从被放逐的诗人那里得到了无数的荣誉。只要《神曲》在，佛罗伦萨就在，这是但丁的力量，或许，那也是生活在我们这个时代的学者应该向往的力量。

主要参考文献

I. 但丁·阿利吉耶里著作

La Divina Commedia, Vol. 1: Inferno, a cura di Natalino Sapegno. Firenze: La Nuova Italia Editrice, 1955.

The Divine Comedy of Dante Alighieri, Vol. 1: Inferno. Ed. and trans. Robert M. Durling. New York & Oxford: Oxford University Press, 1996.

The Divine Comedy of Dante Alighieri, Vol. 2: Purgatorio. Ed. and trans. Robert M. Durling. New York & Oxford: Oxford University Press, 2003.

The Divine Comedy of Dante Alighieri, Vol. 3: Paradiso. Ed. and trans. Robert M. Durling. New York & Oxford: Oxford University Press, 2011.

Inferno. Trans. Robert Hollander and Jean Hollander, intro and notes Robert Hollander. New York: Anchor Books, 2000.

Purgatorio. Trans. Robert Hollander and Jean Hollander, intro and notes Robert Hollander. New York: Anchor Books, 2003.

Paradiso. Trans. Robert Hollander and Jean Hollander, intro and notes Robert Hollander. New York: Anchor Books, 2007.

Convivio. https://dante.princeton.edu/pdp/convivio.html.

Dante's Il Convivio (The Banquet). Trans. Richard H. Lansing. New York & London: Garland Publishing, 1990.

Dante's Monarchia. Trans. and comm. Richard Kay. Toronto: Pontifical Institute of Mediaeval Studies, 1998.

Monarchia. https://dante.princeton.edu/pdp/monarchia.html.

Monarchy. Ed. and trans. Prue Shaw. Cambridge: Cambridge University Press, 1996.

The Monarchia *Controversy: An Historical Study with Accompanying Translations of Dante Alighieri's* Monarchia, *Guido Vernani's Refutation of the* Monarchia *composed by Dante and Pope John XXII's Bull, Si Fratrum*. Ed. and trans. Anthony K. Cassell. Washington, D.C.: The Catholic University of America Press, 2004.

Dantis Alagherii Epistolae: The Letters of Dante. Trans. Paget Toynbee. Oxford: Clarendon Press, 1966.

Epistole. https://dante.princeton.edu/pdp/epistole.html.

Vita Nuova. https://dante.princeton.edu/pdp/vnuova.html.

《论世界帝国》，朱虹译，北京：商务印书馆，1985。

《神曲：地狱篇》，田德望译，北京：人民文学出版社，1990。

《神曲：炼狱篇》，田德望译，北京：人民文学出版社，1997。

《神曲：天国篇》，田德望译，北京：人民文学出版社，2001。

《新生》，石绘、李海鹏译，吴功青校，桂林：漓江出版社，2021。

II. 其他作家作品

Aristotle. *Aristotle's On the Soul (De Anima)*. Trans. and comm. Hippocrates G. Apostle. Grinnell: Peripatetic Press, 1981.

Aristotle. *Nicomachean Ethics*. Trans. and comm. Hippocrates G. Apostle. Dordrecht & Boston: D. Reidel Pub. Co., 1975.

St. Augustine. *The City of God*. Trans. Marcus Dods. D. D. New York: Random House, 1950.

---. *De Civitate Dei Contra Paganos*. http://www.augustinus.it/latino/cdd/index.htm.

---. *Confessions*. 3 vols. Intro. and text J. J. O'Donnell. Oxford: Clarendon Press, 1992.

---. *Confessionum*. http://www.augustinus.it/latino/confessioni/index.htm.

---. *Enarrationes in Psalmos*. http://www.augustinus.it/latino/esposizioni_salmi/index2. htm.

---. *De Genesi Ad Litteram*. http://www.augustinus.it/latino/genesi_lettera/index.htm.

---. *De gratia Christi et de peccato originali*. http://www.augustinus.it/latino/grazia_cristo/index.htm.

---. *De Trinitate*. http://www.augustinus.it/latino/trinita/index.htm.

---. *The Trinity*. Trans. Edmund Hill. Ed. John E. Rotelle. Brooklyn: New City Press, 1991.

Boethius. *The Consolation of Philosophy*. Trans. W. V. Cooper. London: J. M. Dent and Company, 1902. http://www.ccel.org/ccel/boethius/consolation.html.

Cavalcanti, Guido. *Guido Cavalcanti: The Complete Poems*. Trans. Marc A. Cirigliano.
New York: Italica Press, 1992.

Cicero. *De Re Publica*. https://pop.thelatinlibrary.com/cic.html.

Lucan. *Pharsalia*. https://pop.thelatinlibrary.com/lucan.html.

Lucretius. *De Rerum Natura*. Trans. W. H. D. Rouse. Cambridge, MA: Harvard
University Press, 1992.

Ovid, *Fasti*. https://pop.thelatinlibrary.com/ovid.html.

---. *Heroides*. https://pop.thelatinlibrary.com/ovid.html.

---. *Metamorphoses*. https://pop.thelatinlibrary.com/ovid.html.

---. *Ovid's Metamorphoses* (Books 1−5). Trans., intro., and comm. William S. Anderson.
Stillwater: University of Oklahoma Press, 1997.

---. *Ovid's Metamorphoses* (Books 6−10). Trans., intro., and comm. William S. Anderson.
Stillwater: University of Oklahoma Press, 1972.

---. *Tristia*. https://pop.thelatinlibrary.com/ovid.html.

St. Thomas Aquinas. *Summa Theologica*. https://www.ccel.org/ccel/a/aquinas/summa/
cache/summa.pdf.

Vergil. *Aeneid*. http://pop.thelatinlibrary.com/verg.html.

---. *Eclogues*. http://pop.thelatinlibrary.com/verg.html.

---. *Georgicon*. http://pop.thelatinlibrary.com/verg.html.

奥古斯丁，《忏悔录》，周士良译，北京：商务印书馆，1963（2022 重印）。

——，《〈创世记〉字疏（上、下）》，石敏敏译，北京：中国社会科学出版社，
2018。

——，《论三位一体》，周伟驰译，北京：商务印书馆，2018。

——，《论原罪与恩典》，周伟驰译，北京：商务印书馆，2012。

——，《上帝之城：驳异教徒（上）》，吴飞译. 上海：上海三联书店，2007。

——，《上帝之城：驳异教徒（中）》，吴飞译. 上海：上海三联书店，2008。

——，《上帝之城：驳异教徒（下）》，吴飞译. 上海：上海三联书店，2009。

奥维德，《哀歌集·黑海书信·伊比斯》，李永毅译，北京：中国青年出版社，2021。

——，《变形记》，李永毅译，北京：中国青年出版社，2023。

——，《变形记》，杨周翰译，北京：人民文学出版社，2008。

——，《女杰书简·女人面妆》，李永毅译，北京：中国青年出版社，2021。

——，《岁时记》，李永毅译，北京：中国青年出版社，2021。

波埃修斯，《哲学的安慰》，陈越骅译，上海：东方出版中心，2021。

柏拉图，《理想国》，郭斌和、张竹明译，北京：商务印书馆，1996。

荷马，《奥德赛》，王焕生译，北京：人民文学出版社，2003。

——，《伊利亚特》，罗念生、王焕生译，北京：人民文学出版社，1994。

赫西俄德，《工作与时日·神谱》，张竹明、蒋平译，北京：商务印书馆，1991。

《圣经》（和合本），中国基督教协会，2000。

普罗提诺，《九章集》（上、下），石敏敏译，北京：中国社会科学出版社。

维吉尔，《埃涅阿斯纪》，杨周翰译，南京：译林出版社，1999。

西塞罗，《国家篇、法律篇》，沈叔平、苏力译，北京：商务印书馆，2019。

——，《图斯库鲁姆论辩集》，顾枝鹰译注，上海：华东师范大学出版社，2022。

亚里士多德，《论动物生成》，崔延强译，载苗力田主编《亚里士多德全集（第五卷）》，北京：中国人民大学出版社，1997，第201-399页。

——，《论灵魂》，陈玮译，北京：北京大学出版社，2021。

——，《尼各马可伦理学》，廖申白译注，北京：商务印书馆，2019。

——，《天象论、宇宙论》，吴寿彭译，北京：商务印书馆，2017。

——，《形而上学》，吴寿彭译，北京：商务印书馆，2009。

III. 论著、论文及其他文献

Agamben, Giorgio. *The End of the Poem: Studies in Poetics*. Trans. Daniel Heller-Roazen. Stanford: Stanford University Press, 1999.

Armour, Peter. *Dante's Griffin and the History of the World: A Study of the Earthly Paradise (*Purgatorio, *Cantos xxix-xxxiii)*. Oxford & New York: Oxford University Press, 1989.

Auerbach, Erich. *Dante, Poet of the Secular World*. Trans. Ralph Manheim. Chicago: University of Chicago Press, 1961.

---. *Scenes from the Drama of European Literature*. Trans. Ralph Manheim. Minneapolis: University of Minnesota Press, 1959.

---. *Mimesis: The Representation of Reality in Western Literature*. Trans. Willard R. Trask. Princeton: Princeton University Press, 2003.

Barber, Joseph A. "*Inferno* IX." *Lectura Dantis* 6 (1990): 110-123.

Barolini, Teodolinda. *Dante's Poets: Textuality and Truth in the Comedy*. Princeton:

Princeton University Press, 1984.

---. *The Undivine* Comedy: *Detheologizing Dante*. Princeton: Princeton University Press, 1992.

Bauer, Douglas F. "The Function of Pygmalion in *the Metamorphoses* of Ovid." *Transactions and Proceedings of the American Philological Association* 93 (1962): 1-21.

Brownlee, Kevin. "Phaëton's Fall and Dante's Ascent." *Dante Studies* 102 (1984): 135-144.

Caesar, Michael, ed. *Dante, the Critical Heritage*. London & New York: Routledge, 1995.

Cassell, Anthony K. *Lectura Dantis Americana:* Inferno *I*. Philadelphia: University of Pennsylvania Press, 1989.

Cervigni, Dino S. "Beatrice's Act of Naming." *Lectura Dantis* 8 (1991): 85-99.

Comparetti, Domenico. *Vergil in the Middle Ages*. Trans. E. F. M. Benecke. Hamden, CT: Archon Books, 1966

Costa, Dennis. *Irenic Apocalypse: Some Uses of Apocalyptic in Dante, Petrarch and Rabelais*. Saratoga, CA: ANMA Libri, 1981.

Dolmage, Jay. "Metis, Metis, Mestiza, Medusa: Rhetorical Bodies across Rhetorical Traditions." *Rhetoric Review* 28.1 (2009): 1-28.

Feldherr, Andrew. *Playing Gods: Ovid's* Metamorphoses *and the Politics of Fiction*. Princeton: Princeton University Press, 2010.

Feldman, Thalia. "Gorgo and the Origins of Fear." *Arion: A Journal of Humanities and the Classics* 4.3 (1965): 484-494.

Ferrante, Joan. *The Political Vision of the* Divine Comedy. Princeton: Princeton University Press, 1984.

Foley, Helene, ed. *Reflections of Women in Antiquity*. New York: Gordon and Breach Science Publishers, 1981.

Freccero, John. *Dante: The Poetics of Conversion*. Cambridge, MA: Harvard University Press, 1986.

---. *In Dante's Wake: Reading from Medieval to Modern in the Augustinian Tradition*. Ed. Danielle Callegari and Melissa Swain. New York: Fordham University Press, 2015.

Freccero, John, ed. *Dante: A Collection of Critical Essays*. Englewood Cliffs, NJ: Prentice-Hall, Inc., 1965.

Galinsky, G. Karl. *Aeneas, Sicily, and Rome*. Princeton: Princeton University Press, 1969.

---. *Ovid's* Metamorphoses: *An Introduction to the Basic Aspects*. Berkeley & Los Angeles: University of California Press, 1975.

Gardner, Edmund Garratt. *Dante's Ten Heavens*. London: Alchibald Constable and Co., Ltd., 1900.

Gilbert, Allan H. *Dante's Conception of Justice*. New York: AMS Press, 1965.

Gilson, Étienne. *Christian Philosophy: An Introduction*. Trans. Armand Maurer. Toronto: Pontifical Institute of Mediaeval Studies, 1993.

Hardie, Philip. *Virgil's* Aeneid*: Cosmos and Imperium*. Oxford: Clarendon Press, 1986.

Hardie, Philip, ed. *The Cambridge Companion to Ovid*. Shanghai: Shanghai Foreign Language Education Press, 2004.

Harwood-Gordon, Sharon, *A Study of the Theology and the Imagery of Dante's* Divina Commedia*: Sensory Perception, Reason and Free Will*. Lewiston: The Edwin Mellen Press, 1991.

Hawkins, Peter S. *Dante's Testaments: Essays in Scriptural Imagination*. Stanford: Stanford University Press, 1999.

Hollander, Robert. *Allegory in Dante's* Commedia. Princeton: Princeton University Press, 1969.

---. "Babytalk in Dante's *Commedia*." *Mosaic: An Interdisciplinary Critical Journal* 8.4 (1975): 73-84.

---. *Dante's Epistle to Cangrande*. Ann Arbor: University of Michigan Press, 1993.

---. "Dante's Virgil: A Light That Failed." http://www.brown.edu/Departments/Italian_ Studies/LD/numbers/04/hollander.html.

---. *Studies in Dante*. Ravenna: Longo, 1980.

---. "Tragedy in Dante's Comedy." *Sewanee Review* 91 (1983): 240-260.

---. "Virgil and Dante as Mind-Readers (*Inferno* XXI and XXIII)." *Medioevo romanzo* 8 (1984): 85-100.

Horsfall, Nicholas M., ed. *A Companion to the Study of Virgil*. Leiden: Brill, 1995.

Iannucci, Amilcare A. "Beatrice in Limbo: A Metaphoric Harrowing of Hell." *Dante*

Studies 97 (1979): 23-45.

---. *"Paradiso* XXXI." *Lectura Dantis* 16/17 (1995): 470-485.

Jacoff, Rachel, and Jeffrey T. Schnapp, eds. *The Poetry of Allusion: Virgil and Ovid in Dante's* Commedia. Stanford: Stanford University Press, 1991.

Jacoff, Rachel, and William A. Stephany. *Lectura Dantis Americana:* Inferno *II.* Philadelphia: University of Pennsylvania Press, 1989.

Johnson, W. R. "Aeneas and the Ironies of Pietas." *The Classical Journal* 60.8 (1965): 360-364.

---. *Darkness Visible: A Study of Vergil's* Aeneid. Berkeley, Los Angeles, & London: University of California Press, 1976.

Kay, Richard. *Dante's Christian Astrology.* Philadelphia: University of Pennsylvania Press, 1994.

---. *Dante's Swift and Strong: Essays on* Inferno *XV.* Lawrence: Regents Press of Kansas, 1978.

Kirkpatrick, Robin. *Dante's* Paradiso *and the Limitations of Modern Criticism.* Cambridge: Cambridge University Press, 1978.

Klemp, Paul J. "The Women in the Middle: Layers of Love in Dante's *Vita Nuova.*" *Italica* 61.3 (1984): 185-194.

Knight, W. F. Jackson. *Cumaean Gates: A Reference of the Sixth* Aeneid *to the Initiation Pattern.* Oxford: Blackwell, 1936.

Knox, Peter E., ed. *Oxford Readings in Ovid.* New York: Oxford University Press, 2006.

Lansing, Richard, ed. *The Dante Encyclopedia.* New York: Garland Publishing, 2000.

Leach, Eleanor Winsor. "Ekphrasis and the Theme of Artistic Failure in Ovid's *Metamorphoses.*" *Ramus* 3.2 (1974): 102-142.

Lyne, R. O. A. M. *Further Voices in Vergil's* Aeneid. Oxford: Clarendon Press, 1999.

---. *The Latin Love Poets from Catullus to Horace.* Oxford: Clarendon Press, 1980.

Mandelbaum, Allen, Anthony Oldcorn, and Charles Ross, eds. *Lectura Dantis:* Inferno*, a Canto by Canto Commentary.* Berkeley, Los Angeles, & London: University of California Press, 1998.

---. *Lectura Dantis:* Purgatorio*, a Canto by Canto Commentary.* Berkeley, Los Angeles,

& London: University of California Press, 2008.

Mann, William E., ed. *Augustine's* Confessions*: Critical Essays*. Lanham, MD: Rowman & Littlefield Publishers, 2006.

Mansfield, Margaret Nossel. "Dante and the Gorgon Within." *Italica* 48.2 (1980): 143-160.

Mazzotta, Giuseppe. *Critical Essays on Dante*. Boston: G. K. Hall & Co., 1991.

---. *Dante, Poet of the Desert: History and Allegory in the* Divine Comedy. Princeton: Princeton University Press, 1979.

Moore, Edward. *Studies in Dante*. 4 vols. Oxford: Clarendon Press, 1896.

Newman, Francis X. "St. Augustine's Three Visions and the Structure of the *Commedia*." *Modern Language Notes* 82.1, Italian Issue (1967): 56-78.

O'Connell, Robert J. *St. Augustine's* Confessions*: The Odyssey of Soul*. New York: Fordham University Press, 1969.

O'Donnell, James J. *Augustine: A New Biography*. New York: HarperCollins Publishers, 2005.

Otis, Brooks. *Ovid as an Epic Poet*. London & New York: Cambridge University Press, 1966.

---. *Virgil: A Study in Civilized Poetry*. Oxford: Clarendon Press, 1963.

Passerin d'Entreves, Alessandro. *Dante as a Political Thinker*. Oxford: Clarendon Press, 1952.

Pavlock, Barbara. *The Image of the Poet in Ovid's* Metamorphoses. Madison: The University of Wisconsin Press, 2009.

Putnam, Michael C. J. *Virgil's* Aeneid*: Interpretation and Influence*. Chapel Hill: University of North Carolina Press, 1995.

---. *Virgil's Epic Designs: Ekphrasis in the* Aeneid. New Haven: Yale University Press, 1998.

Quint, David. "Epic Tradition and *Inferno* IX." *Dante Studies* 93 (1975): 201-207.

Reade, W. H. *The Moral System of Dante's* Inferno. Oxford: Clarendon Press, 1909.

Schnapp, Jeffrey T. *The Transfiguration of History at the Center of Dante's* Paradise. Princeton: Princeton University Press, 1986.

Scott, John A. *Dante's Political Purgatory*. Philadelphia: University of Pennsylvania Press, 1996.

Scully, Stephen. "Refining Fire in *Aeneid* 8." *Vergilius* 46 (2000): 93-113.

Segal, Charles Paul. "Aeternum per Saecula Nomen, the Golden Bough and the Tragedy of History: Part I." *Arion* 4.4 (1965): 617-657.

Simonelli, Maria Picchio. *Lectura Dantis Americana:* Inferno *III*. Philadelphia: University of Pennsylvania Press, 1993.

Singleton, Charles S. Commedia*: Elements of Structure*. Cambridge, MA: Harvard University Press, 1954.

---. *An Essay on the* Vita Nuova. Cambridge, MA: Harvard University Press, 1958.

---. *Journey to Beatrice*. Cambridge, MA: Harvard University Press, 1958.

---. "The Use of Latin in the *Vita Nuova*." *Modern Language Notes* 61.2 (1946): 108-112.

Smolenaars, J. J. L. "A Disturbing Scene from the Marriage of Venus and Vulcan: *Aeneid* 8.370−415." *Vergilius* 50 (2004): 96-107.

Sowell, Madison U., ed. *Dante and Ovid Essays in Intertextuality*. Binghamton: Center for Medieval and Early Renaissance Studies, 1991,

Spence, Sarah. *Rhetoric of Reason and Desire: Vergil, Augustine, and the Troubadours*. Ithaca: Cornell University Press, 1988.

Stephens, Wade Carroll. "The Function of Religious and Philosophical Ideas in Ovid's *Metamorphoses*." Ph.D. dissertation, Princeton University, 1957.

Tarrant, Richard. "Aeneas and the Gates of Sleep." *Classical Philology* 77 (1982): 51-55.

Vettori, Alessandro. "Veronica: Dante's Pilgrimage from Image to Vision." *Dante Studies* 121 (2003): 43-65.

Wetherbee, Winthrop. *The Ancient Flame: Dante and the Poets*. Notre Dame: University of Notre Dame Press, 2008.

Witt, Ronald G. "Latini, Lovato and the Revival of Antiquity." *Dante Studies* 112 (1994): 53-62.

弗里切罗，《但丁：皈依的诗学》，朱振宇译，北京：华夏出版社，2014。

高峰枫，《埃涅阿斯的暴怒》，《外国文学》2020 年第 6 期，第 118−129 页。

——，《维吉尔史诗中的历史与政治》，北京：北京大学出版社，2021。

霍金斯，《但丁的圣约书：圣经式想象论集》，朱振宇译，北京：华夏出版社，2011。

W. A. 坎普，《维吉尔〈埃涅阿斯纪〉导论》，高峰枫译，北京：北京大学出版社，
　　2020。

林国华，《但丁〈神曲·地狱篇〉中的"灵泊"小议》，载林国华、王恒主编《罗
　　马古道》，上海：上海人民出版社，2010，第 13—17 页。

王承教，《"睡梦之门"的文本传统与现当代解释传统》，《外国文学评论》2013
　　年第 2 期，第 202—214 页。

——，《维吉尔的金枝》，《国外文学》2020 年第 3 期，第 58—65+158 页。

王承教选编，《〈埃涅阿斯纪〉章义》，王承教、黄芙蓉等译，北京：华夏出版社，
　　2009。

吴飞，《心灵秩序与世界历史：奥古斯丁对西方古典文明的终结》（增订本），北
　　京：生活·读书·新知三联书店，2019。

乔治·因格莱塞，《但丁的生平》，游雨泽译，北京：生活·读书·新知三联书
　　店，2022。

中文人名索引

后 记

本书与我的博士论文题目相同，但内容却有一半左右不同，实际上是完全不同的两部作品了。目前的这本书其实本来没有统一的写作计划，而是将我博士论文的一部分以及这些年写的新旧文章串起来重新拆分组合而成，因此，滞涩之处在所难免。另外，由于各种原因，书中的某些部分（如《地狱篇》中以书写罪人为主的篇章、《神曲》的"世界帝国"理想等）未能展开论述。这些问题，我将尽量在另一本书中弥补，虽然这样或许也无法满足这些年来师友们对我的期待。

在此，我首先要感谢在北京大学比较文学与比较文化研究所读硕士时得到的众位师友的指点与鼓励，包括我的硕士导师陈跃红教授，还有张辉、刘小枫、张志扬等教授，林国华、吴增定、吴飞、李猛等老师，以及北大比较所的其他老师。直到今天，我仍能感受到他们的支持、关注与帮助，而北大的思想与交流的热烈也一直是我最美好的回忆。

我也要特别感谢我在美国攻读博士期间的诸位指导老师：罗森（Stanley Rosen）教授为我打下了思想史基础，两位但丁学专家霍金斯（Peter S. Hawkins）教授和科斯塔（Dennis Costa）教授引领我进入但丁学之门，古典学专家斯加利（Stephen Scully）教授让我得以管窥古罗马诗歌的美好。

在博士论文最后的写作阶段，经刘小枫教授推荐、甘阳教授认可，我得到了在中山大学博雅学院教授《神曲》的机会。授课期间，王承教、黄俊松、董波、李致远、贾冬阳等同龄师友给了我很多启迪和帮助，博雅出色的学生与热烈的学术氛围也让我体验到教学相长并非虚言。也感谢刘小枫教授，允许我在"经典与解释"系列中按照自己的思路出版了两本但丁学译作；感谢陈希米老师和马涛红老师对我的译作进行的精心编辑。我也非常感谢沈弘教授和"沈弘工作室"的徐晓东等师友，他们在我刚刚工作的风声鹤唳中给了我一些安稳。同样让我感激的还有与我一同在浙江大学工作的姜文涛、刘永强两位老师，来自他们的理解与支持让我多少消除了孤独的感觉。此外，我也要感谢在浙江大学工作期间的同事们：郭国良、何辉斌、方凡、隋红升、孙艳萍、苏忱、张慧玉、赵佳、李文超等老师，他们在日常工作和生活中给我提供了不少帮助。

在我工作后的 10 年里，我要感谢徐卫翔教授发起、众多年轻师友一起参与的"全国文艺复兴思想论坛"，在历次论坛活动中，吴功青、刘训练、孙帅、梁中和、李婧敬、文铮、杨振宇等众多师友通过各种方式给予了我坚实的支持。在文学领域中，李正荣、耿幼壮、王军、刘建军、张沛、刘耘华、王柏华、张源、陈明珠、陈芸、程志敏、肖剑等教授及朋友也都曾给过我宝贵的建议、鼓励与帮助。我还要感谢所有参与并支持 2021 年纪念但丁逝世700 周年《神曲》系列讲座的单位和师友，以及 2021 年出版了译作《新生》的李海鹏、石绘，我们共同的努力扩大了但丁学在中国的影响力。

此书能够出版，要感谢浙江大学中世纪与文艺复兴研究中心主任郝田虎教授，他将我这本书纳入他主编的"文艺复兴论丛"，并申请到浙江大学文科高水平学术著作出版基金资助；也要感谢浙江大学外国语学院外国文学研究所提供的经费支持。特别感谢资深编辑张颖琪老师，在编辑修改过程中，他以丰富的工作经验和极大的耐心给予我督促和指导。

最后，我要感谢父母多年的养育之恩，如今自己做了母亲，更是深刻感受到了为人父母的不易，感谢他们最终接受并支持我以学术为业。感谢我的丈夫李旭多年来的陪伴，他温厚的性格、温暖的人格、正直的人品以及深厚的学养让我体会到，存在一些比成功更为值得追求的快乐；特别感谢我的婆婆李闰金，在这些年的岁月里替我们承担了家务和照顾女儿的重任，我特别要把不识字的她的名字写在我的书里，她顽强的性格和辛勤的劳动时刻提醒我，女性想要"浮出历史地表"需要付出怎样的努力。

与但丁相伴的这些年其实也是我与尘世生活纠缠最深刻的岁月，在这些年里我经历了在异乡安家立业，以及父亲和几位恩师的去世，像但丁一样，看到过"旧日火焰的痕迹"，也体验过"自己独自成为一派"的苦涩，依稀间似乎总能看到这位 700 年前伟大诗人的背影，虽然其伟大让我难以企及，但总能感受到来自他强烈意志的告诫与殷切叮咛，让我继续自己的路。

图书在版编目(CIP)数据

爱欲、罗马与但丁的喜剧异象 / 朱振宇著. —杭州：
浙江大学出版社，2024.1
（文艺复兴论丛 / 郝田虎主编）
ISBN 978-7-308-23379-8

I. ①爱⋯ II. ①朱⋯ III. ①《神曲》—诗歌研究
IV. ①I546.072

中国版本图书馆 CIP 数据核字 (2022) 第 239365 号

爱欲、罗马与但丁的喜剧异象

朱振宇 著

策　　划	张　琛　包灵灵
责任编辑	张颖琪
责任校对	杨诗怡
封面设计	周　灵
出版发行	浙江大学出版社
	（杭州天目山路 148 号　邮政编码 310007）
	（网址：http://www.zjupress.com）
排　　版	浙江大千时代文化传媒有限公司
印　　刷	杭州高腾印务有限公司
开　　本	710 mm×1000 mm　1/16
印　　张	15.25
字　　数	310 千
版印次	2024 年 1 月第 1 版　2024 年 1 月第 1 次印刷
书　　号	ISBN 978-7-308-23379-8
定　　价	78.00 元